Greifswalder Gespenster

Burkhard Wetekam

GREIFSWALDER GESPENSTER

HINSTORFF

Für Wolfram, den Freund der Biber

Prolog

»Du weißt, was du tun musst.« Unter der Maske klang die Stimme des Mannes dumpf und irgendwie verwaschen. Eine Hand, von der er nicht wusste, zu wem sie gehörte, presste seinen Kopf auf den Boden. Er konnte die feuchte Erde riechen und abgestorbene, faulige Biomasse.

»Was sagst du? Unterschreibst du?«

Er zog es vor zu schweigen. Das konnte er: schweigend protestieren. Eigenartigerweise verspürte er kaum Angst, nur eine sonderbare Form von Aufregung, gepaart mit Ungläubigkeit und der Lust, diesen Typen zu sagen, was er von ihnen hielt. Noch immer erstaunte es ihn, dass es solche Typen wirklich gab.

»Los, antworte!«

Ein Fußtritt traf ihn in die Seite, unterhalb des Rippenbogens. Für einen Augenblick blieb ihm die Luft weg. Hätte er nicht vorsichtiger sein müssen? War so etwas nicht zu ahnen, ja beinahe zu erwarten gewesen? Jetzt fühlte es sich doch ganz anders an, als er sich das ausgemalt hatte. Seine Hände krampften sich ins Gras, er spürte zarte Halme zwischen den Fingern, aber auch eine Gruppe fester Stängel, wie von Binsen. Konnte das sein? War es an diesem Ort, diesem Niemandsland zwischen Hafen und altem Friedhof, feucht genug für Binsengewächse? Es gab ja viele Arten, Hunderte mussten es sein, bekannt war vor allem die Flatter-Binse, *Juncus effusus*, mit ihren

dichten, dunkelgrünen Horsten und den geradlinig auf-
strebenden Halmen.

»Na, was ist?«

Der Kerl, der ihn bislang zu Boden gedrückt hatte, setzte
nun einen kantigen Schuh auf seinen Nacken. Warum er
das tat, wurde Sekunden später klar: Der Typ packte seinen
linken Arm und drehte ihn schwungvoll nach oben. Zum
ersten Mal machte ihm der Schmerz ernsthaft zu schaffen.

»Gut, dann eben anders. Wenn du bei Drei nicht gesagt
hast, was ich hören will, breche ich dir einen Finger.«

Er versuchte ruhig zu atmen. Finger brechen! Waren die
denn verrückt? Und so dämlich, bleibende Schäden zu hinterlassen? Um sich selbst zu beruhigen, begann er, die la-
teinischen Namen der ihm bekannten Binsenarten lautlos
aufzuzählen: *Juncus effusus, Juncus maritimus, Juncus sub-
nodulosus*, die aus Nordamerika eingewanderte und schon
lange heimische Zarte Binse, *Juncus tenuis*, und nicht zu vergessen *Juncus gerardii*, die Bodden-Binse, die gern auf salz-
haltigen Böden siedelt.

»Also: Du gehst jetzt nach Hause und unterschreibst das
Papier, das in deinem Briefkasten liegt.«

»Arschloch. Sag deinem Chef, dass es so nicht läuft.«

Es war eindeutig nicht der richtige Moment, um über
angemessene Formen von Kommunikation zu diskutieren. Seine Wange wurde noch fester in den lehmigen Boden gepresst. Er versuchte aus den Augenwinkeln etwas von
dem Idioten zu erkennen, der ihn malträtierte. Aber er sah
nur einen schwarzen Lederstiefel und ein Stück von einem

Bein, das in einer Jeanshose steckte. Zwischen den Büschen hing die Morgendämmerung. Er liebte diese Zeit, gerade im Herbst. Fast jeden Tag drehte er hier eine Laufrunde.

»EINS!«

Der Mann gab seiner Stimme einen betont scharfen Klang. Aber war da nicht auch etwas Schwankendes? Die würden es nicht tun. Die blufften.

»ZWEI!«

Eine Hand packte seinen linken, kleinen Finger. Er musste schlucken. Jetzt war sie da. Die Angst. Er hatte es nicht wahrhaben wollen, aber jetzt hatte er Angst. Trotzdem sagte er nichts. Einfach nichts sagen. Nicht nachgeben. Sich nicht wegducken. Atmen und schweigen. Schweigen und atmen. Wenn er jetzt anfing, seine Grundsätze aufzugeben – wofür hatte er dann acht Jahre lang standgehalten?

»DREI!«

Das Knacken in seinem Finger war unverschämt laut. Und der Schmerz leuchtete greller als alles, was er bis dahin hatte leuchten sehen. Dieser Schmerz konnte einen Menschen in den Wahnsinn treiben. Vielleicht empfand er den Schmerz deshalb als so unverschämt durchdringend, weil er sich angebahnt hatte. Es fehlte das Überraschungsmoment, das seinen Körper veranlasst hätte, eine größere Menge betäubendes Adrenalin auszuschütten. Der Schmerz raste seinen Arm hinauf und setzte seinen ganzen Körper unter Strom. Er wand sich jammernd auf dem feuchten Boden und rollte in eine Pfütze. Sein Magen rebellierte, er spuckte eine Portion Karottensaft ins schlammige Wasser, wo die orangefarbene Flüssigkeit ein florales, an den Jugendstil erinnerndes Muster ausbildete. Er krümmte sich zusammen und lag da wie ein Embryo, die kalte Nässe kroch wie ein Vorbote des Todes unter seine Jacke und sog sich in seine Jogginghose.

Als er wieder etwas klarer denken konnte, war der Maskenmann verschwunden. Er traute sich nicht, nach seinem entstellten Finger zu sehen, dem er zwischen den Oberschenkeln ein weiches Lager bereitet hatte. Stattdessen fiel sein Blick auf ein kleines, aber gut ausgebildetes Exemplar der Knäuel-Binse, *Juncus conglomeratus*. Die Schmerzstöße schüttelten den Namen spielend leicht aus seinem Gedächtnis. Auf dem Brachland war es also tatsächlich feucht genug für diese Art Binsen – eine überraschende und schöne Erkenntnis an einem sonst fürchterlichen Morgen.

1

Tanja Grundler war pünktlich und sie stand genau dort, wo sie sich verabredet hatten: an der Spitze der Mole, auf einer kleinen Aussichtsplattform. Sie trug eine weinrote Daunenjacke und blickte hinaus auf die Dänische Wiek, besser gesagt: in einen weiten Raum undurchdringlicher Grautöne. Als sie Toms Schritte hörte, wandte sie sich um.

Sie mochte um die vierzig Jahre alt sein, ihre Gesichtshaut war hell und auffallend glatt, unter dem Saum der Kapuze lugten braun gelockte Haare hervor.

»Ich mag diesen Nebel«, sagte sie.

»Ich hasse ihn.«

Er wollte nicht ganz so schroff wirken und schob noch eine Erklärung hinterher. »Mir wäre da draußen beinahe ein Angler vor den Bug gefahren.«

Sie hatte ihre Hände tief in den Taschen ihrer Jacke versenkt. So tief, dass Tom darauf verzichtete, sie mit einem Handschlag zu begrüßen. Er beschränkte sich auf ein Nicken.

»Ich habe beobachtet, wie Sie in den Hafen reingefahren sind. Das war fantastisch.«

»Wieso fantastisch?«

»Kennen Sie *Rain, Speed and Steam* – das Gemälde?«

Tom schüttelte den Kopf.

»Kennen Sie William Turner?«

Er zuckte mit den Schultern.

»Dann haben Sie etwas verpasst. Niemand malt Dunst und Nebel so wie Turner. Auf *Rain, Speed and Steam* sieht man einen Zug mit Dampflok, genauer gesagt, man ahnt, dass es diesen Zug gibt, so sehr verschwimmt er mit den aufgewirbelten Elementen. Und obwohl man diesen Zug kaum erkennt, hat man das Gefühl, dass er mit einer großen Geschwindigkeit durch diese Dunstwolken rast – das ist einfach fantastisch. Und daran musste ich gerade denken. Ihr Boot war allerdings etwas langsamer.« Sie lächelte mitleidig. »Sie interessieren sich nicht für Kunst, oder?«

»Nicht wirklich. Meine Freundin ist zwar Künstlerin, aber …«

»Ach ja? Ist sie hier?«

»Nein, sie ist in Philadelphia, da hat sie ein Stipendium bekommen und …« Er brach ab. Nie im Leben hatte er vorgehabt, mit einer ihm völlig unbekannten Frau über Clara und ihre etwas überraschende Reise in die Vereinigten Staaten zu plaudern. Es war ein merkwürdiger Anfang. »Lassen Sie uns über Ihr Anliegen sprechen«, sagte er und fragte sich, warum sie sich überhaupt mit ihm verabredet hatte. Wollte sie ihn testen?

»Ist das Ihr eigenes Boot?«

Er nickte.

»Und während Sie hier sind, wohnen Sie darauf?«

Wieder nickte er.

»Toll. Das ist … irgendwie romantisch, oder?«

Tom hatte inzwischen den dringenden Wunsch, zur Sache zu kommen. Ihm war kalt, in seinem Gesicht hingen Wassertropfen, die lange Fahrt ohne Sicht hatte ihn angestrengt.

»Wenn man es schafft, nicht an die Unterhaltskosten zu denken, ist das eine schöne Sache. Die MATHILDA ist nicht mehr die jüngste. Ich werde in den nächsten Tagen einige Reparaturen durchführen lassen, hinten in Greifswald.«

Die Frau in der weinroten Jacke lächelte. »Na, da schlagen Sie ja zwei Fliegen mit einer Klappe. Ich hatte schon ein schlechtes Gewissen, weil ich dachte, dass Sie extra meinetwegen ...«

»Um ganz ehrlich zu sein: Wenn ich diesen Aufenthalt hier nicht sowieso geplant hätte, dann wäre ich gar nicht nach Greifswald gekommen.«

Seine Offenherzigkeit enttäuschte sie, das spürte er. Aber so war es nun mal: Die dürftigen Informationen, die sie am Telefon herausgerückt hatte, deuteten darauf hin, dass er vermutlich nicht helfen konnte.

»Also«, begann sie, »ich denke ...«

Abermals unterbrach Tom sie. »Wäre es wohl möglich, dass wir das Gespräch woanders als auf dieser nasskalten Mole führen? Drüben auf der anderen Seite des Hafens ist mindestens ein Restaurant geöffnet.«

Sie schüttelte den Kopf. »Lieber nicht. Entschuldigung. Aber ich möchte hier nicht zu vielen Menschen begegnen. Ich habe meine Gründe.«

Tom schluckte seinen Ärger herunter. Er war nun entschlossen, die Sache möglichst zügig zu beenden. Tanja Grundler schien das zu spüren. Sie wurde plötzlich nervös. Mit einer ruckhaften Bewegung öffnete sie ihre Handtasche und reichte ihm eine Fotografie. »Dieser Mann ist verschwunden. Ich habe mehrmals bei ihm geklingelt, er reagiert nicht auf Anrufe und seine Nachbarn haben ihn auch seit etwa einer Woche nicht mehr gesehen.«

Die Fotografie zeigte einen Mittvierziger, der mit zusammengekniffenen Augen in die Welt blickte. Sonnengebräunte Haut, leicht zerzaustes Haar, Dreitagebart. ›Das Bild eines Abenteurers‹, dachte er. »Haben Sie die Polizei eingeschaltet?«

»Hab's versucht. Ich bin keine direkte Angehörige. Die Polizei hat mit seiner Frau gesprochen, die von ihm getrennt lebt. Sie hält das Verschwinden wohl für normal und dieser Meinung hat sich die Polizei dann angeschlossen. Aber ich mache mir große Sorgen um Malte.«

Tom blickte über die Frau hinweg. Aus dem Nebel über dem Greifswalder Bodden tauchte das Bild eines Beziehungsdreiecks auf: Eine gekränkte Nicht-mehr-Ehefrau, eine besorgte Geliebte und dazwischen ein cooler Naturbursche, dem vielleicht alles zu viel geworden war. »Haben Sie mal darüber nachgedacht, ob Malte sich vielleicht absichtlich zurückgezogen hat?«

Seine Möchtegern-Auftraggeberin nahm ihm ohne Vorwarnung die Fotografie aus der Hand. »Das ist genau die Frage, die ich jetzt nicht hören wollte. Das ist so eine Beamtenfrage.«

»Sorry, aber solche Fragen müssen möglich sein.«

»Er hat sich noch nie auf diese Weise zurückgezogen! Er ist sonst sehr verbindlich, sehr klar im Umgang mit mir.

Ja, er fährt manchmal spontan eine Weile weg. Aber er hat sich dann bislang immer bei mir gemeldet. Und ich weiß, dass er in Gefahr ist.«

»Was für eine Gefahr?«

Sie wich seinem Blick aus. Es schien so, als merke sie, dass alles komplizierter war, als sie sich das ausgemalt hatte. »Ja«, sagte sie zögernd, »das muss ich Ihnen dann wohl erzählen.«

Beinahe hätte Tom laut gelacht. »Wenn ich etwas für Sie tun soll«, rief er, jetzt fast schon wütend, »dann müssen Sie mir noch viel mehr erzählen. Sie müssen mir alles erzählen. Und Sie müssen sich darauf einstellen, dass ich vielleicht weniger für Sie tun kann, als Sie hoffen. Ich will ganz ehrlich sein: Ich habe nicht die gleichen Möglichkeiten wie die Polizei. Telefone abhören kann ich nicht, Wohnungen durchsuchen auch nicht. Ich habe andere, aber insgesamt weniger Möglichkeiten. Und ich brauche Anhaltspunkte. Alles, was Ihnen einfällt. Orte, Kontakte, private und berufliche Probleme. Sie werden mich von Anfang an bezahlen müssen, unabhängig vom Erfolg meiner Arbeit. Denken Sie darüber nach, ob Sie mich wirklich engagieren wollen.«

Während er gesprochen hatte, war Tanja Grundler einen Schritt zurückgewichen, bis an das Eisengeländer der kleinen Plattform. Sie sah ihn überrascht an. Dann musste sie lachen. Es war ein etwas hilfloses, fast schon verzweifeltes Lachen. »Das war jetzt aber keine Bewerbungsrede, oder?«

2

Tom hatte sich darauf eingelassen, weiter über den Auftrag zu sprechen, nachdem Tanja Grundler sich ihrerseits darauf eingelassen hatte, das Gespräch in ein Restaurant zu verlagern. Sie gingen zurück über den Steinwall, von rechts trafen sie die mürrischen Blicke dreier Holzfiguren, die hier Wind und Wetter ausgesetzt waren. Verhangener Gesichtsausdruck, stoischer Geradeausblick, hängende Mundwinkel – war das die besondere Herzlichkeit, mit der man von Greifswald hinaus in die Welt blickte?

Sie passierten das Hotel *Utkiek*, das auf Betonstelzen errichtet war, dann folgte der futuristisch anmutende Sperrwerksbau, der das Landesinnere vor Überflutungen schützen sollte. Es waren nur wenige Menschen unterwegs, auch auf den vereinzelten Booten im Hafen regte sich nichts. Ein Angler saß zusammengekauert auf einem Poller und hielt seine Angel so reglos ins Hafenbecken, dass man ihn für eine Statue hätte halten können.

Sie überquerten den Ryck auf der berühmten Wiecker Klappbrücke, aber an diesem dämmerigen Spätnachmittag schien sich niemand für das beliebte Fotomotiv zu interessieren. Die galgenartige Balkenkonstruktion erhob sich bedrohlich über dem braun-grünen Wasser.

Das Restaurant *Il Ponte* hatte nach der Nachmittagspause gerade erst wieder aufgemacht. Für die Gäste, die zum Abendessen hier einkehren würden, war es noch zu früh, sodass sie vorerst den gesamten Gastraum für sich hatten. Über den verschwundenen Mann wusste Tom nach wie vor nicht viel.

Seine potenzielle Auftraggeberin unterhielt sich weiterhin lieber über Kunst. »Die Klosterruinen von Eldena kennen Sie wohl auch eher nicht? Die berühmten Bilder von Caspar David Friedrich? Wundervoll! Sie zeigen, wie vergänglich die großen menschlichen Leistungen sind, aber sie trösten uns auch mit ihrer Schönheit. Wenn Sie schon hier sind, können Sie sich natürlich auch die ganz realen Ruinen ansehen.«

»Die sind in der Nähe, oder?«

Tanja Grundler schien ein Seufzen über Toms Unwissenheit unterdrücken zu müssen. Sie deutete über das Hafenbecken hinweg. »Zehn Minuten zu Fuß von hier. Ich denke, wir müssen Sie etwas fit machen, damit Sie bei Ihrer Künstlerfreundin mithalten können, wenn die aus Amerika zurück ist. Die Ruinen müssen Sie sich unbedingt ansehen, am besten morgen früh, da soll es wieder sehr nebelig werden. Das gibt eine fantastische Atmosphäre.«

»Leider muss ich dann das Boot startklar machen, um die erste Brückenöffnung nicht zu verpassen.«

Sie schüttelte den Kopf, fast schon verzweifelt über seine Ignoranz, und erzählte etwas von einem weiteren Bild, das im Pommerschen Landesmuseum zu sehen war: Der Greifswalder Hafen, gemalt von einem gewissen Johann Friedrich Boeck. »Ein majestätisches Segelschiff im Zentrum, dahinter Speichergebäude und die Altstadt mit ihren Kirchtürmen. Die Szene ist in ein ganz eigenartiges Licht getaucht, mit einem gelb-bläulichen Abendhimmel. Im Vordergrund drei Männer, sie wirken etwas unheimlich, weil man nur ihre dunklen Silhouetten sieht. Aber sie haben einen Topf über ein Feuer gehängt. So eine Suppe hat ja dann auch wieder etwas Gemütliches.«

»Vielleicht kochen sie ja auch Pech, zum Abdichten für einen Schiffsrumpf.«

Tanja Grundler gab ihre Bemühungen lachend auf. »Nein, Sie sind kein Romantiker, wirklich nicht.«

Tom wurde nicht schlau aus ihr. »Sollten wir vielleicht wieder über ... «

Sofort unterbrach sie ihn. »Ja, ich bin einfach nicht auf Kurs – Entschuldigung. Aber diesen einen Satz muss ich noch loswerden: Wenn ich diese Gemälde betrachte, dann habe ich das Gefühl, mich an einem magischen Ort zu bewegen. Und das wiederum verzaubert die realen Orte. Wenn du dann zum Hafen gehst, hörst du die Rufe der Schiffer, das dumpfe Grollen, wenn sie Fässer auf die Mole rollen, du riechst das Holz, den Duft von Gewürzen ...«

Gerade in diesem Augenblick schlug Tom aus der Küche eine Wolke entgegen, die mit dem Aroma von Knoblauch und gebratenen Sardellen gesättigt war. ›Greifswald an der Adria‹, dachte er. »Sie mögen es, sich in andere Welten zu versetzen, oder?«

Sie sah ihn von der Seite an. »Der Traum von einer anderen Existenz ist das, was mich am Leben hält.«

Damit waren sie endlich wieder beim Thema. Während Tom an einem starken, schwarzen Kaffee nippte, bekam er einen vorläufigen Überblick: Malte Naujock war studierter Biologe und engagierter Umweltschützer. Er hatte bis vor eineinhalb Jahren in einem Dorf im Landkreis gewohnt und dort ehrenamtlich ein Naturschutzgebiet betreut. Nach der Trennung von seiner Frau hatte er seinen unbefristeten Job bei der Kreisverwaltung gekündigt und war in die Innenstadt von Greifswald gezogen. Inzwischen lebte er von spärlichen Honoraren, die ein Lehrauftrag an der Universität und Schulungen für Angestellte aus Naturschutzbehörden abwarfen. Malte brachte den Sachbearbeitern praktische Naturschutzarbeit nahe, indem er mit ihnen spätabends oder frühmorgens in unwegsamen Flussauen Vögel, Biber und Reptilien beobachtete. Er erklärte den Büromenschen, wie alles zusammenhing und warum es sinnvoll ist, in einem Bibergebiet wasserdichte Schuhe zu tragen.

»Für mich klingt das so, als ob da jemand ein wenig aus der Bahn geraten ist«, kommentierte Tom das, was ihm Tanja Grundler berichtete. Aber sie hob abwehrend die Hand. »Das stimmt so nicht. Ich würde es genau andersherum sehen: Malte ist von der breiten Straße der Kompromisse auf den Pfad abgebogen, der seiner inneren Wahrheit entspricht. Er hat sich von einigen Lebenslügen getrennt und ist sich dabei selbst ein Stück nähergekommen. Viel näher.«

»Bemerkenswert«, sagte Tom. Es sollte nicht abfällig klingen, aber er konnte den ironischen Unterton nicht vollständig unterdrücken. Er musste sich zusammenreißen. »So eine Richtungsänderung hat sicher ihren Preis, oder?«

Sie schien für einen Moment in sich hineinzuhorchen. »Es war ein tiefgreifender Bruch, ganz bestimmt. Das Verhältnis zu seiner Ex-Frau ist schwierig. Er hat auch eine neunzehnjährige Tochter, die sich anfangs komplett von ihm abgewandt hat. Inzwischen geht es wohl etwas besser. Aber entscheidend für Malte sind die Kontinuitäten: Er hat schon immer für die Natur gelebt – das kann er jetzt kompromissloser und ehrlicher. Er zeigt Menschen, wie lebendig die Welt abseits der Straßen ist, wie wunderbar alles zusammenwirkt. Und wie bedroht das ist, was scheinbar selbstverständlich neben uns her existiert. Das mag ich so an ihm: Diese Konsequenz und wie er ganz in seiner Leidenschaft für Pflanzen und Tiere aufgeht. So haben wir uns auch kennengelernt, bei einer Exkursion in seinem früheren Biberrevier. Ich war so hingerissen von der Art, wie er alles erklären kann. Er hat ein ganz eigenes, manchmal inniges, manchmal auch kumpelhaftes Verhältnis zu dem, was da fleucht und kreucht. Das klingt jetzt komisch, aber er ist mit der Natur tief im Innern verbunden, und das kann er so vermitteln, dass du das Gefühl hast …«

Sie hielt plötzlich inne und sah Tom peinlich berührt an. »Jetzt habe ich angefangen zu schwärmen. Und ich habe ‚du' gesagt. Das ist ja hier alles sehr persönlich. Sollen wir beim Du bleiben? Ich mache mir wirklich große Sorgen um ihn.«

Tom musste lächeln. Eigentlich war es ihm wichtig, zu seinen Auftraggebern eine gewisse Distanz zu bewahren. Aber in diesem Augenblick empfand er für die Frau, die sich in einem Strudel der Gefühle drehte, zum ersten Mal Sympathie. »Gut, bleiben wir beim Du«, sagte er etwas onkelhaft. »Aber du solltest mir jetzt erzählen, warum du dir Sorgen machst. Habe ich das vorhin richtig gehört: Du glaubst, Malte sei in Gefahr?«

Tanja stellte ihre Tasse, die sie gerade erst zum Mund führen wollte, mit ernster Miene wieder ab.

»Nicht ohne Grund. Malte besitzt ein Stück Land, das er von einer Tante geerbt hat. Es liegt in einem Gebiet, das die Friedländer Große Wiese genannt wird, eine trockengelegte Moorlandschaft, von vielen Gräben durchzogen. Man kann dort nur in Maßen Landwirtschaft betreiben, die Bauern mähen das Gras, um es ans Vieh zu verfüttern oder für die Erzeugung von Biogas. Eigentlich nichts Spektakuläres. Nun soll aber auf der Friedländer Großen Wiese ein Windpark gebaut werden. Die Pläne existieren seit Jahren. Malte weigert sich, sein Land zu verkaufen oder zu verpachten. Er hat Bedenken, weil durch die Windräder Vögel und Fledermäuse getötet würden. Und von beiden gibt es da recht viele.«

»Kann denn ein einzelner Grundstücksbesitzer die Pläne blockieren?«

Sie nickte. »Maltes Land liegt so zentral im Planungsgebiet, dass der Windpark ohne seine Zustimmung nicht gebaut werden kann.«

»Seine Weigerung ist also der Grund, warum du dir Sorgen machst?«

Tanja presste die Handflächen aneinander. »Er hat anonyme Drohanrufe bekommen, sein Auto wurde zerkratzt und ein toter Vogel lag in seinem Briefkasten. Bei dem Projekt geht es um viele Millionen. Die Firma, die den Park geplant hat, steckt da seit Jahren Geld rein. Und die anderen Landbesitzer könnten mit den Pachtzahlungen gut verdienen. Ich weiß nicht, wer hinter diesen Attacken steckt. Es kommen einige in Frage.«

Instinktiv blickte Tom sich um, aber das nahezu leere Restaurant machte einen zutiefst friedlichen Eindruck. Nur ein Kellner lehnte seitlich an der Theke und blätterte in einem Notizblock.

»Hast du auch Angst?«, fragte Tom. »Ist das der Grund, warum du niemandem begegnen willst?«

Sie schüttelte den Kopf. »Das ist nicht das Problem. Aber ich bin verheiratet und mein Mann weiß nichts von Malte und mir. Er ist Pastor in Ueckermünde. Das macht die ganze Sache kompliziert. Wenn mich hier zufällig jemand aus unserem wunderschönen, aber auch beengenden Ort sieht, zusammen mit einem unbekannten Mann, dann geht das Gerede los.«

Allmählich vervollständigte sich das Bild. Nach wie vor hatte Tom große Zweifel, dass er viel erreichen würde. Er stellte Tanja die Frage, vor der sie sich zu fürchten schien. »Ich hätte gern eine ehrliche Einschätzung von dir. Was, denkst du, ist mit Malte passiert?«

Sie hob die Schultern und zögerte lange mit der Antwort. »Ich … ich weiß es nicht. Vielleicht haben sie ihn entführt. Eingesperrt, irgendwo in einem Keller. Vielleicht wollen sie ihn zwingen, das Land zu verkaufen. Oder schlimmer noch:

Er wurde ... ich darf gar nicht dran denken. Das ist es, was mir Angst macht. Wirklich.«

3

Sylke Bartel schob ihre Papiere zusammen und blickte den Anwesenden reihum in die Augen. »Vielen Dank, so viel für heute. Ihr wisst, das war unser letzter gemeinsamer Tag. Ich komme morgen Vormittag nochmal vorbei, um mich zu verabschieden. Philipp, kannst du noch einen Moment bleiben?«

Während die Kolleginnen und Kollegen der Greifswalder Polizei ihre Sachen einpackten, lehnte Sylke am Fensterbrett und nickte denjenigen zu, die den Schulungsraum verließen. Sie trug eine schwarze Stoffhose und eine meerblaue Bluse, hatte dieser eher gedeckten Kombination aber ein cremefarbenes Halstuch mit feinen, blutroten Streifen entgegengesetzt. Erst im Laufe des Tages war ihr aufgefallen, dass diese Farbgebung in einem Workshop, in dem es um die Aufklärung von Gewaltverbrechen ging, einen sonderbaren Eindruck erwecken konnte. Aber die jungen Kollegen schien es in dieser Hinsicht glücklicherweise an Interpretationslust zu fehlen.

Das Greifswalder Kriminalpolizeikommissariat hatte erst vor wenigen Monaten zusammen mit anderen Dienststellen das neue Polizeihauptgebäude in der Brinkstraße bezogen. Gänge, Wände, Böden – alles wirkte noch glatt und sauber, die modisch grünen Bauelemente erinnerten Sylke an Schulgebäude, die um jeden Preis hipp wirken wollten. Und dazu passte diese neu zusammengewürfelte Truppe aus Nachwuchskräften, die sich durch eine Kombination aus Übermotiviertheit, Naivität und Lässigkeit auszeichnete.

Sylke war sich in den letzten Tagen oft alt vorgekommen. Dabei war sie selbst auch noch gar nicht so lange bei der Kriminalpolizei. Offenbar waren die leitenden Kräfte der Meinung, dass ihre wechselvolle Karriere sie dafür qualifizierte, einen Haufen junger Leute in ein professionell arbeitendes Team zu verwandeln.

»Warum läuft es nicht, Philipp? Was denkst du?«

Der dunkelhaarige Mittdreißiger stand etwas verloren zwischen den u-förmig aufgestellten Tischen. Er war nicht groß, aber von kräftiger Statur, trug einen grauen Rollkragenpullover und einen Backenbart, der wohl seine Abenteuerlust hervorheben sollte. Seine linke Hand hatte er in die Tasche seiner Jeanshose eingehängt, die rechte fuchtelte ziellos in der Luft herum.

»Wir haben die Abläufe noch nicht verinnerlicht.«

»Welche Abläufe willst du denn noch verinnerlichen?«

»Na ja, Tatortuntersuchung, Zeugenbefragung, Gerichtsmedizin, Motivbewertung und dann die zirkuläre Struktur der …«

»Philipp, das ist doch alles Kinderkram. Die Arbeitsschritte kennt ihr. Wie konnte es trotzdem passieren, dass bei der Entführungslage die Überwachung der Ex-Frau des Verdächtigen vergessen wurde? Und warum habt ihr bei dem toten Obdachlosen im Stadtpark nicht gemerkt, dass es sich um eine Kopie des Falles von vor zwei Jahren handelte? Ich habe diese Übung einfach nur aus den Akten abgeschrieben.«

Während Sylke auf den jungen Polizisten einredete, hatte dieser nach seinem Mantel gegriffen und einen Apfel aus der Tasche gezogen. Es war Sylke schon mehrfach aufgefallen, dass Philipp in schwierigen Situationen Obst aß. Sie fand das einigermaßen kurios und hatte ihm insgeheim den Decknamen *Fruchtzwerg* gegeben. Kauend unternahm der Fruchtzwerg jetzt halbherzige Rechtfertigungsversuche. »Wir hätten das besser strukturieren müssen.«

»Ihr hättet miteinander reden müssen! Kommunikation ist alles.«

»Aber wir haben doch die täglichen Briefings angesetzt.«

»Lisa hatte gute Ideen, das hast du gar nicht mitbekommen. Du musst auch auf die hören, die nicht lautstark losquatschen. Ich hätte nicht gedacht, dass das so schwierig ist. Aber das scheinbar Einfache ist in Wirklichkeit wohl oft das Komplizierte.«

Philipp strich sich mit der freien Hand durch die Haare. »Ja, wir haben hier einige Defizite. Das sehe ich auch so. Die Kollegen …«

»Schieb es nicht auf die Kollegen«, unterbrach Sylke ihn. »Wenn du Dienstgruppenleiter werden willst, dann du bist dafür verantwortlich, dass jede und jeder sich mitteilt. Und dass alle die Zusammenhänge kennen. Ich hatte heute zeitweise das Gefühl, dass fünf Tage Schulung komplett an euch vorbeigegangen sind.«

Philipp verzog den Mund, bevor er grimmig in seinen Apfel biss. Es war Sylke nicht klar, ob er damit seine Verachtung für die Workshopleiterin oder Selbstkritik ausdrücken wollte. War sie zu streng? Überspielte sie mit ihrer Härte ihre eigene Ratlosigkeit? Während sie noch grübelte und Philipp versuchte, seinen halblangen Wollmantel überzuziehen, ohne ihn mit dem angebissenen Apfel zu berühren, öffnete sich die Tür. Eine uniformierte Kollegin steckte ihren Lockenkopf in den Seminarraum. »Entschuldigung, da ist gerade ein Anruf aus Wolgast gekommen. Die wollen wissen, ob das Team hier schon einsatzbereit ist.« Sie blickte zwischen Philipp und Sylke hin und her, wartete aber keine Antwort ab. »Da draußen wurde irgendwo eine Leiche gefunden.«

Obwohl er sich mit seinem Mantel regelrecht gefesselt hatte, schaffte es Philipp, sich an der Schläfe zu kratzen. »Damit erwischen die uns jetzt gerade auf dem ganz falschen Fuß. Ich würde sagen …«

»Das Team ist bereit und übernimmt die Sache«, sagte Sylke trocken. »Legen Sie alle Anrufe auf die bekannte Nummer um und leiten Sie alle Infos unverzüglich weiter.«

Die Sachbearbeiterin nickte und zog sich zurück. Philipp drehte sich verwirrt zu Sylke um. »Es ist doch noch gar nichts organisiert.«

»Dann tust du das jetzt. Das ist deine Chance. Ein perfekter Einstieg.«

Er schluckte und sah sie mit einem Kleine-Jungen-Blick an. »Und was machst du?«

»Meine Zeit hier ist zu Ende.« Sie kostete die lange Pause aus, die sie ihren Worten folgen ließ. »Aber wenn du willst, fahre ich noch mit raus zum Fundort der Leiche und unterstütze euch.«

4

Eine Gruppe Spaziergänger, drei Jugendliche mit Fahrrädern, eine Mutter und zwei Kinder im Grundschulalter – sie alle standen am hoheitlichen Flatterband und starrten einen Hang hinunter auf die von Bäumen bestandene Niederung. Zwischen den Büschen hindurch waren im Dämmerlicht des beginnenden Abends die Umrisse eines Körpers zu erkennen, ein korpulenter Mann im durchnässten Mantel, auf dem Bauch liegend. Einen halben Meter neben dem Toten plätscherte der Bach, als wäre nichts geschehen. Oder als wäre das, was geschehen war, im Lauf der Dinge nicht von Bedeutung.

»Seid ihr denn bescheuert!?«, rief Sylke den beiden Beamten zu, die zuerst am Fundort angekommen waren und sich um die Absperrung gekümmert hatten. »Sollen die Kinder wirklich direkt auf den Toten starren?«

Die beiden Uniformierten beeilten sich, die Schaulustigen wegzuscheuchen, und versetzten die Absperrung zwanzig Meter hangaufwärts. Sylke wusste, dass ihr Auftreten mitunter als barsch empfunden wurde, aber sie hatte kein Problem damit. Es war ihr wichtig, gleich im ersten Moment zu zeigen, dass sie von allen die volle Leistung erwartete. Philipp und Lisa, die beiden jungen Kriminalbeamten, sahen sich schuldbewusst an. Die Sache mit der Absperrung hätte ihnen ja auch auffallen können. Gemeinsam stiegen die beiden die feuchte Wiese hinab und beugten sich für eine erste

Sichtung über den Toten. Lisa deutete auf eine Stelle am Hinterkopf, während Philipp vorsichtig den Mantelkragen anhob, um das Gesicht erkennen zu können.

Mit Unbehagen sah Sylke den beiden von etwas weiter oberhalb zu. Sie wusste nicht, warum sie plötzlich in einer miserablen Stimmung war. Der erste kleine Fehler – und schon traute sie den beiden nicht zu, diesen Fall zu lösen. Oder war sie nur enttäuscht, dass sie selbst morgen wieder abreisen würde, um ihren Dienst in Stralsund aufzunehmen?

Vom nächsten Dorf näherte sich ein betagtes Feuerwehrauto. Es wurde höchste Zeit, sie brauchten Licht, bevor es ganz dunkel wurde. Wenigstens das klappte.

Sie atmete tief ein. Die Luft war klar und frisch, gar nicht so nebelschwer wie in Greifswald. Als sie gerade den Hang hinabsteigen wollte, um sich ebenfalls ein Bild von der Situation zu machen, bemerkte sie etwas weiter bachaufwärts eine Bewegung. Sie suchte nach einem Durchlass im dichten Gebüsch, rutschte dabei aus und glitt auf dem Hosenboden zwei Meter abwärts. Fluchend schlug sie sich durch einen widerspenstigen Strauch und stand vor einem Mann, der sich an einem Stapel aus Ästen zu schaffen machte.

»Hey, was machen Sie denn hier!?«

Der Mann drehte sich um. Er war etwa fünfzig Jahre alt, untersetzt und steckte in einem olivgrünen Parka, der schon bessere Tage gesehen hatte. Er hatte ein rundliches Gesicht mit hängenden Wangen und kleinen, munteren Augen. An seiner Stirn klebten Strähnen seines dünnen Haars. Besonders intelligent sah er nicht aus.

»Ich repariere den Damm.«

»Hier ist möglicherweise ein Verbrechen passiert. Sie werden hier auf der Stelle verschwinden!«

Wieder dieser grobe Tonfall. Dieses Riesenbaby machte sie wirklich sprachlos. Hatte der denn gar nichts mitbekommen?

»Ich bin hier Naturschutzwart. Es ist mein Recht, den Biberdamm zu reparieren.«

»Sie haben im Augenblick überhaupt kein Recht. Zu gar nichts.«

Der Dicke sah sie erstaunt an. »Verdächtigen Sie etwa die Biber?«

Sylke war nicht klar, ob der Mann begriffsstutzig war oder über einen besonders merkwürdigen Humor verfügte. »Im Augenblick verdächtigen wir jeden. Absolut jeden. Von mir aus auch die Biber.« Der Dicke schien eine Spur blasser geworden zu sein. Er zog sich von dem Aststapel zurück. Sylke bemerkte jetzt, dass sich der Stapel tatsächlich fortsetzte und quer über den gesamten Bachlauf erstreckte. Es war ein nach allen Regeln der Kunst errichteter Damm: getragen von einem Gerüst aus Hölzern, das mit Lehm abgedichtet worden war. Solide Ingenieurskunst, ausgeführt von scheinbar tollpatschigen Nagetieren, die vermutlich nicht einmal ein halbes Semester Statik studiert hatten. Etwa zwei Meter vom Ufer entfernt hatte jemand eine Kerbe in den Staudamm geschlagen.

Einer beiden Streifenpolizisten brach geräuschvoll durchs Unterholz. Er hatte wohl von oben die lautstarke Diskussion mitbekommen.

»Das ist … äh … Herr Pölzner, unten aus dem Dorf. Er hat die Leiche gefunden.«

Sylke sah den Kollegen entgeistert an. Wieso hatte der nicht gleich bei ihrem Eintreffen … Ihre Missstimmung bekam neue Nahrung. »Das wird jetzt aber höchste Zeit, dass Sie das mal erwähnen!« Sie wandte sich Pölzner zu. »Kommen Sie doch bitte mal mit mir an die Seite.«

Der Dicke trennte sich nur ungern vom beschädigten Biberdamm. Gerade, als sie den Abhang hinaufstiegen, knallte ihnen gleißendes Licht in die Augen. Zwei Strahler auf Teleskopstangen verwandelten die gesamte Szenerie in eine Bühne, auf der ein Dutzend Personen ihre Rolle spielte, scheinbar routiniert, auf jeden Fall gefasst und mit Konzentration. Auch die Matschflecken auf Sylkes Hose waren nun gut zu erkennen. Ein Dornenzweig hatte zudem einen Riss am Oberschenkel erzeugt. Sie versuchte, ihren Ärger abzuschütteln, aber sie hatte das Gefühl, dass es nicht mehr lange gut gehen würde.

Oberhalb der Fundstelle trafen sie auf Philipp. Sylke erklärte ihm kurz, wer Pölzner war. Sie kaperten einen gerade eintreffenden Polizeibus für eine erste Befragung. Sylke wies Pölzner an einzusteigen und schloss die Tür, sodass der Zeuge nicht hören konnte, was sie mit Philipp draußen besprach. »Wie sieht es bei der Leiche aus?«

Philipp wirkte angespannt. »Massive Gewalteinwirkung am Hinterkopf. Stumpfer Gegenstand. Ob das tödlich war, weiß ich nicht, aber er hat auch Schlammspritzer im Gesicht. Vielleicht gab es einen Kampf. Auf jeden Fall müssen wir von einem Tötungsdelikt ausgehen. Wir sollten einen Fuß-abdruck vom Zeugen nehmen, um zu sehen, welche Fuß-spuren außer seinen noch zu finden sind.«

»Gut«, sagte Sylke zum Erstaunen des jungen Kollegen. Dann schob sie ihn in den Polizeibus und nahm neben ihm Platz. Pölzner beobachtete mit zusammengepressten Lippen, wie Philipp Schreibblock und Aufnahmegerät zurecht-legte. Er arbeitete den üblichen Fragenkatalog ab. Pölzner hatte die Leiche bei einem Kontrollgang gegen 16:30 Uhr entdeckt und die Polizei benachrichtigt. Er hatte den Toten nicht berührt, weil er sich sofort sicher gewesen war, dass da nichts mehr zu machen war. Aber er hatte ihn erkannt: Es handelte sich um Dr. Roland Krohnhorst, einen pensio-nierten Regierungsrat, der in der Gegend Jagdpächter war.

»In welchem Verhältnis standen Sie zu dem Toten?«, fragte Philipp. Der Naturschutzwart zögerte einen Moment. »Verhältnis? Ich hab den nur flüchtig gekannt. Wir trafen uns gelegentlich hier draußen.«

»Sie sind doch sicher oft hier?«

»Ja, schon. Wir vom Heimatverein kümmern uns ja um das Gebiet. Die Biber breiten sich hier im ganzen Tal aus. Überall bauen sie Staudämme, es entstehen große Seen. Und dann …«

»Der Herr Krohnhorst, war der auch so begeistert von den Bibern?«

Pölzner lachte verlegen. »Na ja, die Biber sind jetzt nicht gerade sein größtes Hobby – gewesen. Aber er musste na-türlich auch einsehen, dass sie hier vieles verbessern: Wir haben, seit die Biber da sind, mehr Fische und Insekten. Es gibt hier Prachtlibellen, die waren früher nie hier, wir haben sogar die Europäische Seekanne beobachtet, die steht auf der Roten Liste und …«

»Ja, interessant«, unterbrach Philipp ihn. »Noch mal zu Dr. Krohnhorst: Gab es da Konflikte wegen der Biber?«

»Wie … äh … was für Konflikte?«

»Na ja, diese ganzen Stauseen, das verändert ja die Landschaft. Man kommt nicht mehr so gut durch.«

»Gut, ja, das fand er wohl nicht so toll. Etwas weiter oben steht tatsächlich ein Ansitz unter Wasser. Aber die Tiere sind hier geschützt, da gibt es Gesetze, und gerade in diesem Gebiet soll speziell der Biber machen können, was er will.«

»Es gab also Streit.«

»Das habe ich nicht gesagt.«

»Aber Sie haben doch gesagt, dass Dr. Krohnhorst die Biber nicht so toll fand. Woher kommt denn diese große Kerbe in den Damm?«

»Ja, die hat wohl irgendwer da reingemacht.«

»Vielleicht Dr. Krohnhorst?«

Pölzners Gesicht war zunehmend rot geworden. Obwohl es im Polizeibus nicht gerade warm war, glänzte seine Stirn. Er sah hilfesuchend zu Sylke rüber, aber Sylke schwieg und beobachte ihn mit einem sphinxhaften Lächeln.

»Ich weiß es nicht«, sagte Pölzner schließlich.

»Aber Sie vermuten es.«

»Nein, ich weiß es nicht. Und ich will es auch nicht vermuten.«

»Wissen Sie, was ich glaube? Ich glaube, …«

Es war der Moment, in dem Sylke nicht mehr stillsitzen konnte. Sie griff Philipps Unterarm. »Lass uns draußen kurz weiterreden, ja?«

Mittlerweile war es beinahe dunkel geworden. Die Luft war kühl, fast schon winterlich kalt. Sylke schloss die Schiebetür des Polizeifahrzeugs. »Was war das denn jetzt? Du legst einem Zeugen lauter Dinge in den Mund und dann setzt du an zu einer Beschuldigung? Ist dir klar, was du damit anrichtest?«

Philipp verzog trotzig den Mund. Sylke fuhr mit ihrer Strafpredigt fort. »Wenn du ihn beschuldigst, musst du ihn darüber informieren, dass du ihn als Beschuldigten betrachtest. Du musst ihm seine Rechte erklären. Sonst ist alles, was du hier besprichst, hinfällig. Du bekommst einen Riesenärger mit der Staatsanwaltschaft.«

»Du weißt doch gar nicht, was ich sagen wollte. Ich hätte ihm als Nächstes erklärt, dass ich seine Rolle bei dieser Sache für unklar halte und ihn ab sofort als Beschuldigten führe.«

Sylke schüttelte den Kopf. »Das ist doch Blödsinn! Es ist viel zu früh. Wir haben kein gerichtsmedizinisches Gutachten, keine Spurenuntersuchung, wir wissen nichts. Und du willst den armen Mann hier gleich zum Täter stempeln? Dann taucht der morgen mit seinem Anwalt auf und sagt kein Wort mehr. Abgesehen davon, dass du suggestiv vorgehst, verschlechterst du so deine Position. Selbst wenn du das Gefühl hast, er könnte der Täter sein – warte ab. Lass dir nicht sofort in die Karten schauen! Solange er denkt, dass wir nur seine Unterstützung benötigen, sagt er vielleicht interessante Dinge.«

»Um sich selbst zu entlasten.«

»Das kannst du dann ja einordnen, oder?«

Sie trat einen Schritt zurück und betrachtete den jungen Beamten, der nervös seinen Bart bearbeitete. Sylke hatte beinahe Mitleid. Aber nur beinahe. »Ist nicht dein bester Tag heute, was?«

Er zuckte mit den Schultern. Sie gab ihm einen aufmunternden Stoß. »Pass auf. Du gehst jetzt wieder in den Bus, bedankst dich für die Aussage, und für morgen bekommt er noch mal eine höfliche Einladung aufs Revier.«

»Du willst ihn einfach so laufen lassen? Wir müssen noch nach seinem Umfeld fragen. Wer ist außer ihm hier noch aktiv? Wer hat was gegen Krohnhorst? Pensionierter Regierungsrat – hier gibt's bestimmt noch Leute, die ihn nicht mögen.«

»Das machen wir alles morgen.«

»Wir?«

»Ich meinte natürlich: ihr.«

Sylke wandte sich abrupt ab. In diesem einen Punkt hatte Philipp recht: Sie musste sich raushalten. Unbedingt. Sonst würde sie am Ende noch für die unprofessionell geführten Ermittlungen mitverantwortlich gemacht. Sie sah zu, wie er wieder im Polizeibus verschwand, und ging ein paar Schritte den Hang hinauf, bis knapp unter die Hügelkuppe. Von dort oben wirkte die Szenerie rund um den Fundort der Leiche unwirklich. Das kalte Licht der Scheinwerfer ließ die Gestalten in den weißen Schutzanzügen aussehen, als wären sie von innen erleuchtet. Über der Fundstelle war ein Schutzzelt aufgebaut worden, die Beamten untersuchten das Opfer und durchkämmten das Unterholz, zwei Bestatter warteten am Rand des Geschehens auf ihren Einsatz. All das löste bei Sylke ein gewisses Kribbeln aus, das sie nur zu gut kannte. Da war Empathie mit dem Opfer, da war auch der Wunsch nach Gerechtigkeit, nach dem Finden eines gefährlichen Täters. Vor allem aber hatte sie ein dringendes Bedürfnis, das Wirrwarr von Informationen zu ordnen, die nebeneinander laufenden Aktivitäten zu steuern, ihnen Struktur und Richtung zu geben. Ordnung in eine Ermittlung bringen, jeden Schritt zur richtigen Zeit tun, wie ein Wanderer, der sich auf einem schmalen Grat bewegt – das empfand sie als zutiefst befriedigende Tätigkeit. Und da lag wohl auch der eigentliche Grund dafür, dass sie sich auf Umwegen bis zur Kriminalpolizei durchgeschlagen hatte: Sie wollte etwas verstehen, das im ersten Moment unbegreiflich erscheint. Und sie hatte große Lust, die Zügel in diesem Fall selbst in die Hand zu nehmen.

5

Als Tom aus dem Mietwagen stieg, hatte er sich verwandelt: Anstatt eines abgetragenen Pullovers trug er ein gebügeltes, dunkelgrünes Hemd und sein einziges Jackett. Am Morgen hatte er sich sorgfältig rasiert, gekämmt und mit Haargel eine stilvolle Frisur gebastelt. Seine Lederschuhe waren geputzt und entgegen aller Gewohnheit saß eine Brille mit Goldrand auf seiner Nase. Die Gläser hatten keine Funktion, aber die Brille ließ ihn deutlich seriöser erscheinen, also ungefähr so, wie er sich einen Investor mit viel Geld vorstellte. Als Leihwagen hatte er sich ein Fahrzeug der Oberklasse geleistet. Tanja Grundler würde sich über seine Spesenrechnung die Haare raufen.

Die Starkwind AG hatte ihren Hauptsitz in Anklam, unterhielt aber auch Niederlassungen in Frankfurt (Oder) und Potsdam. Das Unternehmen plante Windparks, meistens im Auftrag von Energiekonzernen oder Investoren. Das Dienstleistungsangebot umfasste außerdem die technische Überwachung des laufenden Betriebs, Instandhaltung und Reparaturen. So stand es jedenfalls auf der Internetseite, mit der sich Tom gründlich beschäftigt hatte.

Das Unternehmen war in einem unauffälligen, weißen Zweckbau am Stadtrand untergebracht, vermutlich noch aus der Vorwende-Zeit, aber grundlegend saniert und sehr gepflegt. Auf dem Flachdach erkannte Tom aufgeständerte Solarpanels. Er sah sich kurz auf dem rückwärtigen Parkplatz um, bevor er sich auf den Weg zum Haupteingang machte und sich am Empfang meldete. Wenig später stand ein Mittvierziger mit gelocktem Haar und leichtem Bauchansatz vor ihm und reichte ihm die Hand.

René Jagel trug keine Krawatte, aber ein seidig glänzendes Hemd mit Stehkragen und eine Jeanshose, die so aussah, als habe er sie an diesem Tag zum ersten Mal aus seinem Schrank geholt. Tom war zufrieden, dass er mit seinem Outfit nicht allzu weit entfernt war von der Kombination aus Lässigkeit und Öko-Glamour, die in diesem Unternehmen angesagt war. Viel mehr hätte er aber auch nicht aufbieten können. »Becker, sehr erfreut«, sagte er mit fester Stimme.

In Jagels Büro gab es viel Glas und polierten Stahl, ein palmenartiges Gewächs sorgte für Karibik-Flair und an den Wänden hingen kunstvoll eingefärbte Fotos von Windrädern, die aus allen möglichen Perspektiven aufgenommen worden waren. Als sie mit dampfendem Kaffee am Besprechungstisch saßen, erläuterte Tom sein Anliegen: Er sei auf der Durchreise und interessiere sich, wie schon telefonisch angedeutet, für Gelegenheiten, in Windkraftanlagen zu investieren. Von der Starkwind AG habe er einen passablen Eindruck gewonnen, deshalb sei er persönlich vorbeigekommen.

»Das ist ungewöhnlich, so kurzfristig«, sagte Jagel mit einem feinen Lächeln, »aber zum Glück kann ich mir heute dafür eine Viertelstunde Zeit nehmen.«

Das Signal war einfach zu deuten: Jagel markierte Grenzen – nicht er wollte dem Investor dienen, sondern der Investor war der Bittsteller. Tom rückte seine nutzlose Goldrandbrille zurecht. »Dann lassen Sie uns doch gleich zum Wesentlichen kommen, Herr Jagel. Ich beabsichtige ein Engagement in Höhe von fünf bis zehn Millionen Euro.«

In Jagels Gesicht tat sich nichts. Entweder hatte er sein Minenspiel gut unter Kontrolle oder er war nicht auf der Suche nach Investoren. Vielleicht hantierte sein Unternehmen auch mit weitaus höheren Summen, als Tom erwartet hatte. Jagels Stimme klang so, als habe ein Sparkassenkunde angekündigt, mal wieder zweihundert Euro einzuzahlen. »An welchen Zeitraum dachten Sie?«

»So bald wie möglich.«

»Darf ich fragen, aus welcher Branche Sie kommen, Herr Becker?«

Tom versuchte sich an einem gepflegten Lächeln, bevor er antwortete. »Software, Fintech. Wir haben einige erfolgreiche Apps programmiert. Inzwischen habe ich meine Geschäftsanteile verkauft und bin jetzt Privatier.«

Diese Berufsbezeichnung schien Jagel fürs Erste zu genügen. »Wir haben mehrere Projekte in Vorbereitung«, erklärte er, »aber Sie wissen natürlich, dass Genehmigungen für neue Windparks in den letzten Jahren ausgesprochen schwer zu bekommen sind – vor allem in Deutschland. Haben Sie eine bestimmte Region im Blick?«

»Das Projekt auf der Friedländer Großen Wiese zum Beispiel.«

Der Geschäftsführer der Starkwind AG sah ihn überrascht an. Sein feines Lächeln verlor etwas von seiner Feinheit.

»Woher wissen Sie davon? Wir haben bislang nichts ver-öffentlicht.«

»Man hat so seine Quellen. Ich hörte, es gebe Schwierig-keiten?«

Jagel zögerte einen Moment. Er schien nach einer ange-messenen, also nichtssagenden Formulierung zu suchen. »Die Friedländer Wiese gehört zu den komplexen Projek-ten. Ich würde Ihnen etwas anderes empfehlen.«

»Woran liegt's? Das Gebiet ist doch perfekt: Kaum Be-siedlung, für die Landwirtschaft nicht übermäßig wertvoll.«

»Es gibt da einige ganz spezifische Hindernisse«, sagte Ja-gel. »Aber wir haben in Brandenburg gerade ein vielverspre-chendes Projekt. Baubeginn wäre schon im kommenden ...«

»Moment«, unterbrach Tom den Geschäftsführer, leicht ungehalten. »Was sind das für Hindernisse?«

Das linke Augenlid des Windkraft-Managers zuckte. Nahm er Tom den eigenbrötlerischen Investor ab? Oder spielte er das Spielchen nur mit, um herauszubekommen, wer sein kurzfristig angereister Gast wirklich war? Es gab ja einige Möglichkeiten: ein Journalist, ein Konkurrent, ein Spion aus der Naturschutzszene. Jagel ließ sich nicht in die Karten schauen. »Dazu kann ich nicht viel sagen. Es geht um Grundstücke und es geht um Greifvögel. Das Übliche.«

»Der Rotmilan? Die Viecher sind eine echte Landplage geworden.«

War das zu viel Anbiederung? Jagel lehnte sich zurück und betrachtete Tom mit schief gelegtem Kopf. »Ja, man kann sich darüber ärgern, aber natürlich respektieren wir die Naturschutzbelange vollumfänglich.«

Tom rümpfte die Nase. »Ich hatte gehofft, dass Sie mir bessere Auskünfte geben können.«

»Bei dem Projekt in Brandenburg sind solche Hindernisse kein Thema. Ich würde Ihnen gern …«

»Brandenburg interessiert mich nicht«, sagte Tom, jetzt etwas schärfer im Ton. »Ich würde gern wissen, warum Ihr Unternehmen nicht in der Lage ist, nach Jahren der Vorplanung auf der Friedländer Großen Wiese einen Windpark zu errichten.«

Das war zu viel; er musste aufpassen, nicht aus der Rolle zu fallen. Jagel sah ihn einigermaßen entgeistert an. »Darf ich fragen, warum Sie so auf diesem Projekt herumreiten? Es ist doch letztendlich egal, wo sich die Mühlen drehen.« Er lachte kurz auf, aber Toms starrer Blick ließ ihn schnell wieder verstummen.

»Oder sind Sie gar nicht hier, um zu investieren? Sind Sie Grundstückseigentümer, sind Sie von den Verzögerungen irgendwie betroffen? Ich habe volles Verständnis dafür.«

Er zweifelte also tatsächlich an den Absichten des Herrn Becker. Tom musste schlucken.

»Schauen Sie«, sagte er in einem eisigen Tonfall. »Ich denke mir das so: Wer in einem Fall Schwierigkeiten nicht aus dem Weg räumen kann, der schafft es auch bei anderen Gelegenheiten nicht. Ich gebe mein Geld nur in Hände von Leuten, die Probleme lösen, anstatt sie vor sich her zu schieben.«

Es kam wohl nicht oft vor, dass Jagel, Geschäftsführer und Mitgesellschafter eines Unternehmens mit mehr als 70 Mitarbeitern, derart angegangen wurde.

Sein feiner Kragen war kurz davor zu platzen. »Und ich, Herr Becker, biete Investoren nur Projekte an, die vertraglich abgesichert sind. Beim Windpark auf der Friedländer Großen Wiese fehlt dazu noch ein Daumenbreit, mehr nicht. Die Probleme werden gelöst, mit allen gebotenen Mitteln. Aber noch ist es nicht so weit.«

»Na also, das ist doch ein Wort. Sie regeln das. Und ich komme wieder, sobald es so weit ist. Mit welchem Zeitraum darf ich rechnen?«

Jagel wich seinem Blick für Sekundenbruchteile aus. »In einer Woche sollten alle Ampeln auf Grün stehen.« Seine Stimme hatte einen hohlen Klang. Die Aussage war ihm offenbar unangenehm, aber er konnte nicht mehr zurück.

»Wenn Sie Unterstützung brauchen: Ich bin gern für Sie da«, sagte Tom. »Ich mag es, Hindernisse aus dem Weg zu räumen. Sollte es nötig sein, würde ich mich auch finanziell engagieren. Wenn Sie verstehen, was ich meine.«

Jagel schüttelte den Kopf. »Wenn Leute Prinzipien über alles andere stellen, dann hilft uns Geld nicht weiter. Danke für Ihr Angebot, aber ich denke, dass wir die Sache mit unseren Mitteln zu Ende bringen.«

Er stand unvermittelt auf. »Sie sollten Ihre Adresse hinterlassen, Herr Becker, damit wir Sie auf dem Laufenden halten können. Ich zeige Ihnen gern den Standort – aber Sie sind ja ohnehin schon gut informiert.«

Vom Fenster aus konnte man einen Teil des Parkplatzes überblicken. Obwohl Jagel ihn nun unverkennbar loswerden wollte, nahm sich Tom noch einmal die Zeit, in aller Ruhe die Asphaltwüste zu betrachten.

»Ich habe gesehen, dass hier viele Mitarbeiter elektrisch fahren. Das gehört bei einem Unternehmen wie Ihrem zum Pflichtprogramm, oder?«

Jagel nickte. Er wirkte erleichtert, in den Small Talk-Modus umschalten zu können.

»Wir müssen die regenerativen Energien nicht nur ausbauen, wir müssen sie auch nutzen. Unsere Firma hat ein eigenes Förderprogramm für Mitarbeiter, die sich ein E-Fahrzeug zulegen wollen. Das läuft so gut, dass wir dringend mehr Ladesäulen benötigen.«

»Und Sie selbst? Lassen Sie mich raten: der blaue Porsche?«

Jagel fand sein feines Lächeln wieder. »Sie haben ja genau hingesehen. Ist schon mein zweiter Stromer. Was anderes kommt für mich nicht mehr in Frage.«

Tom verabschiedete sich. Natürlich unterließ er es, irgendjemandem irgendeine Adresse zu geben. Er wandte sich noch einmal dem Firmenparkplatz zu und schlenderte zu Jagels Porsche, der gerade an einer der drei Ladesäulen hing. Mit prüfender Miene umrundete er das Auto. Er musste damit rechnen, dass er beobachtet wurde.

Als er auf die Seite gelangt war, die dem Gebäude abgewandt war, beugte er sich zum Hinterrad hinab und fuhr mit einer Hand rasch unter den Rand des Radkastens. Ein klackendes Geräusch verriet, dass er dabei ein Souvenir hinterließ, einen kleinen schwarzen Kasten, der sich mittels starker Magnetkräfte am teuren Blech festsaugte.

Tom richtete sich wieder auf, zog sein Jackett zurecht und macht sich auf den Weg zum Leihwagen. Nachdem er um einige Straßenecken gefahren war, hielt er wieder an. Er aktivierte die App für den GPS-Tracker, den er unter dem Radkasten des Porsche angebracht hatte. Das Display zeigte einen Kartenausschnitt mit dem Stadtgebiet von Anklam. Dort, wo sich der Parkplatz der Starkwind AG befand, blinkte ein roter Punkt. Tom nickte zufrieden und fuhr zurück nach Greifswald.

6

»Liebe Kolleginnen und Kollegen, ich mache es kurz: Kriminaloberkommissarin Sylke Bartel war ja nun einige Tage hier, um mit Ihnen die zukünftigen Arbeitsabläufe zu trainieren. Wie sie mir berichtet hat, ist dieser Prozess noch nicht abgeschlossen. Zugleich sind wir mit einem Tötungsdelikt konfrontiert, das dringend aufgeklärt werden muss. Daher freue ich mich Ihnen mitteilen zu können, dass Frau Bartel in Absprache mit ihrer Dienststelle in Stralsund für eine kurze Zeit die Dienstgruppenleitung bei uns übernehmen wird – so lange, bis der Fall Krohnhorst aufgeklärt oder eine Aufklärung in Sichtweite ist.«

Damit war es raus. Polizeirat Klüver, ein hölzern wirkender Endfünfziger mit dünnem Haar, blickte in die Runde. Ein gutes Dutzend Beamte waren im Raum, sie alle würden in irgendeiner Weise an den Ermittlungen beteiligt sein. Sylke war vor allem auf die Reaktion der Personen gespannt, mit denen sie eng zusammenarbeiten sollte. Da war zum einen Lisa Kaup, eine zierliche und zurückhaltende Kollegin, deren Intelligenz Sylke sehr schätzte. Sie war immer gleichbleibend freundlich, hatte aber auch etwas Geheimnisvolles – man wusste nie genau, was sie wirklich dachte. Das wiederum war nicht das Problem von Philipp Danofski. Es war ein offenes Geheimnis, dass er die Dienstgruppenleitung übernehmen und Lisa seine Stellvertreterin werden sollte. Sylke hatte Philipp spüren lassen, dass sie ihm diese Aufgabe im

Augenblick noch nicht zutraute. Er erschien ihr einfach zu ungestüm und zu sehr auf sich selbst bezogen. Ihm fehlte die Distanz, der einordnende Überblick.

Nach Klüvers Ankündigung, dass Sylke vorübergehend in Greifswald bleiben würde, drehte sich Lisa kurz zu ihr um und deutete ein Lächeln an – es wirkte bemüht, war aber immerhin eine Geste. Philipp hingegen starrte vor sich hin und knetete dabei seine Unterlippe. Seine Gleichgültigkeit war ein klares Statement. Er regte sich auch nicht, als Klüver eine kurze Pause machte, um den Anwesenden Gelegenheit für einen kurzen Begrüßungsapplaus zu geben. Es trat aber nur einen Moment betretener Stille ein, bevor der Polizeirat noch einige anspornende Worte hinzufügte, die Sylke sofort wieder vergaß. Sie stand auf, bedankte sich und erklärte, dass sie sich auf die Herausforderung freue – was der vollen Wahrheit entsprach. »Lasst uns gleich loslegen«, sagte sie. »Je zügiger wir ermitteln, umso schneller seid ihr mich wieder los.« Pause. Niemand lachte, niemand sagte etwas. Polizeirat Klüver verabschiedete sich und eilte davon.

Nach einer kurzen Pause kam das Kernteam zu einer ersten Besprechung zusammen. Sylke nahm sich vor, sich ganz auf die Sache zu konzentrieren und alle Vorbehalte gegen ihre Person vorläufig zu ignorieren. »Wir sollten heute alle Informationen sichten, die wir bislang haben. Was liegt vor?«

Lisa schlug ihre Mappe auf. »Zunächst zum Opfer: Dr. Roland Krohnhorst, 72 Jahre, alleinstehend. Er hat zwei erwachsene Kinder, die im Rheinland und in München leben und inzwischen benachrichtigt wurden. Krohnhorst stammt aus Köln, war in den 1990er-Jahren in leitender Funktion in der Greifswalder Kreisverwaltung tätig. Eigentlich sollte er Landrat werden, hat dann aber einen Posten im Innenministerium in Schwerin übernommen. Nach seiner Pensionierung ist er nach Greifswald zurückgekehrt. Er hat hier wohl noch viele Freunde und auch gute Verbindungen in die Politik. Soweit ich das sehe, lebt er allein und hat kürzlich eine Wohnung in einem dieser neuen Häuser in der Hafenstraße bezogen.«

»Quartier am Ryck?«, warf einer der Beamten grimmig ein. »Da hab ich mir mal 'ne Wohnung angesehen. Nur so aus Spaß. Für die Hälfte der Miete hätte ich sie genommen.«

Die anderen grinsten, der Einwurf schien Lisa aus dem Konzept zu bringen. Sylke nickte ihr aufmunternd zu. »Im Waldgebiet am Prägelbach, also am Fundort der Leiche, ist Krohnhorst Jagdpächter. Er ist seit fünfzehn Jahren geschieden und nicht vorbestraft.«

»Danke Lisa. Gibt es schon Erkenntnisse zur Tat?«

»Die Gerichtsmedizin war ja vor Ort. Die erste Einschätzung ist etwas merkwürdig: Krohnhorst hat einen kräftigen Schlag auf den Hinterkopf bekommen. Allerdings war das nicht die Todesursache – er ist ertrunken. Wie wir alle gesehen haben, lag er nicht im Wasser, müsste also nach seinem Tod noch bewegt worden sein. Dafür wiederum finden sich am Tatort keine Spuren. Das passt alles nicht so richtig zusammen.«

»Ja, sonderbar. Wir müssen wohl den Obduktionsbericht abwarten. Was noch?«

Lisa erläuterte, dass die Spurensuche vor Ort wenig ergeben habe. Im Gebüsch habe man ein Fernglas gefunden, das dort wohl noch nicht lange gelegen habe. Es befinde sich noch in der Kriminaltechnik. Erstaunlicherweise seien kaum Fußabdrücke zu finden gewesen. »Geht man nach den Fußspuren, war außer Pölzner in den letzten Tagen niemand direkt am Bachufer.«

»Ich sag's doch die ganze Zeit«, murmelte Philipp, der auf seinem Stuhl hing wie ein schlecht erzogener Neuntklässler. Vor ihm auf dem Tisch stand eine Brotdose mit Weintrauben, von denen er hin und wieder eine nahm und zwischen den Backenzähnen aufplatzen ließ. Sylke blickte ihn streng an. »Philipp, was wolltest du sagen?«

Der Kriminalkommissar setzte sich umständlich auf und strich sich über den Bart. »Die Befragung von Pölzner wurde gestern von dir abgebrochen, obwohl sich Verdachtsmomente ergaben. Und jetzt kommen weitere dazu. Krohnhorst scheint etwas gegen die Ausbreitung der Biber zu haben, für die sich Pölzner einsetzt. Möglicherweise hat Krohnhorst den Biberdamm beschädigt, Pölzner hat ihn dabei erwischt, es kam zum Streit, Pölzner hat zugeschlagen. Peng. Ich habe den Herrn übrigens für morgen früh aufs Revier geladen.«

Philipp lehnte sich wieder zurück, so, als solle sein Arbeitstag mit dieser Einlassung beendet sein. Sylke spürte, wie Wut in ihr hochstieg. Sie durfte sich hier nicht vorführen lassen, sie durfte auf solche Provokationen aber auch nicht überreagieren. ›Bleib bei der Sache‹, sagte sie sich. Sonst würde sie am Ende genau das tun, was sie Philipp vorwarf: Den Blick aufs Ganze verlieren.

»Okay«, sagte sie gedehnt. »Dann verdichten sich ja die Hinweise, dass der Fall eine schnelle Lösung finden könnte. Sollen wir es drauf ankommen lassen und unsere Arbeit einstellen, bis wir Pölzner befragt haben?«

Die anderen sahen sie erstaunt an.

»Äh, nein«, sagte Lisa schließlich. »Ich denke, wir müssen im Augenblick in verschiedene Richtungen ermitteln und das alles noch mit weiteren Informationen stützen.«

Sylke lächelte. »Danke. Ich hatte schon befürchtet, ihr habt das Denken komplett eingestellt.«

Sie sah aus den Augenwinkeln, wie Philipp auf dem Tisch seine Faust ballte. In diesem Augenblick wurde ihr endgültig klar, dass es zwischen ihr und dem ungestümen Nachwuchskommissar noch laut werden würde. Vorläufig bemühte sie sich um einen milden Ton. »Was also schlagt ihr vor?«

Lisa tippte mit dem Zeigefinger auf den Tisch. »Wir brauchen mehr Informationen über Krohnhorst. Familie, Freunde, vielleicht auch Konflikte aus seiner aktiven beruflichen Zeit.«

»Korrekt. Lisa kümmerst du dich darum, dass wir in Krohnhorsts Wohnung kommen?«

»Eine der wichtigsten Fragen wird die nach Pölzners Alibi sein. Die Glaubwürdigkeit seiner Angaben können wir besser einschätzen, wenn wir mehr über sein Umfeld wissen. Wir könnten uns in der Nachbarschaft umhören.«

»Sehr gut, Lisa.«

»Sind am Streit zwischen Krohnhorst und den Natur-schützern noch weitere Personen beteiligt? Was genau macht dieser Heimatverein?«

»Auch wichtig.«

»Was ist das für ein Fernglas? Wem gehört es? Wir soll-ten Fotos anfertigen und sie zu den Befragungen mitneh-men.«

»Stimmt genau. Lisa, ich sehe, wir werden hier super zu-sammenarbeiten. Kannst du gleich zur Kriminaltechnik ge-hen und nachsehen, ob die schon etwas Neues haben?«

Sie verteilte weitere Aufgaben. Philipp sollte sich zusam-men mit zwei Ermittlerteams an Pölzners Wohnort umhö-ren, ein weiteres Team Informationen in den Datenbanken der Polizei und aus Internetquellen sammeln. Sie selbst traf sich wenig später in ihrem Büro mit Lisa, die das am Prägel-bach gefundene Fernglas auf den Tisch legte. Es steckte in einer durchsichtigen Beweismitteltasche. »Also, die Tech-niker meinten, ...«

»Moment«, unterbrach Sylke sie, »ich wollte dir noch sa-gen, dass ich von deinem Engagement sehr angetan bin. Mach bitte so weiter.«

Die junge Kollegin strich sich verlegen die Haare hinters Ohr und lächelte.

»Du stellst die richtigen Fragen, Lisa. Wirklich. Wenn du den Eindruck hast, dass etwas falsch läuft, dann trau dich ruhig und geh dazwischen. Etwas mehr Selbstbewusstsein und du wärst hier irgendwann Dienstgruppenleiterin.«

Lisa schüttelte den Kopf. »Ist für den Job nicht schon Philipp vorgesehen?«

»Davon weiß ich offiziell natürlich nichts, geht mich ja auch nichts an. Den Job sollte der Beste bekommen und nicht der Lauteste, oder?«

Sie wandten sich dem Fundstück vom Prägelbach zu. Es war ein handliches, olivgrünes Fernglas.

»Die Techniker meinten, es sei zwar etwas verdreckt gewesen, aber nicht so, als hätte es schon längere Zeit an dem Bachufer gelegen. Vielleicht nur wenige Stunden, vielleicht auch ein paar Tage.«

»Das heißt, es könnte im Zusammenhang mit unserem Fall eine Rolle spielen.«

Lisa nickte.

»Durchaus. Verwertbare Fingerabdrücke haben die beiden nicht gefunden. Aber sie wollten da nochmal eine zusätzliche Untersuchung durchführen. Leider ist diese Art von Fernglas sehr verbreitet. Das bekommt man in Läden für Camper, Wanderer oder Jäger. Es gibt aber eine Besonderheit.«

Sie hob die Tasche mit dem Feldstecher an und zeigte auf eine Stelle nahe am Mittelgelenk.

»Hier hat jemand die Buchstaben MN eingeritzt.«

»MN? Was kann das bedeuten? Sind das die Initialen des Besitzers? Jedenfalls nicht von Dirk Pölzner. Vielleicht irgendeine Kennung: *Mittlere Neiße* oder sowas?«.

Lisa musste lachen. »Nee, glaube ich nicht. Dann schon eher: »*Makellose Natur.*«

Sylke sah sie überrascht an. »Ich biete: *Mysteriöser Nebel*«.

»*Mutters Neuer.*«

»*Mordsgefährliche Notariatsangestellte.*«

»*Mozarts Nichte.*«

»*Mieser Normalo.*«

Lachend ließ sich Sylke in die Lehne ihres nagelneuen Bürostuhls fallen. Im gleichen Augenblick bemerkte sie Philipp, der ihnen durch die halb offene Tür zusah. Er hatte wohl einiges mitbekommen, zumindest aber den *Miesen Normalo*. Mit verkniffenem Blick trat er ein.

»Wir haben einige Namen und Adressen aus dem Umfeld Pölzners recherchiert und fahren jetzt da raus.«

»Okay, prima«, sagte Sylke. Aber in Gedanken formulierte sie etwas ganz anderes. Es lief nicht gut mit dem Team. Es lief überhaupt nicht gut.

7

Das Problem waren die Übergänge. Holz auf Stahl. Tom hatte ein Stück der grauen Innenverkleidung entfernt, welche die bislang heikle Verbindung kaschiert hatte. Jetzt stocherte Frank, der breitschultrige Tischler, mit einem Schraubenzieher in der offenen Wunde herum. Schwarze Bröckchen und butterweiche Holzfasern fielen auf den Boden. Die Dichtungsmasse in den Ritzen war zerbröselt, Wasser hatte eindringen können. Das Holz war unbemerkt verfault.

»Die Abschlussleisten müssen raus«, sagte Frank. »Alle. Und dann müssen wir sehen, ob wir die Stützen, die das Dach tragen, retten können. Aber zuerst muss die Einfassung entrostet und behandelt werden. Kannst du das machen?«

Tom nickte. Er kam sich vor wie ein Schuljunge, der nicht bemerkt hatte, dass sich in seinem Ranzen eine giftige Spinne häuslich eingerichtet hatte. Seine alte Barkasse war stärker beschädigt, als er vermutet hatte. Der Plan, nach zwei oder drei Tagen Greifswald wieder verlassen zu können, löste sich in Luft auf. Und wovon er die Rechnung bezahlen würde, war ihm auch noch nicht klar.

Sie stiegen an Deck. Nieselregen hatte eingesetzt. Frank reichte ihm seine kräftige Hand und stieß, als er an Land gehen wollte, beinahe mit Tanja Grundler zusammen.

»Ah, der Schiffsdoktor?«

»Die Diagnose war nicht sehr erfreulich«, sagte Tom grummelnd. Tanja deutete auf das Werftgelände. »Hier war ich noch nie. Das ist ja fantastisch.« Sie ging ein paar Schritte zum Hof der Museumswerft und stolzierte dabei wie ein Storch über die Transportschienen, auf denen die reparaturbedürftigen Schiffe aus dem Wasser gezogen werden konnten. Überall lagen Holzreste herum. Neben der großen Slipanlage war ein alter Segler aufgebockt. Die Werftleute hatten die Bordwand an mehreren Stellen geöffnet, aus den Spanten waren Teile herausgesägt worden. Dahinter gähnte ein schwarzes Nichts. Es war eine Operation am offenen Herzen, in der Luft hing der Geruch nach Schiffspech und feuchtem Holz. »Das ist unheimlich. Und beeindruckend.«

Tom war Tanja gefolgt. »Hier bekommt man eine etwas andere Vorstellung von der Zeit, in der die Mondnachtbilder aus dem Museum entstanden sind, oder? Harte Arbeit, gebrochene Planken, vernarbte Schiffe. Das unaufhörliche Ankämpfen gegen Undichtigkeit, Fäulnis und ungünstige Winde.«

»Willst du mir mein Faible für die Romantik austreiben?«

»Ich denke, dass man nicht die Bodenhaftung verlieren sollte.«

Tanja wandte sich zur MATHILDA um. »Und das Schiffchen da? Ist das nicht auch so ein Ding, mit dem man den festen Boden hinter sich lässt?«

Tom musste lächeln. »Ertappt. Ich habe die Barkasse tatsächlich vor der Verschrottung gerettet, als ich in einer echten Krise war. An dem Boot herumzubasteln war monatelang das Einzige, was ich hinbekommen habe.«

Sie gingen zurück zur MATHILDA. Tanja ließ sich die Barkasse zeigen und staunte über den gemütlich eingerichteten Salon, der sich gerade in eine Baustelle verwandelte. Tom hatte bereits eine Kanne mit Kaffee bereitgestellt, aber Tanja schlug vor, einen Spaziergang zu machen. »Ich muss nachher noch zu einem Besuch in die Universitätsklinik. Auf dem Weg dorthin kann ich dir einen meiner Lieblingsorte in Greifswald zeigen. Ich denke, bei dem tristen Wetter werden wir niemanden treffen, der mir Ärger machen könnte.«

Sie gingen zur neu angelegten Uferpromenade und überquerten dann das Hafenbecken auf der Fußgängerbrücke. Tom berichtete von seinem Besuch als vermeintlicher Investor bei der Starkwind AG. »Nach außen geben die sich fortschrittlich und naturverbunden. Aber ich denke, das ist nur die halbe Wahrheit. Das Unternehmen steht unter Druck, weil im Augenblick kaum noch neue Windparks gebaut werden. Der Geschäftsführer behauptete aber, dass er kurz davor sei, für den Windpark auf der Friedländer Großen Wiese eine Genehmigung zu beantragen.«

Tanja sah ihn erschrocken an. »Dazu bräuchte er doch Zugriff auf alle Grundstücke.«

»Korrekt. Vielleicht hat er geblufft. Ich bin mir nicht sicher.«

»Wie kann das sein? Meinst du, sie haben Malte …?«

»… entführt? Erpresst? Keine Ahnung. Ich überwache das Auto des Geschäftsführers – nicht ganz legal, aber anders komme ich nicht dran. Zwischenzeitlich habe ich überlegt, ob es nicht besser wäre, einen weiteren Vorstoß bei der Polizei zu unternehmen. Ich habe kein gutes Gefühl.«

Tanja schüttelte den Kopf. »Die sind so träge, so unwillig.«

»Hast du Informationen über die Landbesitzer, auf deren Flächen die Windräder gebaut werden sollen? Gibt es vielleicht eine Möglichkeit, Maltes Flurstücke zu umgehen?«

Wieder schüttelte sie den Kopf. »Das hätten sie sonst längst gemacht. Seit acht Jahren geht das Gezerre jetzt schon. Malte hat mir mal einen Plan geschickt, auf dem die Grenzen seines Landes eingezeichnet sind. Sie brauchen diese Flächen.«

Als sie den Hansering hinter sich gelassen hatten, wurde der Uferweg ruhiger. Sie passierten neu errichtete Wohnkomplexe, an der Kaimauer wechselten sich historische Segler mit modernen Jachten ab. »Es geht mich ja nichts an«, sagte Tom, »aber gibt es da keine Kompromissmöglichkeiten? Der Strom der Windräder wird ja dringend gebraucht.«

Tanja schüttelte den Kopf. »Ich will mich da nicht einmischen. Maltes Verhalten wirkt von außen vielleicht verbohrt, aber es stimmt doch, was er sagt: Du kannst einen Seeadler nur einmal umbringen. Die Natur ist immer auf der Verliererseite, wenn der Mensch sich ausbreitet. Das alles wird in eine globale Katastrophe führen, die längst begonnen hat. Es muss Menschen geben, die bedingungslos für die Natur eintreten.«

Tom fiel es schwer, von einem einzigen Windpark auf die ganze Welt zu schließen. »Ich bin im Augenblick etwas ratlos, wie es weitergehen könnte.«

Sie hatten inzwischen ein Wohngebiet gestreift und standen jetzt vor einem halb geöffneten schmiedeeisernen Tor. »Hier willst du hin?«, fragte Tom. »Auf einen Friedhof?«

»Es ist nicht irgendein Friedhof – es ist der Alte Friedhof von Greifswald, angelegt vor über zweihundert Jahren. Lass uns reingehen.«

Tom hielt das wieder für eine von Tanjas Marotten. Aber schon nach den ersten Schritten begann er zu verstehen, warum sie diesen Ort faszinierend fand. Die Betriebsamkeit der Stadt war vergessen. Bäume wuchsen zwischen und dicht neben den Gräbern, an einigen Stellen wirkte es so, als würden die alten Grabsteine von mächtigen Wurzeln gehalten wie von Händen. Kleine Monumente, verwitterte Statuen und sehr alte Grabmäler schienen Geschichten zu erzählen, denen die wuchernden Gräser und Sträucher aufmerksam zuhörten. Viele der menschlichen Gedenkzeichen waren von Efeu umschlungen; es schien so, als hätte sich das Reich der Verstorbenen mit dem der Natur verbündet.

»Mir ist noch etwas eingefallen«, sagte Tanja. Sie kramte in ihrer Handtasche und reichte Tom einen Zettel. »Das ist die Telefonnummer von Dirk Pölzner. Ich habe ihm schon Bescheid gesagt, dass du dich bei ihm meldest. Er ist ein etwas eigenwilliger Typ, fünfzig Jahre alt, wohnt bei seiner Mama, im gleichen Dorf, in dem auch Malte mit seiner Familie bis vor eineinhalb Jahren gelebt hat. Pölzner ist Maltes Nachfolger als Naturschutzwart am Prägelbach und irgendwie ein Fan von ihm.«

»Ein Fan?«

»Er bewundert ihn. Vor allem interessiert er sich für Greifvögel. Angeblich vertreibt die Starkwind AG an bestimmten Stellen Seeadler und Milane. Soweit ich weiß, versucht Pölzner, Beweise dafür zu finden.«

Tom steckte den Zettel ein. Sie waren am Ende des Friedhofs angekommen. Ein Zaun trennte ihn von einer weitläufigen Brachfläche, dahinter waren die Masten der Segelschiffe zu sehen, die sich am Ufer des Ryck aufreihten. In dieser Stadt schien wirklich alles miteinander verbunden zu sein, dachte Tom. Tanja drehte sich um und folgte seinem Blick. »Da draußen auf diesem wilden Gelände geht Malte gern joggen. Er wohnt gar nicht weit von hier. Ich war schon einige Male hier und an seiner Wohnung. Natürlich immer, ohne eine Spur von ihm zu entdecken.«

Sie waren plötzlich wieder beim Thema. »Die Ungewissheit muss sehr quälend für dich sein«, sagte Tom. Der Satz reichte, um bei Tanja einen Damm brechen zu lassen. Ein Schwall bitterer Worte platzte aus ihr heraus. »Es ist die Hölle. Zuhause in Ueckermünde kann ich mit niemandem sprechen. Du bist jetzt der einzige, aber auch meine Besuche hier müssen geheim bleiben. Ich brauche immer einen Vorwand, um nach Greifswald zu fahren. Das geht im Augenblick ganz gut, weil ich einen alten Herrn aus unserer Gemeinde besuche, der in der Universitätsklinik liegt.«

Für einen Augenblick dachte Tom, seine Auftraggeberin würde in Tränen ausbrechen, aber sie bekam ihre Verzweiflung unter Kontrolle. »Entschuldige, dass ich so direkt frage: Ist dieses geheime Doppelleben eine gute Perspektive?«

»Nein«, sagte Tanja mit fester Stimme, »ist es nicht.« Sie zögerte, schien zu überlegen, ob sie weitersprechen sollte. Dann tat sie es, schnell, als müsse sie in wenigen Augenblicken noch alles loswerden, was sich in ihr aufgestaut hatte. »Ich habe etwas erlebt, das ich schwer in Worte fassen kann. Es reicht nicht zu sagen, dass Malte und ich uns lieben. Das klingt so abgedroschen, finde ich. Wir sind ja keine Teenager mehr. Aber zwischen uns ist eine Kraft, von der ich nicht gewusst habe, dass es sie gibt. Wir wollen ausbrechen. Wir sind wie zwei Schwerverbrecher, die ihr Leben in die Hand des jeweils anderen legen, um über eine Mauer zu klettern und die Freiheit zu finden. Beide wissen: Anders geht es nicht. Anders bleibt das Leben ein Gefängnis. Für immer.«

Ein solches Bekenntnis hätte Tom nicht erwartet, schon gar nicht an diesem Ort, dem altertümlichen Friedhof. Tanja wartete seine Reaktion nicht ab. »Malte und ich haben einen Plan. Ich habe dir ohnehin schon viel zu viel erzählt, da kommt es jetzt auch nicht mehr drauf an. Wir wollen zusammen hier weggehen. Es ist alles vorbereitet. Zuletzt haben wir nur noch den richtigen Zeitpunkt gesucht. Wenn ich meinen Mann mit der Tatsache konfrontiere, dann … dann wird es sehr schwierig. Und dann muss ich genau wissen: Jetzt, in diesem Moment, kann ich gehen und bin dann weit weg.«

Tom kniff die Augen zusammen. »Das klingt jetzt beinahe bedrohlich. Hast du Angst, dass er gewalttätig werden könnte? Er ist Pastor. Ich dachte, solche Leute sind schon von Berufs wegen gewaltfrei.«

Sie lächelte traurig. »Er ist eigentlich ein gutherziger Mensch. Er setzt sich für andere ein, wo er nur kann. Er leistet hervorragende Arbeit in der Gemeinde und ist im Alltag sehr umgänglich. Aber wenn etwas passiert, das bestimmte Grenzen überschreitet, dann kann er zornig werden. Dann ist er unberechenbar. Ich fürchte nicht ernsthaft, dass er auf mich losgehen würde, aber ich möchte mich seiner Wut nicht aussetzen.«

»Verständlich«, sagte Tom. »Wo willst du denn mit Malte hingehen?«

»Er hat in Kanada ein Haus gekauft, in einem kleinen Ort, irgendwo im Nichts.«

»Kanada? Also richtig weit weg!«

»Vor allem weg von den Nachstellungen, Beleidigungen und Bedrohungen. Das hält doch kein Mensch aus. Malte hat es so satt. Was hat denn dieses Land hier zu bieten außer der Natur? Ist das nicht der größte Schatz? Diese wunderbare Küste, Weite und Einsamkeit, Seen und geheimnisvolle Wälder und große Flächen mit Schilf und Marschland. Malte sagt nichts weiter als: ›Hey, ihr müsst das ernst nehmen, ihr seid nicht allein, auch die Tier- und Pflanzenwelt will sich entfalten können!‹ Aber diese verstockten Leute hier fühlen sich sofort beeinträchtigt oder persönlich beleidigt. Manchmal kann man eben nicht profitieren, nicht alles bauen, abtragen, trockenlegen, einbetonieren. Ich hasse diese Profitgier, diese Ignoranz, diese Eigensucht! Wir Menschen sind doch nicht nur für uns selbst da! Wir müssen uns auch mal zurücknehmen können!«

Sie hatte sich in Rage geredet, jetzt trat sie einen Schritt zurück und schüttelte den Kopf, irritiert über sich selbst. »Entschuldigung«, sagte sie, »das hatte ich gar nicht beabsichtigt, aber du merkst, das alles hier macht mich ganz schön fertig.« Sie sah sich nervös um. »Ich muss jetzt gehen. Und ich hoffe, dass ich dich mit meinen Geschichten nicht zu sehr überfrachte.«

»Es ist immer gut, wenn ich einen Überblick über die Verhältnisse habe«, sagte Tom diplomatisch.

Tanja hatte es jetzt eilig. »Am besten wartest du noch einen Moment, bevor du gehst.« Sie hob die Hand zu einem etwas unbeholfenen Gruß und eilte davon, um sich dann aber doch noch einmal umzudrehen. »Wenn sich das einrichten lässt, dann würde ich gern mal mit dir auf den Greifswalder Bodden rausfahren. Und wenn es irgendwie geht, nachts bei Mondschein.«

8

Dirk Pölzner sollte um zehn Uhr im Polizeihauptrevier erscheinen. Um halb elf war von ihm noch immer nichts zu sehen oder zu hören. Sylke machte sich auf den Weg zu dem Büro, in dem Philipp und Lisa arbeiteten. Noch bevor sie den Raum betrat, hörte sie durch die halb geöffnete Tür, wie Philipp sich beschwerte: »… und dann ist sie zu Klüver gerannt und hat ihm erzählt, wie unfähig wir beide sind, damit sie den Job hier übernehmen kann. Vielleicht will sie einfach hierbleiben. Die in Stralsund sind wahrscheinlich froh, so eine Zicke los zu sein.«

Lisas Einwurf klang halbherzig. »Na ja, ganz so schlimm ist es auch nicht.«

»Du verteidigst sie, is' klar. Bei dir schleimt sie sich auch ein. Merkst du nicht, dass sie einen Keil zwischen uns treiben will? Wenn ich könnte, dann würde ich …«

Sylke wollte sich das nicht länger anhören. Sie tat so, als habe sie von dem Gespräch zwischen den beiden Kollegen nichts mitbekommen, klopfte an die Tür und trat im gleichen Augenblick schwungvoll ein.

»Habt ihr schon versucht, Dirk Pölzner zu erreichen?«

»Klar haben wir das«, gab Philipp übertrieben eilfertig zurück. »Aber er meldet sich nicht. Hat ja vielleicht seine Gründe.«

»Sollen wir hinfahren und ihn holen?«, fragte Lisa, ebenfalls sehr dienstbeflissen.

Sylke schüttelte den Kopf. »Noch nicht. Philipp, du warst doch gestern in der Nachbarschaft unterwegs. Was haben die über Pölzner gesagt? Hat der Mann eigentlich einen Beruf?«

Philipp hatte sich an diesem Tag für eine Banane entschieden. Während er über Pölzner Auskunft gab, machte er sich über das Obststück her. Es fiel Sylke schwer, beim Anblick des bärtigen Jungkommissars nicht an einen Schimpansen zu denken.

»Er hatte mal einen Klempnerbetrieb«, erläuterte Philipp, »der ist aber pleite gegangen. Später hat er für andere Handwerker gearbeitet. Vor zwei Jahren musste er wegen gesundheitlicher Probleme ganz aufhören. Ist schon seit einiger Zeit Vorsitzender im Heimatverein und engagiert sich da wie blöde, neuerdings eben auch für dieses Biberschutzgebiet. Ich würde sagen, dass ihm das Anerkennung bringt, die ihm sonst fehlt. Er ist unverheiratet, hat keine Kinder und lebt bei seiner 80-jährigen Mutter. Knapp zusammengefasst: Norman Bates aus Vorpommern. Ein Sonderling mit starkem Kompensationsbedürfnis.«

Sylke konnte sich eine spitze Bemerkung nicht verkneifen. »Gibt viele Möglichkeiten, Frustration zu kompensieren, oder? Ist jemand schon ein Sonderling, weil er sich um seine gebrechliche Mutter kümmert?«

Philipp zuckte trotzig mit den Schultern. Er blickte Lisa an, aber seine Worte zielten zweifellos auf Sylke. »Jeder sollte wissen, wo sein Platz ist, würde ich sagen.«

Sylke lag eine Erwiderung auf der Zunge, aber sie hielt sich zurück. So durften sie nicht weitermachen, es war nicht der richtige Weg. »Telefonier doch bitte etwas rum. Vielleicht hat jemand Pölzner heute schon gesehen. Auf den Dörfern stehen die gern mal hinter den Gardinen und gucken, was der Nachbar macht; gerade, wenn so etwas passiert ist wie gestern. Und Lisa, du könntest dir jetzt die Wohnung von Dr. Krohnhorst ansehen. Du weißt ja, wonach wir suchen: Wichtige Kontakte, Terminkalender, Hinweise auf den Streit mit Pölzner, aber auch auf Erkrankungen oder sonstige Besonderheiten.«

Sie ging zurück in ihr Büro. Es roch wie das gesamte Gebäude noch neu, Wände und Tische waren unberührt, frei von den Kratzern und Kerben, die das Leben früher oder später in einen Ort schlug. Sie hatte das Gefühl, dass dieses Büro sie abstoßen wollte, als wäre sie ein Fremdkörper. Dass Pölzner nicht zur Vorladung erschien, bestätigte Philipps Misstrauen. Hatte sie ihn zu Unrecht ausgebremst? Wäre es doch besser gewesen, den dicken Naturschützer direkt vor Ort hart anzugehen, in der Hoffnung auf ein schnelles Schuldeingeständnis?

Noch während sie mit aufkommenden Zweifeln kämpfte, steckte Philipp seinen Kopf durch die Türöffnung. »Pölzner wurde gesehen. Er hat vor einer Viertelstunde sein Haus verlassen und ist zusammen mit einem Mann Richtung Prägelbach gegangen.«

»Prägelbach?«

»Dieses Rinnsal, an dem Krohnhorst seinen letzten Atemzug getan hat.«

»Und wer ist dieser Mann?«

»Die Nachbarin hat ihn im Dorf noch nie gesehen.«

»Interessant. Lass uns mal nachsehen, was die beiden da draußen zu tun haben.«

9

Sylke überließ es Philipp, den Wagen zu steuern. Als sie auf die Wolgaster Straße eingebogen waren und der Weg nur noch geradeaus aus der Stadt führte, hielt sie die Zeit für ein paar offene Worte für gekommen. Sie bemühte sich um einen freundlichen, aber doch verbindlichen Tonfall.

»Philipp, ich habe den Eindruck, dass du mit meiner Vorgehensweise nicht immer einverstanden bist. Wenn du ein Problem damit hast, dann kannst du das sagen. Wir sind ein Team.«

Der junge Kollege hielt seinen Blick auf die Straße gerichtet. Seine Miene war unbewegt. Sylke wartete einen Moment. »Willst du irgendetwas dazu sagen?«

»Ist schon okay.«

»Wenn es dir gegen den Strich geht, dass mir die Leitung übertragen wurde, dann kannst du das auch sagen.«

Wieder eine Pause. Auf der linken Seite schimmerte für Sekundenbruchteile rötlicher Backstein durch Hecken und Bäume – die Klosterruine von Eldena.

»Wie gesagt: Ist schon okay.«

Sylke wartete, aber es kam nichts mehr. »Kannst du auch etwas anderes sagen als ›ist schon okay‹?«

Vor ihnen rumpelte ein Tanklastfahrzeug durch Schlaglöcher. Philipp setzte zum Überholen an. Der Wagen schoss nach vorn, als er das Gaspedal durchtrat. Es war nicht ohne Risiko. Sylke musste sich beherrschen, um nicht laut zu wer-

den. Dass er auf diese Art und Weise seinen Ärger abre-
agierte, war beschämend. Einschüchtern ließ sie sich aber
nicht. Das hatte sie noch nie getan. »Ich habe doch gemerkt,
dass du sauer bist. Das ist dein gutes Recht. Aber denk dran:
In dem Moment, als uns dieser Fall angetragen wurde, hast
du zurückgezogen. Das war deine Entscheidung. Du kannst
dich dann nicht hinterher darüber beschweren, wenn andere dir das dann auch nicht mehr zutrauen. Ich will, dass
wir gut zusammenarbeiten. Je eher du deine Vorbehalte
überwindest, umso besser ist deine Chance, am Ende dieser Ermittlung die Dienstgruppenleitung zu übernehmen.«

Philipp schnaufte. »Du willst doch, dass Lisa das macht.«

»Ich will, dass es der Beste macht. Das sage ich auch Lisa.«

»Aber du hast dir längst eine Meinung darüber gebildet,
wer der Bessere von uns beiden ist.«

Immerhin, dachte sie, das war ein Standpunkt. Etwas, womit man weiterarbeiten konnte. »Ich glaube, du solltest uns
beiden mehr Offenheit zugestehen. Du gibst dich gern spontan und aktiv, aber im Grunde versuchst du, an einem einmal
gefassten Urteil um jeden Preis festzuhalten. Es ist richtig:
Ich war gestern sehr angetan von Lisa. Sie ist sofort engagiert auf die Herausforderung eingestiegen, während du damit beschäftigt warst, dich für den Vortag zu rechtfertigen.
Wenn ich einen guten Eindruck von Lisa hatte, dann heißt
das aber nicht, dass ich irgendein Urteil über eure Qualifika-
tion gefällt hätte. Wirklich nicht. So schnell geht das nicht.«

Philipp schob die Unterlippe vor und sagte nichts mehr.
Sie fuhren jetzt durch kleine Dörfer, vorbei an der Abzwei-

gung, die zum Fundort der Leiche führte, bis nach Katzow, dem Ort, aus dem Pölzner stammte. Am Ortseingang ging es scharf nach rechts, dann weiter über Feldwege. Wiesen und Waldstücke wechselten sich ab, hier und da passierten sie einzelne Gehöfte. Von Pölzner und dem Unbekannten war nichts zu sehen. Philipp wurde ungeduldig. »Hier hätten sie eigentlich sein müssen. Was sollen wir machen?«

»Wir suchen zu Fuß weiter.«

Eine halbe Stunde später liefen sie noch immer durch den Wald. Philipps Laune hatte sich stetig verschlechtert und Sylke bereute, dass sie keinen Mittagsimbiss eingepackt hatte. Sie ärgerte sich weniger darüber, dass sie Pölzner nicht fanden, sondern vor allem, weil sie die gesamte Aktion inzwischen für Zeitverschwendung hielt.

Auf einer Anhöhe entdeckte sie einen Hochsitz. »Lass uns da oben Pause machen. Wir halten noch etwas Ausschau, aber wenn sich Pölzner in einer Viertelstunde nicht blicken lässt, brechen wir das Ganze ab. Soll der Staatsanwalt ihn vorladen. Dann bleibt ihm keine Wahl.«

Sylke stieg todesmutig die etwa fünf Meter lange Holzleiter hinauf.

»Na toll«, hörte sie Philipp sagen. Er folgte ihr wie ein unwilliger Schüler beim Wandertag. Dann saßen sie in luftiger Höhe auf einem regenfeuchten Holzbrett und observierten die Umgebung. Philipps Laune war weiterhin gedämpft. »Wir könnten einen Hubschrauber anfordern.«

»Klar – warum nicht gleich zwei Hundertschaften von der Bundespolizei? Pölzner ist bislang Zeuge, nicht mehr.«

»Ich hasse diesen Wald.«

Sylke sah amüsiert zu ihm rüber. Mit seinem struppigen Bart und dem Rollkragenpullover unter dem Sommermantel hatte er beste Voraussetzungen für einen anständigen Waidmann. Aber manche Leute wollten ihre Bestimmung einfach nicht erkennen. Philipp nahm ihr das Fernglas aus der Hand und suchte ein weiteres Mal den Waldrand ab. »Ist doch merkwürdig, dass er zwei Tage, nachdem die Leiche gefunden wurde, mit einem Typen hier herumstreunt, den im Dorf niemand kennt.«

»Kann Zufall sein«, sagte Sylke. »Vielleicht ein ehemaliger Kollege, dem er das Naturschutzgebiet zeigen will.«

»Oder der Typ soll ihm helfen, Spuren zu beseitigen, die wir noch nicht gefunden haben. Die Tatwaffe fehlt ja auch noch.« Er hielt plötzlich inne. Dann sprach er weiter, ohne das Fernglas abzusetzen, im Flüsterton eines Großwildjägers. »Da sind sie. Wir haben sie.«

Sylke wollte ihm das Fernglas abnehmen, aber Philipp hielt es fest. »Warte. Der Typ neben Pölzner ist bestimmt kein Handwerkerkollege. Lederjacke, Cordhose, Schiebermütze. Seine Tasche sieht aus wie der Ranzen meines Großvaters.«

Sylke musste lachen. »Dein Großvater war damals sicher stolz auf seinen Ranzen. Jetzt gib mir endlich das Fernglas.«

Philipp reichte ihr den Feldstecher. »Immerhin hat er es bis auf die höhere Schule geschafft und dann vierzig Jahre lang als Schiffsbauingenieur gearbeitet. Na ja, heute ist das auch kein sicherer Job mehr.«

Sylke hörte nur noch mit halbem Ohr zu. Als sie die beiden Gestalten, die am Waldrand entlang stapften, endlich in voller Größe vor die Linse bekam, erstarrte sie. Das Lachen verging ihr. »Das ist ja ... Scheiße. Das ist ...«

Philipp sah sie misstrauisch an. »Wie ... kennst du den Vogel?«

»Und wie ich den kenne. Ich hatte schon öfter mit ihm zu tun.«

»Und das bedeutet was?«

»Er heißt Tom Brauer und ist Privatermittler.« Sie schüttelte den Kopf. »Er ist unberechenbar und ziemlich eigensinnig. Leider auch nicht ganz dumm.«

Sie stiegen die morschen Stufen vom Hochsitz ab. Sylke musste an ihre bisherigen Begegnungen mit Tom denken. Es war ja nicht alles schlecht, was sie mit ihm erlebt hatte. Sie war sogar mal etwas verliebt gewesen in ihn.

»Wo bleibst du denn?« Philipp hatte es eilig und ging schon einige Schritte voraus. »Scheint dich ja sehr zu beschäftigen, dass dieser Tom Brauer hier rumläuft.«

Sylke winkte ab. Sie versuchte, sich wieder auf das eigentliche Ziel zu konzentrieren. Tom war im Augenblick nicht wichtig und sie würde alles dafür tun, dass sich daran auch nichts änderte. Hinter einer Wegbiegung kamen die beiden Waldspaziergänger in Sicht. Pölzner war die Begegnung mit den beiden Ermittlern sichtlich unangenehm. Aber für eine plötzliche Umkehr war es längst zu spät, das hätte ausgesehen wie Flucht. Sylke sah, dass Tom auf den Dicken einredete. Sicher gab er ihm Tipps, wie er sich nun verhalten sollte.

Trotzdem stotterte Pölzner wie ein ertappter Lausbub herum, als sie ihm gegenüberstanden. »Also, ich weiß, dass Sie mich ja gebeten hatten … ich hatte auch vor … also ich wollte …«

Sylke beachtete ihn für den Moment gar nicht, sondern wandte sich Tom zu, in dessen Gesichtsausdruck sie Argwohn, aber auch eine gewisse Belustigung zu erkennen glaubte. »Können wir mal kurz unter vier Augen sprechen?«

Tom sah sie beinahe mitleidig an, folgte ihr aber brav, bis sie außer Hörweite der beiden anderen waren.

»Nanu, neues Revier, Frau Oberförsterin?«

»Darf ich fragen, was du hier machst?«

»Ich gehe spazieren und informiere mich über die Belange des Naturschutzes. Wusstest du, dass Biber die intelligentesten Nagetiere sind, die man sich vorstellen kann, und beim Bau von Dämmen …«

»Tom, hör auf mit dem Mist. Wieso bist du mit dem Mann hier unterwegs – einen Steinwurf entfernt von dem Ort, an dem er vorgestern eine Leiche entdeckt hat? Wenn das Zufall ist, dann … «

»… dann bist du Lady Gaga. Nein, keine Sorge, du musst jetzt nicht singen lernen. Und ja, du hast recht: Es kommt selten vor, dass ich mich rein zufällig so weit von meinen Heimatgewässern wegbewege.«

»Hast du dem Pölzner eingeredet, nicht auf dem Polizeirevier zu erscheinen?«

»Ich habe ihn nur über seine Rechte aufgeklärt.«

»Du bringst mich hier in eine blöde Situation.« Sie sah sich zu den anderen um. Philipp redete auf Pölzner ein, der im Wald herumstand wie eine gerupfte Birke nach einem Orkan. Es war nicht gut, die beiden allein zu lassen. »Können wir uns mal unterhalten, also abseits des rein Dienstlichen?« Tom sah Sylke mit schief gelegtem Kopf an. »Klar. Immer. Gern.«

»Ich rufe dich an«, sagte sie, während sie bereits wieder auf dem Weg zu Philipp und Pölzner war.

»Herr Pölzner wird uns jetzt begleiten«, verkündete Philipp staatstragend.

Sylke drehte sich noch einmal zu Tom um. Er war stehen geblieben, als wolle er mitten auf dem Waldweg zum Denkmal werden, und blickte ihnen versonnen hinterher. Seine Gelassenheit reizte sie. Merkte er mal wieder nicht, wie sehr er ihre Ermittlungen behinderte? Andererseits war es beinahe schon ein vertrautes Gefühl, den Störenfried in der Nähe zu wissen. Sie schüttelte sich innerlich. Es war ja nichts Dramatisches passiert. Trotzdem hatte sie die Begegnung mit Tom aus dem Konzept gebracht.

10

Lisa traf den Hausmeister auf einem der Zuwege, die den Parkplatz mit den quaderförmigen Gebäuden des Wohnquartiers verbanden. Der Mann trug einen grauen Kittel und bot ihr an, die Wohnung von Dr. Krohnhorst aufzuschließen, aber Lisa wollte auf neugierige Begleiter lieber verzichten. Sie ließ sich den Schlüssel aushändigen und erklärte dem Hausmeister, dass sie ihn anrufen werde, wenn sie fertig sei.

Niemand machte ihr später einen Vorwurf deswegen, auch dass sie die Wohnung des Toten allein aufsuchte, wurde nicht als leichtsinnig betrachtet. Es bestand kein Grund, von einer Gefahr auszugehen. Die Tatsache, dass die Wohnungstür nicht richtig verschlossen, sondern einfach nur zugezogen worden war, hätte Lisa stutzig machen können. Aber auch dafür konnte es ja eine Erklärung geben: Einer wie Krohnhorst wischte sicher nicht selbst den Staub von den Möbeln und Fensterbänken – vielleicht hatte die Reinigungskraft vergessen abzuschließen. Bedenkenlos öffnete Lisa die Tür im fünften Stockwerk.

Im nächsten Moment war sie hingerissen von der hellen und geräumigen Wohnung. Großflächige Fenster ließen das milde Licht einer leicht verschleierten Sonne herein. Marmorplatten im Eingangsbereich, hellgraue Teppichfelder im Wohnzimmer. Vorhänge in einem warmen Rotton, Gemälde mit Jagd- und Naturmotiven. Wenige gediegene Möbelstücke: ein antiker Schrank aus glänzend poliertem Holz, ein schwarzes Ledersofa, dazu ein Tisch mit Rauchglasplatte. Es fügte sich stilistisch nicht perfekt zusammen und regelrecht abstoßend fand Lisa die ausgestopften Tierköpfe an der Wand. Aber die Wohnung insgesamt: ein Traum.

War sie zu sehr abgelenkt, weil sie sich vorstellte, wie es wäre, in solch einer Wohnung zu leben? Weil der Gedanke an ihre Gehaltsgruppe sie beschäftigte und auch der Brief vom Gericht, demzufolge ihr Vater wohl seit Monaten seine Stromrechnungen nicht bezahlt hatte? Sie registrierte einen kleinen Sekretär im Wohnzimmer, rötlich schimmerndes Holz, handgedrechselte Beine. Dann war da ein Schreibtisch mit eigenartig geschwungener Tischplatte. Im Schlafzimmer würde sie den Nachttisch unter die Lupe nehmen, außerdem einige Schubladen im Küchenschrank. Es war also einiges zu tun.

Bevor sie mit der Arbeit begann, gönnte sie sich einen Abstecher auf die Dachterrasse, mindestens fünfzig Quadratmeter, mit geriffelten Holzplanken belegt. Sie bot einen herrlichen Ausblick: Ganz vorn der Ryck, gekräuseltes Grün-Blau, dahinter links die Museumswerft mit den urigen alten Segelschiffen und direkt daran angrenzend das hochmoderne Betriebsgelände der Hansewerft, das sich bis zum Rand der Stadt erstreckte. Gerade konnte man beobachten, wie auf dem Ryck eine dieser Millionärsjachten wendete, vielleicht für eine Testfahrt auf dem Greifswalder Bodden. Diese noblen Wasserfahrzeuge, die teuren Wohnungen des Hafenquartiers – passte so etwas nicht eher nach Hamburg als in diese gemütliche und etwas verschlafene Stadt?

Lisa schreckte hoch, als sie ein Geräusch aus der Wohnung hörte. Es war nicht laut, vermutlich war durch den Luftzug, der mit dem Öffnen der Tür zur Dachterrasse entstanden war, eine Tür ins Schloss gefallen. Sie sah keinen Grund, die Pistole schussbereit zu halten. Ein zweites Mal streifte sie durch die Räume. Nein, da war niemand. Sie ging ins Schlafzimmer und wandte sich dem Nachttisch zu. Ohrstöpsel, Medikamente, Kondome. Kondome? Sie warf einen Blick auf das Bett, King-Size-Format, goldener Metallrahmen. Es passte nicht wirklich zu einem 72-jährigen Pensionär. Aber waren das nicht alles Vorurteile?

Im Wohnzimmer gab es ein Regalfach mit mehreren Büroordnern. Einer war mit Gericht beschriftet und enthielt mehrere Schriftstücke, die gerichtliche Auseinandersetzungen um die Biberbauten am Prägelbach dokumentierten. Lisa packte den Ordner in eine mitgebrachte Stofftasche und legte sie auf den Wohnzimmertisch. Dann wandte sie sich dem Bücherregal zu. Krohnhorst hatte nicht viele Bücher, die meisten drehten sich um Jagd oder Landesgeschichte, dazu kam eine Reihe von Reiseführern. Als sie einen Bildband über Thailand herauszog, fiel aus der hinteren Umschlagklappe ein Briefumschlag auf den Fußboden. Sie griff hinein und hatte ein Dutzend Fotografien in der Hand. Sie waren zum Teil verwackelt, bei einigen waren dunkle Streifen oder Flächen im Vordergrund zu sehen – so, als ob jemand aus einem Versteck heraus fotografiert hätte. Zu sehen war auf allen Bildern ein Stück von einem Parkplatz. Ein Mann, dessen Gesicht kaum zu erkennen war, hielt sich neben einem dunklen SUV auf, bückte sich, blickte sich um. Auf einem Bild war er auf dem Boden kauernd zu sehen, er schien einen Gegenstand, den man nicht erkennen konnte, gegen den Reifen zu halten.

»So, so«, murmelte Lisa, »das ist ja interessant.« Sie steckte die Fotos wieder in den Umschlag und legte ihn zu dem Ordner auf den Wohnzimmertisch. Dann ging sie in die Küche, auf der Suche nach weiteren Dingen, die für die Ermittlungen relevant sein konnten. Als sie in eine Schublade griff, hatte sie plötzlich ein Bündel Geldscheine in der Hand. Beinahe im gleichen Augenblick glaubte sie, hinter sich eine Bewegung wahrzunehmen. Sie hatte nichts gesehen und nichts gehört, es kam ihr nur so vor, als sei irgendeine Art von Unruhe im Raum. Ihr Gespür für feine Vibrationen – oder was immer es war – rettete sie. Noch während sie herumfuhr, sauste ein länglicher Gegenstand auf sie nieder. Er prallte gegen ihren Arm, den sie instinktiv nach oben gerissen hatte. Sie konnte den Schlag zwar abschwächen, aber er war kräftig genug, um sie zu Boden zu schleudern. Im Fallen stieß sie mit dem Kopf gegen den Küchenschrank. Ein Hocker flog krachend gegen die Wand. Sie spürte einen scharfen Schmerz an der linken Hand und blieb benommen liegen.

›Was war das? Wer war das? War der Angriff vorbei?‹ Für Sekunden rasten diese Fragen durch ihren Kopf, aber sie war nicht in der Lage, sie zu beantworten oder sich zu bewegen. ›Hörte sie Schritte, die sich entfernten? Wurde eine Tür zugeschlagen? Oder träumte sie?‹ Sie kam wieder zu sich, schüttelte sich, stand auf. Mit aller Kraft drückte sie sich von der schwarzen Wand ab, die sich vor ihre Augen schieben wollte. Jetzt endlich zog sie die Pistole und lief schwankend zur Wohnungstür. Als sie die öffnen wollte, bemerkte sie, dass Blut auf den Fußboden tropfte. An ihrer linken Hand war ein tiefer Schnitt. Sie musste sich im Fallen die Haut aufgerissen haben. Egal.

Draußen an der Wohnungstür, mit einem Fuß im Flur, lauschte sie. Ein singendes Geräusch: der Aufzug. Nur eine halbe Sekunde zögerte sie, dann rannte sie die Treppe nach unten. Auf jedem Stockwerk blieb sie kurz stehen und horchte, ob der Fahrstuhl noch in Bewegung war. Auf der zweiten Etage hörte sie nichts mehr, stattdessen öffnete unten jemand die Haustür. Sie stürmte die letzten Treppenstufen hinab, riss die Tür auf – und stieß mit einem Mann zusammen, der seine Kamera gerade noch rechtzeitig zur Seite ziehen konnte.

»Pass doch auf, wo du hinläufst, Kind!«

»Haben Sie den Kerl gesehen, der gerade aus dem Haus kam?«

Der Mann mit der Kamera, untersetzt, wenige Haare, musterte sie mit einem eigenartigen Ausdruck, nicht überrascht, was sie gut verstanden hätte, sondern irgendwie erwartungsvoll. Nicht einmal ihre Waffe schien ihn zu erschrecken.

»Ich habe ihn fotografiert«, sagte er.

Sie war schon wieder ein paar Schritte weitergelaufen und sah, dass eine schlanke Person in einem grünen Kapuzenpulli quer über den Parkplatz vor der Wohnanlage lief.

»Wirklich?«

Lisa steckte die Visitenkarte, die ihr der Mann entgegenstreckte, hektisch ein. Seine Gesten und seine Stimme hatten etwas Unangenehmes, etwas Lüsternes, fand sie. »Ich kann Ihnen die Datei zukommen lassen. Ermitteln Sie auch in der Stricherszene?«

Sie war schon fast am Parkplatz. »Ich melde mich«, rief sie ihm zu.

Der Flüchtende war nicht mehr zu sehen. Lisa überquerte die freie Fläche zwischen zwei Reihen parkender Autos und lief dann einfach geradeaus weiter, in der Hoffnung, den Mann aus der Wohnung noch einmal zu Gesicht zu bekommen. Die Waffe steckte sie beim Laufen zurück ins Holster. Mit der rechten Hand presste sie ein Taschentuch auf die Wunde, die noch immer blutete. Sie überquerte den Hansering und stand in der Grünanlage am Schießwall, auf einem schnurgeraden Weg. Ganz am Ende sah sie ihn: Er bog ab und war erneut verschwunden. Sie versuchte den Weg abzukürzen und zielte diagonal auf die Hausecke an der Friedrich-Loeffler-Straße. Details brannten sich in ihre Wahrnehmung ein, wie bei einem Film, der an unwichtigen Stellen stehenbleibt. Die schiefen Wände eines Fachwerkschuppens auf der Ecke zur Friedrich-Loeffler-Straße. Eine schnurgerade gepflasterte Gosse neben der Marienkirche, eine Werbetafel mit der Aufschrift *Papierhaus*. Fahrräder vor einem Bankgebäude, die so aneinander lehnten, als würden sie sich umarmen. Weiter, immer weiter. Das Taschentuch auf ihrer Wunde war mittlerweile feucht und rot. Sie bog nach rechts ein und erreichte den Marktplatz. Sie atmete schwer und ignorierte das Ziehen in der Brust. Einige Verkaufswagen standen herum, es waren nicht sehr viele Leute unterwegs. Gab es einen grünen Kapuzenpulli? Da war er! Schlenderte dreist zwischen einem Wurstwagen und einem Gemüsestand hindurch. Wollte wohl keine Aufmerksamkeit erregen. Lisa umrundete die Verkaufsstände und lief dem Mann im Kapuzenpulli direkt vor die Nase. Mit erhobener Waffe ging sie auf ihn zu. »Polizei! Nehmen Sie die Hände langsam aus der Tasche!«

Zum ersten Mal sah sie ihn von vorn. Er war um die vierzig Jahre alt und hatte einen überraschend treuherzigen Gesichtsausdruck. Sie nutzte seinen Schreck aus und dirigierte ihn in Sekundenschnelle hinter einen Fischwagen, tastete ihn ab und legte Handschellen um seine Handgelenke. Dann rief sie die Kollegen im Revier an und bat um Verstärkung. Sie versuchte, zur Ruhe zu kommen, und drückte ein weiteres Taschentuch auf ihre Wunde, wahrscheinlich hatte sie eine theatralische Blutspur von Krohnhorsts Wohnung bis zum Greifswalder Marktplatz gelegt. Hätte sie das vor einem Jahr ihrer besten Freundin von der Polizeischule erzählt, sie hätten sich kaputtgelacht. Aber Lisa war nicht zum Lachen zumute. Dem Mann im Kapuzenpulli im Übrigen auch nicht. Er hatte zunächst überhaupt nichts gesagt und schien regelrecht unter Schock zu stehen. Auf den ersten

Blick würde kein Mensch vermuten, dass sich so einer in die Wohnung eines Toten schlich und eine Polizistin zusammenschlug.

»Können Sie mir bitte sagen, was ... ich, ich wollte doch nur ...«

»Was haben Sie in der Wohnung gesucht?«

»Welche Wohnung denn?«

»Stellen Sie sich nicht dümmer, als sie sind!«

»Also, ich ... ich wollte Käse kaufen.«

Seine dumme Ausrede klang erstaunlich überzeugend. Lisa hatte kein Verständnis für eine solche Dreistigkeit.. Wer versuchte, einer Polizistin den Schädel einzuschlagen, brauchte nicht auf eine zarte Behandlung zu hoffen. Das sagte sie auch den uniformierten Kollegen, die nach wenigen Minuten mit zwei Streifenwagen eintrafen. Sie hörten sich an, was passiert war, und klärten den Täter darüber auf, dass sie ihn nun auf die Polizeiwache verfrachten würden. Die Sache würde ihren Lauf nehmen. Aber dann tauchte diese Frau auf. Hellbraune Locken, Lederjacke, Seidentuch, Stiefeletten mit Silbernieten.

»Was haben Sie denn mit meinem Mann vor?«

Es klang so, als wolle die Polizei ihr das schönste Spielzeug wegnehmen. Sie wandte sich dem Mann im Kapuzenpulli zu.

»Schatz, du solltest den Käse *kaufen*, nicht klauen!«

»Diese Polizistin hat mich bedroht«, rief der Verdächtige. »Sie redet von irgendeiner Wohnung. Ich bin gar nicht dazu gekommen, den Käse zu kaufen! Ich wusste auch nicht

mehr, ob du den Emmentaler oder den Rügener haben wolltest.«

In diesem Moment wurde Lisa klar, dass der Streit um den
Käse so echt war wie die roten Tropfen auf den Bodenplat-
ten des Greifswalder Marktplatzes. Sie hatte den falschen
Mann erwischt.

11

Der Himmel hatte sich eingetrübt, das Grau der tiefhängenden Schichtwolken täuschte einsetzende Dämmerung vor. Oder wurde es wirklich schon dunkel? Tom beobachtete eine keilförmige Kranichformation, die sich langsam vorbeischob. Die Vögel überquerten eine Folge abgemähter Wiesen und verschwanden hinter einer Reihe hoher Bäume. Vermutlich waren sie auf dem Weg zu ihrem Nachtquartier am Galenbecker See. Wie verabredet wartete Tom an einer Kreuzung zweier Feldwege. Die Spuren waren mehrfach mit Schotter ausgebessert, es roch nach Nieselregen und Sumpf. Parallel zu einem der Wege verlief ein Graben, wie mit dem Lineal gezogen und mit dunklem Wasser gefüllt, eingerahmt von Büschen und wucherndem Grünzeug.

Das angestrengte Knattern eines Mopeds kündigte Pölzners Ankunft an. In Schlangenlinien umfuhr er Löcher und rutschige Kanten. Tom war froh, dass er es mit dem Mietwagen einfacher hatte. Als Pölzner sich die altertümliche Lederkappe von seinem kurz geschorenen Kopf geschält und an den Lenker der alten Simson gehängt hatte, streckte er seine Hand aus.

»Ich hätte dich auch mitnehmen können«, sagte Tom, aber Pölzner winkte ab. »Nee, ich war noch in Anklam bei einem Modelleisenbahner, der mir einen Trafo reparieren will.«

Tom musste lächeln. Heimatverein, Naturschutzwart, Modelleisenbahn – er kannte Pölzner erst seit wenigen Stunden und fand den kauzigen Mann durchaus sympathisch. Warum die Polizei auf die Idee kam, einen wie Pölzner zu verdächtigen, war ihm unklar. Offiziell taten sie das ja auch nicht, aber die nervöse Art, mit der Sylke und ihr Kollege ihm nachstellten, ließ darauf schließen, dass sie ihn doch im Visier hatten. Tom sah es als seine Aufgabe an, Pölzner zu unterstützen. Und das hieß im Augenblick vor allem: Ihm helfen, Dummheiten zu vermeiden.

»Wie war die Befragung?«

Pölzner grinste. »Ich habe es genauso gemacht, wie du mir geraten hast. Nur das sagen was sie sowieso schon wissen.«

Tom klopfte ihm auf die Schulter.

»Also, eine Sache habe ich dann doch gesagt, die sie noch nicht wussten.« Pölzner wurde rot. »Also, diese Kommissarin, die hat mich immer wieder gefragt, warum du hier bist, und da habe ich …«

»Du meinst, Frau Bartel?«

»Genau. Sie sagte, dass sie dich ja schon lange kennen würde und es kein Problem wäre, wenn ich ihr das erzähle. Aber später dachte ich mir, dass es ja vielleicht doch nicht so gut war.«

Tom musste lachen. Dass Sylke sich dafür nicht zu schade war! »Das ist absolut in Ordnung. Und ich denke, die werden dich bald wieder in Ruhe lassen. Wonach haben sie denn noch gefragt?«

»Sie wollten wissen, ob ich den toten Krohnhorst ange-fasst oder bewegt hätte. So ein Quatsch. Würde ich nie ma-chen. Zum Glück haben sie nicht nach dem Gerichtspro-zess gefragt.«

»Welcher Gerichtsprozess?«

»Das war in der Zeit, als Malte noch Naturschutzwart am Prägelbach war. Er hatte eine Wildtierkamera in die Bäume gehängt, um die Biber beobachten zu können. Und dann ist ihm mitten in der Nacht Dr. Krohnhorst in die Falle gegan-gen. Diese Bilder – die hättest du sehen müssen! Wie die-ser plumpe Kerl in dem Damm rumstochert und versucht, den auseinanderzunehmen. Das gab vielleicht ein Theater!«

»Malte hat Krohnhorst angezeigt?«

»Na klar. Sowas ist streng verboten! Dr. Krohnhorst musste mehrere tausend Euro bezahlen. Der hat ja Geld wie Heu, aber es war sehr peinlich für ihn.«

Tom nickte. »Und an dem Tag, als er gestorben ist, hat er wieder an dem Damm herumgebastelt?«

»Wahrscheinlich. Jedenfalls war der Damm beschädigt, als ich dahin kam. Nicht viel, aber man konnte deutlich se-hen, dass aufgestautes Wasser abgeflossen ist.«

»Vielleicht wurde Krohnhorst überrascht und niederge-schlagen.«

Pölzner schüttelte sich. »Ich will gar nicht dran denken – aber wir sind doch auch nicht deswegen hier.« Er breitete seine Arme aus und rief: »Willkommen auf der Friedlän-der Großen Wiese – eines der größten Niedermoorgebiete in Deutschland!«

Tom musste lachen. »Du bist ja total begeistert.«

»Das muss man doch auch sein! Wir haben hier etwa einhundert Pflanzenarten, die gefährdet oder vom Aussterben bedroht sind. Und das, obwohl hier riesige Flächen trockengelegt wurden.«

Er zeigte auf den etwa drei Meter breiten Wassergraben, der neben dem Fahrweg verlief und einen dunklen Strich durch die Landschaft zog. »Es gibt die Chance, dass ein Teil des Moores wiedervernässt wird. Die Bauern sind absolut nicht begeistert, aber die sollen ja auch Entschädigungen bekommen. Und wenn du mich fragst: Ohne die Moore macht der Kampf gegen den Klimawandel keinen Sinn.«

»Wie war da nochmal der Zusammenhang?«

Pölzner schien sich zu freuen, dass er sein Wissen loswerden konnte. »In einem intakten Moor lagern sich Pflanzenteile ab, deshalb wird dort Kohlenstoff gespeichert. Wenn man es aber entwässert, wie das in Deutschland jahrhundertelang fast überall passiert ist, dann entweichen Kohlendioxid und Methan, also die gefährlichsten Klimagase. In Mecklenburg-Vorpommern macht das etwa ein Drittel aller Treibhausgase aus. Das musst du dir mal überlegen – mehr als der gesamte Verkehr!«

Tom deutete mit seinen Händen Beifall an. »Du redest ja wie die Pressestelle vom Umweltministerium. Woher weißt du das alles?«

Unvermittelt wandte sich Pölzner ab und begann den Weg entlang zu marschieren. »Alles von Malte. Der ist hier der Experte. Der kennt sich aus wie keiner und er reißt die Leute mit. Aber wir sollten uns beeilen. Ich wollte dir ja was zeigen.«

Sie stapften auf dem Grünstreifen neben dem Weg entlang. Pölzner hatte sich eine kleine Ledertasche umgehängt.

»Du wolltest mir zeigen, wo der Windpark gebaut werden soll?«

»Nee, das kannste dir auf der Karte angucken. Ich zeige dir, wo die Seeadler brüten. Das findest du auf keiner Karte.«

»Und das weißt du auch von Malte?«

»Klar. Ich finde es klasse, wie er sich gegen diese Wind-Mafia wehrt.«

Als sie zum Prägelbach gefahren waren, hatte Tom nur vage angedeutet, dass er den Auftrag hatte, nach Malte zu suchen. Aber jetzt gab er seine Zurückhaltung auf. »Sag mal, kannst du dir vorstellen, was mit Malte passiert ist? Du kennst ihn doch gut. Wo könnte er jetzt sein?«

Pölzner ging weiter, während er nachdachte. »Er ist zwar mein Freund, aber er spricht nicht viel über sich selbst. Die Bauern hier und die Windenergiefirma, die haben ihm ganz schön Druck gemacht. Vielleicht hat er sich versteckt. Aber weit weg. In Schweden. Oder in Kanada. Da wollte er schon immer hin.«

»Du glaubst, er könnte ins Ausland gegangen sein, ohne jemandem Bescheid zu sagen? Auch Tanja Grundler nicht?«

Pölzner überlegte wieder eine Weile. »Wenn er wirklich sicher sein will, dann hat er niemandem Bescheid gesagt.«

»Tanja ist eine gute Freundin. Die würde doch nichts verraten.«

»Ja, vielleicht. Aber mir hat er ja auch nichts gesagt.«

Tom musste lächeln. Das klang beinahe nach Eifersucht. Er war sich nicht klar darüber, was Pölzner über die Affäre zwischen Malte und Tanja wusste. Vorsichtshalber sagte er nichts dazu. Sie gingen eine Weile schweigend auf dem schnurgeraden Weg weiter. Wiesen, dazwischen Baumreihen und immer wieder mit Wasser gefüllte Gräben, weitläufig und einsam. Hinter einem Wäldchen tauchte unerwartet eine Reihe von Wohnhäusern auf. Von einer Siedlung zu sprechen, wäre übertrieben gewesen. Trotzdem hatte die Gebäudeansammlung einen Namen, wie ein stark angerostetes Schild verriet: *Mariawerth*. Unter Buschwerk zerfiel rostiges Ackergerät, ein verbeultes Bushaltestellenschild erbrachte den Beweis, dass man zumindest in früheren Zeiten mal eine öffentliche Verkehrsverbindung zur Zivilisation gehabt hatte. Mittlerweile wurde es unter den niedrig hängenden Wolken tatsächlich dunkel.

»Merkwürdige Gegend hier«, sagte Tom, »einerseits schön, aber auch irgendwie gespenstisch.«

»Warte, kommt noch besser.«

Sie erreichten einen landwirtschaftlichen Betrieb, auf dem schon lange kein Stück Vieh mehr gehalten wurde: Ställe mit eingefallenem Wellblechdach, die Ruine eines Traktors, im Vordergrund ein graues Wohnhaus mit Fenstern, die entweder eingeschlagen oder zugehängt waren. Tom blieb einen Moment stehen und betrachtete die Anlage. Er ging ein paar Schritte auf das ehemalige Wohnhaus zu und machte ein Foto. Im Hintergrund erhob sich eine Schar Gänse, zog kreischend über ihre Köpfe hinweg und ließ sich auf einem anderen Flurstück nieder.

Pölzner wurde ungeduldig. »Gleich wird es dunkel, wir sollten weitergehen.«

Sie ließen die verfallenen Anlagen hinter sich und passierten ein kleines Waldstück. Dahinter öffnete sich die Landschaft wieder, eingerahmt von einer Reihe hoher Bäume. Nach einer Weile blieb Pölzner stehen und holte ein Fernglas aus seiner Umhängetasche. Er deutete auf einen Baumwipfel.

»Da oben ist ein Adlerhorst. Den wollte ich dir zeigen.« Er sprach, während er mit dem Fernglas den Himmel absuchte. »Wenn die Vogelschwärme aufsteigen, dann liegt es oft daran, dass über ihnen der hungrige Adler kreist.« Er lachte in sich hinein. »Wie so ein Adlerpaar sich durch die Luft bewegt, wie sie alles beherrschen – wirklich, das sind die Könige hier. Wenn du das gesehen hast, dann wird dir einfach völlig klar, dass hier keine Windräder gebaut werden dürfen. Und falls du noch nicht überzeugt bist, dann warte, bis du mal einen siehst, der von so einem Windradflügel zerfetzt wurde. Das ist ein Anblick, den du nicht vergisst. Wusstest du, dass die Spitzen eines Windrades sich mit einer Geschwindigkeit von über 300 Stundenkilometern drehen können?« Sein Monolog brach ab. »Was ist denn … was ist da los?« Er setzte das Fernglas ab und polierte die Linse. »Was machen die da?!«

Tom konnte ohne Fernglas nicht erkennen, was Pölzner dazu veranlasste, sich so zu empören. »Was macht wer?«

Der naturbegeisterte Mann setzte sich wutschnaufend in Bewegung. »Komm mit!«

Sie rannten bis zu einem Querweg, wo sie den Wassergraben kreuzen konnten. Dann ging es diagonal über eine Wiese. Der Boden war weich, das Gras noch nicht gemäht. Immer wieder rutschten Toms Füße in kleine Matschlöcher, er spürte, wie die Feuchtigkeit in seine Schuhe eindrang. Mittlerweile war die Dämmerung weit fortgeschritten, die Bäume hoben sich als beinahe schwarze Silhouetten von einem Abendhimmel ab, in dessen Grau sich ein schauriges Violett gemischt hatte. Etwa auf der Hälfte des Weges blieb Pölzner stehen. Er keuchte wie eine Dampflok. Der Gedanke, dass er hier draußen im Nirgendwo einen Herzinfarkt erleiden könnte, fuhr Tom durch den Kopf, aber er sortierte ihn sofort wieder bei den Gedanken ein, mit denen er sich gar nicht erst beschäftigen wollte. Pölzner interessierte sich auch nicht für seine eigene Gesundheit, sondern war ganz und gar damit beschäftigt, das Objekt seiner Empörung wiederzufinden. Er zeigte auf einen der hohen Bäume. Tom musste einen Moment lang suchen, bis er die Gestalt in etwa zwanzig Metern Höhe entdeckte, nicht allzu weit vom Wipfel entfernt. Der Mann war mit Seilen gesichert und trug einen Helm. »Das ist ein Profi«, sagte er leise.

Pölzner schüttelte den Kopf. »Das ist ein Arschloch. Und ich will wissen, wie dieses Arschloch heißt.«

Schon lief er weiter, Tom kam kaum hinterher. »Was genau macht der Kerl da oben?«

»Wahrscheinlich einen Adlerhorst zerstören. Oder die Vögel vergiften. Die Jungs wollen jetzt hier aufräumen, damit das nächste Umweltgutachten grünes Licht für den Windpark gibt. Wenn ein Horst in der Nähe registriert wird, kann der gesamte Plan kippen. Das sind Hunderttausende an Vorlaufkosten und viele Millionen an zukünftigen Umsätzen.«

Er sprach leise und schnell. Tom nahm sich vor, sich von dieser Aufgeregtheit nicht anstecken zu lassen. Irgendwer musste hier den Überblick behalten. »Ist das schon häufiger vorgekommen?«

Pölzner beobachtete weiterhin den Mann im Baum. Sein Atem beruhigte sich etwas. »Auch anderswo gibt es so etwas. Aber hier oben in MV werden so viele getötete Greifvögel und gefällte Bäume mit Adlerhorsten gemeldet wie sonst nirgendwo in Deutschland.«

»Was willst du machen?«

»Wir warten noch ein paar Minuten, bis es so dunkel ist, dass er uns nicht sieht. Dann gehen wir näher ran. Ich will versuchen rauszukriegen, wer dieser Typ ist.« Er steckte das Fernglas in seine Umhängetasche und holte eine Digitalkamera aus der Tasche. Seine Ausstattung war vorbildlich. Tom sah an sich herunter. Schuhe und Hose war mit Matsch bespritzt. Über die genauen Umstände dieser Expedition hatte Pölzner ihn leider nicht informiert.

Vom Hauptweg her war ein Motorengeräusch zu hören. Zwei Scheinwerfer bewegten sich schwankend über die buckelige Piste. »Was hat der denn vor?« Der Trecker wurde langsamer und stoppte für einen Augenblick. Tom konnte erkennen, dass er einen Anhänger zog. Pölzner war an dem Vorgang nicht sehr interessiert. »Fährt wahrscheinlich Silage oder Grünfutter herum.«

Die Lichtkegel schwenkten durch die Abendluft, als der Trecker die Richtung wechselte. Er überquerte den Wassergraben auf dem gleichen Überweg, den auch Pölzner und Tom benutzt hatten. Sie gerieten in den Fokus der Schweinwerfer. Der Trecker fuhr genau auf sie zu. »Ich glaube nicht, dass der irgendetwas irgendwohin bringt«, sagte Tom.

Jetzt begriff auch Pölzner, dass die Situation unangenehm wurde. Der Trecker kam mit beachtlicher Geschwindigkeit näher. Zusätzliche Scheinwerfer am Dach schleuderten ihnen ihr grelles Licht entgegen.

»Wir müssen hier weg!« Dieses Mal war es Tom, der die Richtung vorgab. Er zog Pölzner am Arm und rannte dann auf den Punkt zu, an dem der Waldstreifen den Wassergraben kreuzte. Da konnte man sich vermutlich am ehesten vor dem motorisierten Monster in Sicherheit bringen. Außerdem konnten sie durch diese Richtungsänderung erkennen, ob es der Fahrer tatsächlich auf sie abgesehen hatte. Und das hatte er: Kurz, nachdem sie losgelaufen waren, änderte auch der Trecker seinen Kurs und versuchte ihnen den Weg abzuschneiden. Tom sah, wie sich die mannshohen Hinterreifen durch den weichen Boden wühlten. Seine Füße hingegen fühlten sich schwer an und waren vollkommen durchnässt. In diesem Gelände war die Maschine schlecht ausgerüsteten Zivilisten eindeutig überlegen.

Ihr Gegner nahm jetzt eine Route, die beinahe parallel zum Wassergraben führte. Was hatte er vor? Wollte er sie gnadenlos zermalmen? Sie rannten weiter, aber Tom hatte immer mehr den Eindruck, dass sie geradewegs ins Verderben rannten. Die Scheiben des Führerhauses glänzten schwarz, von der Person am Steuer war nichts zu sehen. Man konnte allerdings erkennen, dass auf dem Anhänger ein Tank montiert war. Das Orgeln des Motors wurde schnell lauter. Aber es war nicht so laut, dass es ein anderes Geräusch übertönen konnte: Einen scharfen Knall. Gleich darauf folgte noch einer. Und von einer Sekunde zur nächsten war die Situation eine vollkommen andere.

12

Der Tag war noch nicht zu Ende, aber Sylke ahnte schon, dass die Bilanz auch bei gnädiger Betrachtungsweise als bescheiden bezeichnet werden musste.

Die Befragung Pölzners hatte wenig ergeben. Er konnte plausibel beschreiben, wie er Krohnhorst gefunden hatte. Der pensionierte Regierungsrat war ihm zwar auf die Nerven gegangen, er schien ihn aber nicht gerade gehasst zu haben. Zum Zeitpunkt des Verbrechens, also gegen zwei Uhr nachts, habe er geschlafen, sagte Pölzner, und zwar im Souterrain des elterlichen Hauses im benachbarten Dorf Katzow. Ein Stockwerk höher lebte seine 80-jährige Mutter. Natürlich hätte sie nichts davon gemerkt, wenn er das Haus durch den Kellerausgang für einen nächtlichen Ausflug verlassen hätte. Sylke hielt es für wenig aussichtsreich, die alte Dame zu dem Thema zu befragen.

Immerhin hatte Pölzner ihnen verraten, warum Tom in Greifswald war: Er suchte nach einem gewissen Malte Naujock, Pölzners Vorgänger als Naturschutzwart am Prägelbach. Sylke fragte sich, ob es Zufall war, dass der Mann gerade jetzt verschwunden war. Sie notierte sich den Namen, um das bei Gelegenheit zu prüfen.

Philipp hatte sich beim Gespräch mit Pölzner auf angenehme Weise zurückgehalten. Sylkes Versuch, mit ihm über die Situation im Team zu sprechen, schien eine gewisse Wirkung zu entfalten. Sie war beinahe etwas stolz auf sich.

Am Nachmittag hatte Lisa aus dem Krankenhaus angerufen und von ihrer verunglückten Verfolgungsjagd berichtet. Sylke bat sie, im Anschluss an die Behandlung ins Polizeihauptrevier zu kommen. Inzwischen eilte Philipp zu Krohnhorsts Wohnung, um die Dinge abzuholen, die Lisa bei der Überprüfung aufgefallen waren. Als er eintraf, war die Wohnungstür angelehnt, der Umschlag mit Fotos, den Lisa erwähnt hatte, fehlte. Philipp nahm den Ordner mit der Aufschrift Gericht an sich und sah ihn durch. Gegen 19 Uhr tauchte er damit in Sylkes Büro auf.

»Wir sollten uns den früheren Naturschutzwart des Biberschutzgebietes näher ansehen«, sagte er. »Dieser Malte Naujock, den auch Pölzner heute Mittag erwähnt hat, hatte auch schon Ärger mit Krohnhorst. Er hat ihn sogar angezeigt, weil der alte Mann Biberdämme zerstört hat. Krohnhorst musste einige tausend Euro zahlen, die Tiere sind streng geschützt. Umgekehrt wurde Malte Naujock von Krohnhorst wegen Beleidigung angezeigt, das Verfahren jedoch eingestellt. Da ging es richtig zur Sache.«

Sylke nickte nachdenklich. »Und Pölzner behauptet ja, dass Naujock verschwunden ist – das ist in der Tat merkwürdig.«

»Ich habe da schon nachgeforscht«, sagte Philipp. »Eine gewisse Tanja Grundler hat vor einigen Tagen zu Protokoll gegeben, dass Naujock verschwunden sei. Die Kollegen haben daraufhin Naujocks Ex-Frau befragt. Die meinte allerdings, dass der Herr Biologe öfter mal verschwindet, ohne irgendjemandem Bescheid zu geben. Deshalb haben die Kollegen die Sache nicht weiterverfolgt.«

»Interessant. Kannst du mir die Kontaktdaten der Ex-Frau raussuchen? Und wenn Lisa gleich hier auftaucht, hätte ich eine Bitte.« Sie zögerte einen Moment. Philipp sah sie mit hochgezogenen Augenbrauen an.

»Sei etwas rücksichtsvoll, ja? Ich glaube, dieser Tag hat sie ganz schön mitgenommen.«

Wenig später saßen sie zu dritt in Sylkes Büro. Lisa trug einen dicken Verband an der linken Hand. Sylke versuchte, den richtigen Ton zu finden. »Also, Lisa, das hier ist jetzt kein Verhör.« Natürlich war es so etwas wie ein Verhör. Es fühlte sich zumindest so an. »Lass uns noch einmal alles durchgehen, Schritt für Schritt.«

Lisa nickte und schob sich nervös die Haare hinter das Ohr. Ihr ohnehin hellhäutiges Gesicht war noch eine Spur käsiger als sonst.

»Du hast also diese Fotos auf den Wohnzimmertisch gelegt.«

Die junge Polizistin nickte.

»Und dann bist du in die Küche gegangen.«

Wieder Nicken.

»War der Täter bereits in der Wohnung, als du sie betreten hast?«

Lisa schloss die Augen. Ihre Stimme zitterte. »Ich ... ich weiß nicht. Ich war kurz auf dem Balkon und glaubte etwas zu hören. Deshalb bin ich noch einmal durch die Wohnung gegangen.«

»Hast du überall nachgesehen? Im Bad, unterm Bett?«

Sie schüttelte den Kopf. »Nein, ich dachte, es reicht, wenn ich ...«

»Hast du den Mann erkannt, der dich angegriffen hat? War irgendetwas auffällig an ihm?«

Sie schluckte. »Ich … ich habe nur einen Schatten gesehen, mehr nicht. Der Schlag traf mich, bevor ich mich überhaupt umgedreht hatte. Ich muss einige Sekunden lang bewusstlos gewesen sein. Aber nicht lange, ich habe ja gehört, wie die Wohnungstür zuschlug.«

»Es könnte also sein, dass der Täter die Fotos mitgenommen hat.«

»Das halte ich für sehr wahrscheinlich«, sagte Philipp. »Theoretisch könnte es natürlich auch jeder andere gewesen sein – die Wohnungstür stand ja einige Zeit offen, nachdem Lisa die Verfolgung aufgenommen hat.«

»Fehlte sonst noch etwas?«, frage Sylke.

Philipp schüttelte den Kopf. »Ich konnte das nur sehr oberflächlich überprüfen, aber es wirkte alles sehr ordentlich. Bis auf Lisas Blut – das war schon heftig. Sieht aus, als hätte jemand in der Küche ein Schwein geschlachtet.«

Er gab eine gemurmelte Entschuldigung von sich, als Sylke ihm einen grimmigen Blick zuwarf. Aber auch ihr fiel es nicht leicht, Lisas Fehlerkette als unvermeidbaren Betriebsunfall abzutun. »Okay, dass du die Tür offengelassen hast – geschenkt. Und bei so einer Verfolgungsjagd den falschen zu erwischen, das kann passieren. Aber warum hast du uns nicht sofort benachrichtigt, sondern erst eine Stunde später?«

Lisa hob die Schultern. Sie war den Tränen nahe. »Ich war so … verwirrt. Und enttäuscht.«

Ihr junger Kollege beugte sich zu ihr hinüber und berührte ihre Schulter. »Hey, war ein Scheißtag. Das kommt vor.«

Sylke registrierte die Geste sehr aufmerksam. Es war gut, dass Philipp Lisas desolate Aktion nicht auszunutzen versuchte. Aber sie hatte das Gefühl, dass seine Fürsorge für die junge Kollegin auch nicht frei von Kalkül war. Er wollte sie auf ihre Seite ziehen. Sich als ihren Beschützer aufspielen. Damit sie bei nächster Gelegenheit gemeinsam gegen sie, Sylke, vorgingen? Wurde sie schon paranoid? Sie schob den Gedanken beiseite. »Also«, sagte sie mit fester Stimme. »Gehen wir davon aus, dass diese Fotos für irgendjemand wichtig sind. Du hast gesagt, da war ein Mann drauf, der sich an einem Auto zu schaffen macht?«

Lisa nickte. »Es wirkte auf mich so, als ob er die Reifen zersticht. Die Bilder sind wohl auf dem Parkplatz vor dem Haus aufgenommen.«

»Und das Auto?«

»Ein SUV, dunkel.«

»So einer gehörte Krohnhorst«, warf Philipp ein.

Sylke seufzte. »Gut. Jemand hat Krohnhorsts Reifen zerstochen, er hat ihn dabei fotografiert. Das könnte der Grund gewesen sein, warum der Unbekannte im grünen Kapuzenpulli in Krohnhorsts Wohnung war. Vielleicht war er ja selbst der Reifenstecher. Es könnte aber auch sein, dass die Bilder einen Hinweis liefern, wer für Krohnhorsts Tod verantwortlich ist. Und der Täter ist in die Wohnung eingedrungen, um diese Beweismittel verschwinden zu lassen. Wir müssen diese Fotos haben!«

Sylke nahm die Visitenkarte, die vor ihr auf dem Tisch lag, in die Hand. »Piet Kunkel, Fotograf und Journalist. Ob der uns weiterhelfen kann?«

»Ist hier kein Unbekannter«, sagte Philipp herablassend. »Er arbeitet für die Boulevardpresse. Wahrscheinlich haben die ihn zu dem Haus geschickt, damit er mit Krohnhorsts Nachbarn spricht und dann aufschreibt, was für ein honoriger Herr da auf tragische Weise ums Leben gekommen ist. Dass Piet dann eine hochdramatische Verfolgungsjagd serviert bekommt, hat ihn sicher sehr gefreut.«

Sylke runzelte die Stirn und wandte sich wieder Lisa zu. »Hast du mit ihm geredet?«

Sie schüttelte den Kopf. »Nur so ein paar Worte. Ich habe ihn gefragt, ob er den Typ gesehen hat. Und dann hat er eben gesagt, dass er ihn fotografiert hätte.«

Philipp lachte kurz auf. »Er hat sogar schon eine Datei geschickt. Wenn er so schreibt, wie er fotografiert, dürfen wir Fürchterliches erwarten. Für einen Profi ist das beschämend. Ich kann nicht mal erkennen, ob da ein Mensch oder ein Gorilla aus dem Haus kommt.« Er legte einen Fotoausdruck auf den Tisch. Man sah die Eingangstür zu Krohnhorsts Haus und eine schattenhafte, grünliche Gestalt, die sich im Bildvordergrund aufhielt. Sylke nahm das Foto kurz in die Hand und warf es dann wieder auf den Tisch. »Das könnte auch der Papst sein oder der Kaiser von China.«

»Es gibt keinen Kaiser von China. In China herrscht die kommunistische Partei.«

»Ist doch so eine Redensart. Ich wollte damit nur sagen, dass mir hier einfach zu viele Unbekannte im Spiel sind. Zu viele Gespenster. Gestalten ohne Gesicht, Dinge, die verschwinden, Leute, die nicht zur Befragung erscheinen. Das nervt!«

Sie stand energisch auf und wandte sich dem Whiteboard zu, auf dem sie wichtige Ermittlungsergebnisse festhielt. Das einzig Fassbare waren bislang die Gesichter von Krohnhorst und Pölzner. Sie hatte bereits zwei Fotos an die Tafel geheftet. Jetzt zeichnete sie zwei Rechtecke daneben und schrieb hinein: Grüner Kapuzenpulli und Unbekannter Reifenstecher.

In ihrem Rücken hörte sie die Stimme von Philipp: »Vergiss nicht Malte Naujock.«

Sylke malte ein drittes Rechteck und schrieb seinen Namen hinein.

»Und was ist mit diesem Privatermittler? Tom Brauer? Der sollte meiner Meinung nach auch auf dieser Tafel erscheinen.«

Sie drehte sich um und sah missbilligend auf Philipp hinab. »Das ist Zeitverschwendung, der hat damit nichts zu tun.«

13

Zwei Schüsse hatte Tom gehört. Dessen war er sich ganz sicher, trotz des röhrenden Treckermotors. Unwillkürlich hatte er sich geduckt. Pölzner und er waren noch mindestens dreißig Meter von den Bäumen entfernt und für einen guten Schützen eine leichte Beute. Aber hatte es dieser Schütze überhaupt auf sie abgesehen? Tom bemerkte, dass sich zeitgleich mit den Geräuschen die Fahrweise des Treckers verändert hatte. Der Fahrer ging vom Gas und änderte die Fahrtrichtung. Und dann geschah das Unglaubliche: Offenbar außer Kontrolle rollte das Gespann auf den Wassergraben zu und rutschte hinein. Der Motor verstummte. Nur noch das Gluckern des aufgewühlten Wassers war zu hören.

Seit den Schüssen waren nur wenige Sekunden vergangen. Regungslos stand Tom in der beginnenden Nacht und starrte auf den Trecker. Er wandte sich Pölzner zu. »Hast du die Schüsse gehört?« Der Naturschutzwart schien mit der Situation überfordert zu sein. Er drehte sich um sich selbst, keuchte auf besorgniserregende Weise. »Was ... was ... was ist hier los?«

Von Pölzner waren für den Augenblick keine brauchbaren Beiträge zu erwarten. Also ging Tom vorsichtig auf das Fahrzeug zu, dessen Nasenspitze tief in den Wassergraben eingetaucht war. Das Führerhaus lag noch im Trockenen. Die Heckleuchten waren in Betrieb, auch am Anhänger. Eine unheimliche Stille ging von dem Fahrzeug aus. Es roch nach

Öl und Gülle. Tom drehte sich um und sah Pölzner dicht hinter sich, seine Gesichtszüge waren starr vor Schreck. »Haben die den Treckerfahrer erschossen?«

An der gläsernen Rückwand der Fahrerkabine entdeckte Tom tatsächlich einen Fleck. War das ein Einschussloch? Oder nur ein Dreckspritzer? Es war so dunkel, dass er das nicht genau erkennen konnte. Auch über die Richtung, aus der die Schüsse gekommen waren, konnte er nichts sagen. Vielleicht war der Schütze unter den Bäumen versteckt, auf die sie sich zubewegt hatten? Aber auch auf der anderen Seite des Wassergrabens wuchsen Büsche und ein paar kleinere Bäume. Die Situation war mehr als unübersichtlich.

Noch stand er unschlüssig hinter dem abgesoffenen Treckergespann, als sich etwas regte. Aus dem Inneren des Fahrzeugs war ein Summen zu vernehmen, so, als erwache etwas aus tiefer Bewusstlosigkeit. Und plötzlich explodierte das pralle Leben: Eine Fontäne stieg vom Ventil am Ende des Tankanhängers auf und zeitgleich prasselte eine stinkende Brühe auf sie herein. Kalt und klebrig war die Jauche, er spürte sie im Gesicht und auf den Händen. Tom schrie auf, wandte sich ab und lief zurück. Nur weg! Er rannte mindestens fünfzig Meter weit, obwohl der Radius der Güllekanone weitaus kleiner war. Er schrie vor Wut. »Dieser Mistkerl!«

Pölzner war ihm gefolgt und sah Tom entgeistert an. Seine Stimme klang nach purer Hysterie. »Was war das?!«

Mit dem stinkenden Handrücken wischte Tom sich die stinkenden Haare aus dem Gesicht. Er blickte an sich herunter. Die wenigen Sekunden im Bannstrahl der Flüssigscheiße hatten genügt, um Jacke und Hose gründlich zu benetzen. »Ich denke, das war die freundliche Aufforderung, dem Trecker nicht zu nahezukommen. Ich für meinen Teil werde dieser Aufforderung Folge leisten und hätte gern schon früher gewusst, wie sensibel dieses Fahrzeug ist.«

»Du elendes, riesiges Stinktier«, schimpfte Pölzner und hob drohend die Faust gegen den Trecker, der sich mittlerweile wieder vollkommen ruhig verhielt.

Tom wandte sich wieder den hohen Bäumen zu, dem eigentlichen Ziel ihres Ausflugs auf die Wiese. »Ob der Treckerfahrer und der Typ auf dem Baum zusammengehören?« Es war inzwischen nicht mehr zu erkennen, ob die Gestalt, die vor wenigen Minuten weit oben im Baum gehangen hatte, noch immer in den Wipfeln herumturnte. »Vielleicht sollte der Trecker uns davon abhalten, …« Er sprach nicht zu Ende, denn irgendwo jenseits der Baumreihe wurde ein Automotor gestartet. Pölzner rief empört: »Der will verschwinden!«

Schon war er losgelaufen. Tom folgte ihm. Er kam sich vor wie eine rennende Stinkbombe. Die Hose klebte an seinen Beinen, die Schuhe waren ja schon vorher nass und schwer gewesen. Er nahm das inzwischen kaum noch wahr. Als sie die Bäume erreichten, mussten sie sich erst einmal durch hohes Gras und dornige Ranken kämpfen. Hinter dieser Barriere öffnete sich die nächste Wiese. In etwa zwanzig Metern Entfernung stand ein unbeleuchteter Geländewagen mit laufendem Motor. Ein Mann, dunkel gekleidet, athletische Figur, stopfte etwas in den Laderaum und schloss die

Heckklappe. Tom vermutete, dass es der Baumkletterer war, der seine Ausrüstung verstaute. Trotz der Dunkelheit schien er die beiden Gestalten unter den Bäumen zu bemerken. Er rannte zur Beifahrertür und sprang ins Auto. Pölzner lief im gleichen Moment los, in dem auch der Geländewagen startete und schwankend die Wiese überquerte. Tom sah gleich, dass der Versuch scheitern musste, und wartete, bis sein Begleiter keuchend zurückkehrte.

»So ein Mist«, sagte Pölzner. »Ich konnte nicht mal das Nummernschild erkennen.«

14

Zwei Stunden später hatte Tom geduscht und sich umgezogen. Die überraschenden und bedrohlichen Erlebnisse auf der Friedländer Großen Wiese kamen ihm inzwischen vor wie Szenen aus einem Albtraum. Als habe er sich in eine düstere Fantasiewelt verirrt, in der ein paar Verrückte Krieg führten. Das Kreischen der Vögel, der röhrende Treckermotor und die beiden Schüsse, all das hallte noch nach, als er im Salon der MATHILDA Brote belegte und eine Flasche Bier bereitstellte. Und am Ende hatten sie nichts in der Hand: keine Namen, keine Beweise, nicht mal ein Nummernschild.

Eine Textnachricht auf seinem Smartphone katapultierte ihn aus seinen Gedankengängen heraus: *Hast du Lust auf ein Bier? LG Sylke.*

Das war eine Überraschung. Die Polizistin, die ihn so gern übersah, wollte mit ihm reden. Oder wollte sie ihn nur aushorchen?

Klar. Wann und wo?

22 Uhr im Brauhaus Fritz?

Er bestätigte und machte sich gleich auf den Weg. Dieser Weg in die Innenstadt war Tom mittlerweile vertraut: Ein paar Schritte am Ryck entlang zum neu gestalteten Hafengelände. Wo einstmals die schweren Handelsschiffe entladen wurden, konnte man sich nun entspannt auf breiten Stufen niederlassen und ausruhen – jedenfalls an wärmeren Tagen. Dann ging es über die schmale Fußgängerbrücke, quer über den Hansering und die Knopfstraße entlang bis zum Marktplatz. Es war um diese Zeit kaum noch jemand unterwegs und auch an dem Ort, der seit vielen hundert Jahren den Mittelpunkt der Stadt bildete, war es nahezu menschenleer. Tom mochte die Weite des ungewöhnlich großen Marktplatzes: Die alten Kaufmanns- und Bürgerhäuser bildeten einen weiten Ring um das Rathaus, manche eher schlicht, manche mit aufwändig gestalteten Fassaden. Der Marktplatz erschien ihm wie das gemauerte Abbild einer selbstbewussten Stadtgesellschaft. In einem der ältesten dieser Baudenkmäler befand sich das Brauhaus Fritz. Wer hier ein Bier trinken wollte, tat das hinter einem gestuften Backsteingiebel und einer reich verzierten Fassade, in die Säulen, Nischen und gotische Fensterbögen eingefügt waren.

Sylke saß bereits an einem Tisch im hinteren Bereich des Gastraums, vor sich ein Glas mit einer dunkel gefärbten Flüssigkeit. Sie trug einen mausgrauen Pullover und vielleicht lag es daran oder an den tief hängenden Lampen, dass Tom die Schminke in ihrem Gesicht für übertrieben hielt. »Die haben hier interessante Bier-Mix-Getränke«, sagte sie, »solltest du unbedingt probieren.«

Sie wirkte ein wenig überdreht, fand er, aber er ließ sich überreden, eines dieser Getränke zu bestellen. Sylke hielt sich nicht mit Smalltalk auf, sondern kam gleich zur Sache. »Da sich unsere Wege mal wieder gekreuzt haben und wir uns schon einige Male auf unschöne Weise in die Quere gekommen sind, würde ich es dieses Mal gern anders machen.«

Tom sah sie neugierig an. »Wie hast du dir das vorgestellt?«

»Wir schließen eine Art Pakt. Damit meine ich, dass wir uns gegenseitig über relevante Ereignisse informieren und nicht in die Angelegenheiten des jeweils anderen einmischen.«

»Interessant.«

»Wobei ich mich natürlich streng an Recht und Gesetz halten muss.«

»Klar.«

»Und du auch.«

Ihre Lippen formten ein feines und irgendwie gemeines Lächeln. Tom fürchtete, dass sie auf irgendeinem verborgenen Weg von dem illegal angebrachten Sender am Porsche des Starkwind-Chefs erfahren hatte. Aber das konnte gar nicht sein, sie versuchte nur, ihn auf subtile Art und Weise einzuschüchtern. Er gab seiner Erwiderung einen gelangweilten Unterton. »Selbstverständlich läuft bei mir auch alles korrekt.«

Ihr durchdringender Blick blieb weiter an ihn geheftet. »Also: Was hältst du von dem Agreement?«

Tom sah ihr in die Augen und stellte bei dieser Gelegenheit fest, dass diese Augen einen ungewöhnlich hellbraunen, fast bernsteinartigen Farbton hatten. Er hatte mit allem gerechnet, aber nicht damit, dass Sylke ihm eine Art Bündnis anbot. Zum Glück wurde gerade sein Kaltgetränk gebracht. Er nahm es entgegen und nippte daran. »Schmeckt wie Bier mit Bratensoße.«

»Oh, das ist ja ekelhaft.«

»Ich merke, dass ich mit fortschreitendem Alter nicht mehr für jedes Experiment aufgeschlossen bin.«

»Das tut mir ehrlich leid.«

»Muss es nicht – ich hab's ja selbst bestellt. Aber zurück zum Thema: Ich finde, was du vorschlägst, klingt nach einem fairen Deal, ist aber das Gegenteil.«

Sylke lehnte sich zurück und machte ein säuerliches Gesicht. »Wieso?«

»Für dich gelten ganz andere Regeln als für mich. Du darfst über den Stand deiner Ermittlungen nicht mit mir sprechen – während ich sogar verpflichtet wäre, dir alles mitzuteilen, was für deine Ermittlungen relevant ist.«

Sie lächelte. »Wir leben in einem Rechtsstaat, Tom. Da können und sollten wir beide nichts dran ändern. Ich bin die Polizei, du bist ein freischaffender Ermittler.

Trotzdem würde ich gern dahin kommen, dass wir uns wenigstens nicht gegenseitig behindern.«

Er nahm einen Schluck von der Biermischung. Vielleicht würde er sich doch daran gewöhnen. »Du kannst dir sicher denken, dass ich mich nicht gern als unbezahlter Informant benutzen lasse. Ich fühle mich an erster Stelle meiner Auftraggeberin verpflichtet.«

»Das verstehe ich. Ich werde gern prüfen, ob wir etwas für dich tun können.«

Tom musste laut lachen. »Das ist phänomenal! So stelle ich mir die Polizei vor: dienstleistungsorientiert, hilfsbereit, nah am Bürger. Entschuldige, aber ich bin da etwas misstrauisch.«

»Mach dich ruhig lustig. Ich habe inzwischen drei Seminare zum Thema Resilienz absolviert. Mich bringt so leicht nichts aus der Ruhe.«

Ihr sphinxhaftes Lächeln verunsicherte Tom nun doch etwas. Er erinnerte sich an beherzte und manchmal ruppige Auftritte, mit denen sie an schlechten Tagen mehr Porzellan zerbrach, als man es einem Elefanten zutrauen würde. Irgendwie konnte er damit besser umgehen als mit dieser hinterhältigen Freundlichkeit. Wollte sie ihm wirklich helfen? Er bereute, dass er sich vor dem Treffen nicht darüber klar geworden war, ob und wie viel er über seinen Auftrag erzählen sollte. Nun musste er improvisieren. »Du weißt ja, nach wem ich suche.«

»Malte Naujock. Und von wem kam dieser Auftrag?«

Er zögerte, dann gab er sich einen Ruck. »Sie heißt Tanja Grundler, die beiden haben ein Verhältnis, obwohl Tanja verheiratet ist. Jetzt würde ich aber gern von dir wissen, in welchem Zusammenhang deine Ermittlungen mit Malte zu tun haben.«

»Naujock hat Dr. Krohnhorst vor einiger Zeit angezeigt, es kam zu einer Verurteilung.«

»Ist mir bekannt – und deswegen verdächtigt ihr Malte, ihn umgebracht zu haben? Wenn Krohnhorst bestraft wurde, ist doch alles gut.«

»Offenbar hat ihn die Strafe nicht davon abgehalten, erneut an den Biberbauwerken herumzubasteln. Auch einem sonst friedlichen Naturfreund könnte doch mal die Sicherung durchbrennen, oder?«

Tom fragte sich, ob Sylke ihn mit diesen Vermutungen nur aus der Reserve locken wollte oder ob es weitere Indizien gab. »Malte ist ein Naturfreak, aber doch kein Killer«, sagte er. »Außerdem ist er verschwunden und war es auch schon, bevor die Tat passierte.«

»Verschwunden – was heißt das deiner Meinung nach? Vielleicht hält er sich versteckt. Er könnte aus dem Versteck heraus die Tat begangen haben und dann endgültig geflohen sein.«

Tom schüttelte den Kopf. »Nach allem, was ich über ihn weiß, passt das überhaupt nicht zu ihm. Außerdem habe ich Hinweise, dass Naujock in Gefahr ist. Er wurde bedroht, weil er sich weigert, einem Windparkprojekt zuzustimmen, das ohne diese Zustimmung nicht realisierbar ist. Ihr müsstet euch mal um das Unternehmen kümmern, das den Windpark plant. Die haben viel Geld investiert. Ich war heute in dem Gebiet und habe merkwürdige Dinge erlebt.« Er erzählte Sylke in einer knappen Form, was sich auf der Friedländer Großen Wiese zugetragen hatte.

»Jetzt verstehe ich«, murmelte sie. Dann fing sie an zu kichern.

Tom war irritiert. »Was verstehst du?«

»Seit du hier sitzt, habe ich immer wieder das deutliche Gefühl, dass hier irgendwo in der Nähe ein Misthaufen aufgetürmt wurde. Aber ich sehe einfach keinen.«

Empört schlug Tom mit der flachen Hand auf die Tischplatte. »Ich habe geduscht – und zwar sehr gründlich!«

Sylke grinste. Dann wurde sie wieder ernst und versprach, einen Blick auf die Starkwind AG zu werfen. »Viel kannst du da aber nicht erwarten. Ich bräuchte konkrete Anhalts-punkte. Außerdem müssen wir vorsichtig sein. Die Begeg-nung heute Morgen hat meinen Kollegen misstrauisch ge-macht. Er wollte ernsthaft, dass wir dich in den Kreis der Verdächtigen aufnehmen. Könntest du im Zweifelsfall ein Alibi vorweisen, wenn man dich fragen würde, wo du vor-gestern früh zwischen zwei und drei Uhr gewesen bist?«

Tom musste lachen. »Würde, hätte, könnte – auch eine in-teressante Form des Verhörs. Sorry, aber da lag ich zu Hause im Bett. Ich könnte dir nur meine Katze als Zeugin nennen.«

»Oh, ihr habt eine Katze? Was ist mit Clara? War sie … ich meine, seid ihr überhaupt noch …«

Tom legte den Kopf schief und betrachtete Sylke, deren Gesichtsfarbe sich um eine Nuance verdunkelte. »Deine Kollegen rühmen dich für deine Befragungsmethoden, oder? Man muss nur dafür sorgen, dass der Befragte am Ende nicht mehr weiß, worum sich das Gespräch eigent-lich dreht. Irgendwann sagt er das Falsche, weil er glaubt, es geht um etwas ganz anderes. Wie ist das eigentlich mit dir und diesem jungen Kollegen, wie hieß er doch gleich?«

Sylke trank ihr Glas leer und sah Tom an. Sie war wirklich rot geworden. »Es ging mir gerade nicht darum, dich aus-zuhorchen. Wirklich. Ich wollte dich nur vorwarnen, wegen eines Alibis. Und, nein, ich bin nicht mehr mit Adrian zu-sammen. Wir waren doch zu unterschiedlich. Es war eine kurze, aber schöne Zeit. Ich bin schon fast darüber hinweg. Er hat übrigens nach Sachsen gewechselt und wird wohl demnächst heiraten.«

»Ach, das tut mir leid.«

»Muss es nicht. Und Clara?«

»Clara ist in Philadelphia. Sie macht jetzt Karriere als Künstlerin.«

»Oh, beachtlich. Das ist sicher sehr aufregend, auch für dich.«

»Es ist ... ja, wie soll ich sagen ... es ist etwas irritierend. Wir haben ein renovierungsbedürftiges Haus gekauft, an dem noch vieles gemacht werden muss. Und dann – zack – kommt dieses Stipendium und sie verschwindet über den großen Teich.«

»Was für dich mit deinem alten Seelenverkäufer natürlich nicht so ohne Weiteres machbar wäre.«

»Das ist jetzt gemein. Über kränkelnde Diven soll man nicht lästern. Die MATHILDA ist gerade in der Werft.«

»Probleme mit den Frauen, wo man nur hinsieht: Clara, MATHILDA. Da werde ich mich zurückhalten, damit du nicht noch tiefer in den Strudel gerätst.« Sie lachte und stieß ihr Glas gegen das von Tom.

Er war verwirrt. Und überrascht. Nicht nur, weil er jetzt doch noch ein unverfälschtes, frisch gezapftes Bier trinken konnte, sondern auch von Sylkes neuem Stil. Als hätte sie tatsächlich darüber nachgedacht, woran sie und er bei früheren Gelegenheiten gescheitert waren. Es fühlte sich beinahe gut an. Wie in einem dieser Momente, in denen man spürt, einen Verbündeten gewonnen zu haben, mit dem man nicht gerechnet hat. Er wollte ihr das alles gern glauben und nicht darüber nachdenken, ob er nicht doch einer neuen Taktik auf den Leim ging. Und ja, in dem Augenblick, in dem er Clara erwähnt hatte, war ihm klar geworden, dass er sie vermisste oder – besser gesagt – dass er unter der äußeren und inneren Distanz litt, die zwischen ihnen lag. Es war kaum zu leugnen, dass sie sich nach Monaten der Trennung nicht mehr so nahe waren. Sie hatten anfangs alle zwei oder drei Tage telefoniert oder sich per Video getroffen. Inzwischen kam es seltener vor. Er hatte das Gefühl, dass Clara, die bodenständige Frau mit abgeschlossener Ausbildung als Erzieherin, in sich ein zweites Ich entdeckt hatte. Vielleicht hatte sie auf die andere Seite des Atlantiks reisen müssen, um sich zu diesem zweiten Ich zu bekennen. Das Stipendium hatte wie ein Katalysator gewirkt. Sie sprach nur noch über ihre künstlerische Neuausrichtung und darüber, wie sehr sie die Umgebung in den Vereinigten Staaten inspirierte. Als sie Deutschland verließ, hatte sie sich an ihrer Arbeitsstelle in der Kita beurlauben lassen, aber schon nach wenigen Wochen in Amerika hatte sie die Stelle gekündigt. Sie wollte es darauf anlegen, einzig und allein von ihrer Arbeit als Künstlerin zu leben. Tom fragte sich, was er selbst mit diesem zweiten Clara-Ich noch zu tun hatte.

»Worüber denkst du nach?«, fragte Sylke. Sie hatten das Brauhaus Fritz verlassen, um noch ein paar Schritte durch die Innenstadt zu gehen.

Tom blieb vor dem Brunnen auf dem Fischmarkt stehen. Die Skulpturen der Fischer schimmerten im Licht der Schaufensterbeleuchtungen in einem grünlichen Farbton. Mit ihrer Nacktheit, ihren muskulösen Körpern wirkten sie wie Figuren aus einer fernen, urtümlichen Welt, vor allem der kniende Mann, der einen Aal in der bloßen Hand hielt.

Auf Sylkes Frage hatte er noch nicht reagiert. Sie gab die Antwort selbst. »Du denkst darüber nach, wie das mit dir und Clara weitergeht. Ob sie zurückkommt und in Zingst solche eindrucksvollen Skulpturen gestaltet, wie sie hier stehen. Oder ob sie vielleicht dauerhaft in den USA bleibt. Mach dir nicht zu viele Gedanken – sie wird wiederkommen und wenn sie erst wieder da ist, werdet ihr eine neue Ebene finden.«

Tom wandte sich zu ihr um und lächelte. »Man könnte wirklich meinen, dass du eine Art Verwandlung hinter dir hast.«

Sylke legte eine Hand auf seinen Arm.

»Keine Panik, ich bin's noch. Und wenn es sein muss, kann ich auch weiterhin sehr ungemütlich werden.«

Sie holte ihr Telefon aus der Tasche, das einen Alarmton abgegeben hatte. »Oh, mein junger Kollege arbeitet noch. Sorry, das hier muss ich mir kurz ansehen.« Sie wandte sich ab und tippte auf dem Gerät herum. Nach wenigen Augenblicken änderte sich ihre Haltung. Die Lässigkeit verschwand, sie schüttelte den Kopf und schimpfte leise drauf los. »Die können doch nicht ... so doof sein!«

Tom wurde neugierig. »Was ist los?«

»Diese Zeitungsleute sind noch dreister als die in Stralsund. Das sind keine Journalisten, das sind Märchenerzähler! Es gibt absolut überhaupt keine Grundlage für das, was dort steht.«

Sie zeigte Tom die Meldung, auf die ihr Kollege sie aufmerksam gemacht hatte. Es war eigentlich nur ein Foto mit einer längeren Bildunterschrift, erschienen in der Online-Ausgabe einer Boulevard-Zeitung.

Die Polizei und der Sumpf
Hatte **Roland Krohnhorst (72 †)** Kontakte zu jungen Männern, die ihren Körper verkaufen? Die Greifswalder Kripo scheint nach dem gewaltsamen Tod des pensionierten Regierungsrates in diesem Milieu zu ermitteln, wie wir aus Polizeikreisen erfahren haben. Eine Beamtin durchsuchte gestern die Wohnung des Opfers am Ryck. Anschließend lieferte sie sich zu Fuß eine wilde Verfolgungsjagd mit einem jungen Mann, der zuvor aus dem Haus gekommen war. Unserem Reporter gelang dieser eindrucksvolle Schnappschuss.

Auf dem Bild war eine junge Frau zu sehen, die aus einem Haus stürmte, in einer Hand hielt sie eine Pistole. Ihr Gesicht war verpixelt. Als Tom den Artikel zu Ende gelesen hatte, nahm Sylke ihm das Telefon wieder ab und steckte es ein. »Das hat mir jetzt den Abend verdorben – aber gründlich«, sagte sie wütend.

Sie wollte sich hastig verabschieden, aber Tom hielt sie am Arm fest. »Hey«, sagte er, »reg dich nicht auf. Das wird sich klären.« Er zögerte einen Moment und spürte ihre Ungeduld. »Für mich war das ein schöner Abend – ich war etwas überrascht und freue mich, dass wir uns getroffen haben.«

Kurz entschlossen umarmte er sie. Sie ließ sich darauf ein und drückte ihn an sich. Als er sich abwenden wollte, sah er, dass sie schon wieder etwas entspannter wirkte und grinste. »Merkwürdig«, sagte sie. »gerade hatte ich ein weiteres Mal das Gefühl, dass jemand hier irgendwo eine Fuhre Mist abgeladen hat. Aber das kann ja nun wirklich nicht sein.«

15

Er hatte zwei Stunden auf dem durchgelegenen Sofa geschlafen. Als er aufwachte, schmerzte sein Rücken und auch das Pochen im kleinen Finger war wieder da. Er kam sich vor wie ein alter Mann. Ein Outlaw. Ein Verbrecher.

Seine Gedanken drehten sich seit zehn Tagen nur noch im Kreis, wie auf einem Karussell, auf dem sonderbare Tiere montiert sind, die immer nur auf der gleichen Linie fuhren, nicht einen Millimeter von diesem Weg konnten sie abweichen. Irgendwann wussten diese Tiere nicht mehr, dass es auch noch etwas anderes gibt als ihren stumpfsinnigen Kreisverkehr. Sie kamen nicht mehr raus. Ein Albtraum.

Mühsam erhob er sich und tastete sich durch den nachtschwarzen Raum zum Fenster. Er zog die schwarze Folie, mit der er die Scheibe abgeklebt hatte, an einer Ecke etwas hoch. Draußen war es noch dunkel. Keine Spur von Dämmerung. Er hatte noch etwa zwei Stunden Zeit. Zeit, um über die Wiesen zu streifen, mit der Hand an den kalten, taufeuchten Gräsern. Zeit, um den Duft der Moortümpel und der Wassergräben einzuatmen, um dem Rascheln eines flüchtenden Wiesels zu lauschen oder den ersten Vögeln. Ein paar Tage zuvor hatte er bereits vor der Morgendämmerung den Ruf eines Blaukehlchens vernommen, in Vielfalt und Stil der Nachtigall nicht unähnlich.

Sorgfältig prüfte er jetzt, ob durch das Fenster kein noch so winziger Lichtschein nach außen dringen konnte. Dann zündete er die Petroleumlampe an und trank ein paar Schlucke aus der Wasserflasche. Die Luft im Zimmer war kalt und abgestanden, der Geruch der Lampe machte es nicht besser. Trotzdem blieb er noch einen Moment sitzen. Hinter dem verrosteten Ofen, in einem Spalt zwischen Mauer und Wandverkleidung, lag die schwarze Mappe. Bewerbung stand in silbernen Großbuchstaben außen drauf. Es wirkte so großspurig, dass es am Ende doch nur lächerlich war. Die Mappe hatte er gekauft, nachdem er seine Stelle bei der Kreisverwaltung gekündigt hatte. Aber er hatte sich nie irgendwo beworben. Für den Lehrauftrag an der Universität war das nicht nötig gewesen. Vorsichtig hob er den Deckel der Mappe und blätterte durch die wichtigsten Papiere. Tickets, Flugplan, Impfpass, Reisepass. Weiter hinten Urkunden und Lagepläne. Ein paar Fotos, die der Verkäufer geschickt hatte: Das Haus stand an einem Hang, zweihundert Meter oberhalb des Yukon. Es war aus rohen Holzbohlen errichtet und eingebettet in einen dichten Wald, vorwiegend Ostamerikanische Lärche und verschiedene Fichtenarten. Die rostrote Farbe der Hauswand war verblichen, an einigen Stellen blätterte sie ab. Auf dem Dach aus Teerpappe wuchs Moos, eine Treppenstufe war durchgebrochen. Dann ein Blick über das Flusstal: Der Yukon zog sich in einer weiten Biegung um eine Bergnase herum, auf der gegenüberliegenden Seite war eine Steppenlandschaft mit niedrigen Bäumen, Wiesen, Sträuchern. Kein Mensch war zu sehen, kein Zeichen von Zivilisation.

Er schob die Papiere zurück in die Mappe. Sie enthielt auch noch einige Skripte, die sich mit der ökologischen Bedeutung der Friedländer Großen Wiese beschäftigten. Und mit den erstaunlichen Fähigkeiten von Bibern. Diesen Text hätte er gern in einer Fachzeitschrift veröffentlicht, aber sie hatten sich nicht darauf eingelassen. Es fehlten ihnen Belege, es sei an einigen Stellen zu spekulativ, meinte der Redakteur, ein promovierter Chemiker, wie er in einem Telefonat bestätigt hatte. Einer, der nicht vom Fach war, glaubte einen Beitrag über Biber bewerten zu können – ein Grund genug, in dieser Zeitschrift nichts mehr zu publizieren.

Zuletzt stieß er noch auf zwei Blätter, die sich, ohne dass er es bemerkt hatte, zwischen die Fachaufsätze geschoben hatten. Er zog sie heraus und hielt sie ins flackernde Licht der Petroleumlampe. Als er erkannte, was da zwischen seinen Fingern steckte, musste er lächeln. Es war das Skript zu der einzigen Predigt, die er jemals gehalten hatte, in der St. Marienkirche zu Ueckermünde, bei einem Abendgottesdienst am Buß- und Bettag des vorausgegangenen Jahres. Ob die zwanzig Seelen, die ihm damals gelauscht hatten, irgendetwas mit seinen Worten hatten anfangen können, wusste er nicht. Und dass es einen Gott gab, dem sie hätten gefallen können, hielt er für ausgeschlossen. Letztendlich hatte er die Predigt für sich selbst gehalten. Und zumindest eine Person war damals tief beeindruckt. Tanja, die Frau des Pastors, hatte ihn zu dieser Laienpredigt überredet und sie hatte ihn anschließend zum Abendessen eingeladen. Auch ihr Mann, Pastor Johannes Grundler, hatte sich die Predigt angehört. Mit seinem sorgfältig gestutzten, rotblonden Bart und seiner Gottesfurcht, die irgendwie aus der Zeit gefallen war, hatte er sich wie ein übermotivierter dreizehnter Jünger aufgeführt, hatte sich lebhaft bedankt, aber es war deutlich zu spüren, dass es sich bei diesem pastoralen Dank um eine Höflichkeitsformel handelte. Die Predigt hatte dem Gottesmann nicht gefallen, sie war ihm zu liberal, vielleicht war sie ihm sogar wie ein Affront erschienen. Er hatte vom Eintauchen in die Natur gesprochen, von ihrer Sinnlichkeit und ihrer Kraft, Menschen zu verändern, so, wie er sich selbst jedes Mal, wenn er für Stunden durch den Wald und durch Flussauen gelaufen war, verwandelte und das Gefühl hatte, als ein anderer zurückzukehren.

Beim Händedruck war ihnen beiden klar, dass sie, der Pastor und der Biologe, in diesem Leben keine Freunde werden würden. Johannes Grundler hatte sich auch bald entschuldigt, er habe noch ein dringendes seelsorgerliches Gespräch – eine Ausrede, gegen die niemand etwas einwenden konnte. Später, nach dem Essen, waren Tanja und er noch spazieren gegangen, am Ufer der Uecker, die weiter flussaufwärts, in Brandenburg, Ucker hieß. Und so, wie der Fluss der gleiche blieb, obwohl sich sein Name im Unterlauf änderte, hatte sich auch das Leben von Tanja und ihm von diesem Tag an geändert. Auf dem schmalen Feldweg neben den Schleifen der Uecker hatten sie sich zum ersten Mal geküsst. Unter einem klaren Nachthimmel hatte er gelacht und sie gefragt, ob das der Sinn einer Predigt sei, und sie hatte gesagt, jede Predigt, die zum Glück der Menschen beitrage, sei eine gute Predigt.

Jetzt war das Blatt also in seine Mappe mit den wichtigsten Unterlagen hineingeraten, und er fragte sich, ob da vielleicht doch irgendeine höhere Macht im Spiel war. Sollte es eine Mahnung sein? Oder eine Versuchung? Er musste jetzt endlich eine Entscheidung treffen. Aber er konnte nicht. So musste sich jemand fühlen, der aufstehen wollte und merkte, dass sein Körper gelähmt war. Eilig steckte er die Mappe wieder in den Spalt hinter dem Ofen und zog seine Jacke über. Er warf einen Blick auf das Gewehr, das wie üblich geladen in der Ecke neben dem Sofa stand. Um diese Zeit würde er es nicht brauchen. Und bis zum Beginn der Morgendämmerung war er längst wieder zurück.

16

»Können Sie mir das bitte erklären?«

Polizeirat Klüver ließ eine Zeitung auf seinen Schreibtisch fallen und schob sie Sylke vor die Nase. Die Zeitung war so aufgefaltet war, dass man das Foto sehen konnte, auf dem Lisa mit gezogener Pistole durch einen Hauseingang stürmte. Bild und Text kannte Sylke schon aus der Online-Ausgabe der Zeitung. Sie überlegte, wie sie auf Klüvers Frage reagieren sollte, aber der Polizeirat ließ sie gar nicht zu Wort kommen.

»Das ist eine rufschädigende Berichterstattung. Und ich frage mich natürlich, wo das herkommt. Von welchen Polizeiquellen ist hier die Rede? Das kann doch nur die verpixelte Kollegin gewesen sein!«

»Das ist ein ... ein Missverständnis«, stammelte Sylke. Klüver hatte sie in sein Büro zitiert, noch bevor sie am Morgen ihren Mantel abgelegt hatte. Sie hatte durchaus mit Ärger gerechnet, aber diese Aufregung fand sie übertrieben. Dabei war Klüvers Strafpredigt noch gar nicht richtig in Schwung gekommen. »Ich habe mich ja bislang nicht in die Ermittlungen eingemischt. Das liegt mir fern. Ich will auch gar nicht Ihre Arbeit erledigen. Aber soweit ich sehen kann, steht in den Ermittlungsakten nichts von dem, was ich hier in der Zeitung lese. Stricher-Milieu – was soll denn das heißen? Dass er junge Männer von der Straße aufsammelt? Krohnhorst war viele Jahre lang verheiratet. Er hat eine Familie.«

Klüvers Wortfluss geriet ein wenig ins Stocken, sodass Sylke einhaken konnte. »Ich werde das umgehend klären. Meine Kollegen haben mit Sicherheit nichts in der Richtung gesagt. Dieser Bericht dürfte eine reine Erfindung sein. Wahrscheinlich hat der sogenannte Journalist einfach mal eine Stinkbombe geworfen, um zu sehen, wie wir reagieren. Ich würde vorschlagen, gar nicht zu reagieren, aber das werde ich auch mit der Staatsanwaltschaft besprechen.«

Klüver rückte seine Brille zurecht. Er schien sich etwas zu beruhigen, wurde aber unvermutet von einer weiteren Wutwelle erfasst. Seine Stimme war jetzt leise, hatte aber etwas Schneidendes. »Ich hoffe, Sie haben sich damit beschäftigt, um wen es hier eigentlich geht. Roland Kronhorst war ein verdienter Mann. Er wäre vor etlichen Jahren beinahe Landrat geworden und wir hätten mit ihm einen guten Landrat bekommen. Auch als er in Schwerin für die Landesregierung tätig war, hat er sich immer für die Stadt eingesetzt. Ich hatte heute Morgen ein sehr unangenehmes Telefonat mit dem Oberbürgermeister. Er sagte mir, dass er Krohnhorst für seine Verdienste um die Stadt Greifswald in wenigen Tagen die Ehrenbürgerwürde verleihen wollte. Die Stadtspitze wird dies nun posthum tun. Krohnhorst steht da in einer Reihe mit dem berühmten Mediziner und Bakteriologen Friedrich Loeffler. Oder dem Schriftsteller Wolfgang Koeppen. Oder Berthold Beitz, einem der bedeutendsten Industriellen Deutschlands. Vielleicht sagen Ihnen diese Namen ja nichts, dann können Sie sich wenigstens merken, dass die Ehrenbürgerwürde nur an integre und anständige

Personen verliehen wird. Was glauben Sie, wie solche Zeitungsberichte da in die Landschaft passen? Ich kann es Ihnen sagen: Nicht sehr gut. Der Herr Oberbürgermeister fragt sich jetzt natürlich, wen er da auszeichnet und was noch ans Tageslicht kommt. Ich habe ihm zugesichert, dass wir in genau 48 Stunden eine klare Aussage treffen, in welche Richtung die Ermittlungen gehen. Haben Sie das verstanden? 48 Stunden.«

Sylke kniff die Lippen zusammen. Klüver wusste doch selbst genau, dass solche Zeitvorgaben bei einer Todesfallermittlung vollkommen sinnlos waren und nur zu Fehlern führten. Sie musste sich dagegen wehren. Aber sie tat es nicht. Für wenige Augenblicke überlegte sie, ob sie alles hinwerfen sollte. Aber auch das tat sie nicht. Wie kam sie auf solch einen Gedanken? Früher hätte sie so etwas nicht einmal im Ansatz in Erwägung gezogen. Tom fand, dass sie milder und kooperativer geworden war. Aber vielleicht war sie einfach nur empfindlicher als früher?

»Wie sieht es aus mit den anderen Verdächtigen?«, fragte Klüver in einem etwas gnädigeren Tonfall. »Was ist mit diesem verschwundenen Biologen? Ich erwarte, dass Sie dieser Spur nachgehen. Und zwar zügig. Ich habe mich sehr für Sie eingesetzt, Frau Bartel. Und ich möchte am Ende nicht als der Depp dastehen.«

Darum ging es. Um nichts anderes: Jeder wollte sein Gesicht wahren, wollte eine gute Figur machen. Der Bürgermeister, der Polizeirat, am Ende auch sie selbst. Und wenn es nun tatsächlich eine etwas schmutzige Angelegenheit war, die zu Krohnhorsts Tod geführt hatte? Sylke merkte, dass Klüver sie anstarrte. Hatte er noch etwas gesagt? Sie versuchte es mit einem krampfhaften Lächeln. Offenbar erwartete er keine weiteren Auskünfte von ihr. Sie stand auf und verabschiedete sich.

Bevor sie sich mit Philipp und Lisa zu einer Lagebesprechung traf, ging sie zur Toilette und tupfte sich Wangen und Stirn mit einem feuchten Papiertuch ab. Einen bestimmten Fehler wollte sie jetzt vermeiden: Die Kette der Demütigungen fortsetzen. Lisa und Philipp sollten am Ende nicht denken müssen, dass sie mit Bürgermeister und Polizeirat in einer Reihe stand.

Aufrecht und konzentriert saß sie wenig später ihren beiden Nachwuchsermittlern gegenüber. Sie berichtete ganz neutral von dem Gespräch mit Klüver und stellte klar, dass es nun wichtig sei, die Ermittlungen zügig, aber präzise und vorurteilsfrei fortzusetzen. »Wir dürfen uns nicht aus der Ruhe bringen lassen, wenn irgendwelche Journalisten haltloses Zeug in die Welt setzen. Wir haben bisher nicht, wie hier behauptet wird, im Strichermilieu ermittelt und es gibt auch keinen Grund, es zu tun. Oder?«

Sie bemerkte, dass Lisas Blick zur Seite wanderte und ihr Gesicht eine leichte Röte bekam.

»Lisa? Ist irgendetwas?«

Die junge Kollegin tauschte einen Blick mit Philipp, der aber seinerseits vollkommen ausdruckslos auf seine Unterlagen starrte.

»Also, ich denke schon, dass es gewisse Indizien gibt.«

»Wofür?«

»Nun, ich war ja in Krohnhorsts Wohnung. Und auch in seinem Schlafzimmer. Da hing so ein großformatiges Foto an der Wand, gegenüber vom Bett. Darauf war ein junger, muskulöser Mann zu sehen, der sich, mit einer knappen Badehose bekleidet, auf einem Strand räkelt.«

»Hast du das abfotografiert?«

Sie schüttelte den Kopf. »Nein, das ... das fand ich nicht nötig. In der Nachttischschublade habe ich allerdings noch etwas anderes gefunden. Kondome und ein Gleitmittel.«

Philipps zog die Augenbrauen zusammen. »Ein was?«

»Na, so ein Mittel, damit es besser flutscht.«

Sylke wurde leicht flau im Magen. »Und? Was schließt du daraus?«

»Na ja, als mich dieser Piet gefragt hat, ob wir im Strichermilieu ermitteln, da kam mir plötzlich der Gedanke, dass genau das ja der Schlüssel sein könnte. Ich dachte, dieser Typ aus der Wohnung, das war vielleicht einer dieser Jungs, mit denen sich Krohnhorst getroffen haben könnte.«

Sylke kniff die Augen zusammen. »Okay, du hattest halt so einen Gedankenblitz. Aber du hast ja mit Piet nicht darüber geredet.«

Lisa zögerte, wollte etwas sagen und brach wieder ab. Es entstand eine ungute Stille. Dann sprach sie doch noch, leise und stockend. »Ich ... ich bin mir nicht ganz sicher. Es war alles so hektisch, ich kam da rausgerannt, bin beinahe mit dem Typen zusammengestoßen, er hat dann diese Frage rausgehauen und vielleicht habe ich doch irgendetwas dazu gesagt.«

»Und was war das?«

Sie war kurz davor, in Tränen auszubrechen. »Ich weiß es eben nicht mehr! Vielleicht etwas wie ‚kann schon sein‘. So, wie ich das in dem Moment eben dachte. Ich weiß es wirklich nicht mehr.«

Sylke ließ sich auf ihrem Schreibtischstuhl zurückfallen. Philipp spannte seinen vornübergebeugten Kopf zwischen Daumen und Zeigefinger seiner rechten Hand ein, so, als müsse er verhindern, dass der Kopf platzte. Oder unterdrückte er ein Lachen? Sylke spürte, dass sie an einen Punkt kam, an dem sie Lust hatte, irgendetwas gegen die frisch gestrichene Wand zu werfen.

»Lisa … das ist … das ist unterirdisch! Niemals darfst du gegenüber der Presse irgendetwas sagen, das nicht mit mir und der Staatsanwaltschaft abgestimmt ist. Niemals! Hast du verstanden? Ich habe Klüver eben gerade versichert, dass von uns kein Wort in der Richtung gefallen ist. Was, wenn dieser Piet jetzt beim nächsten Pressegespräch darauf zurückkommt? Und was, wenn er mit dem Oberbürgermeister spricht? Wir stehen da wie die letzten Idioten!«

Es hielt sie nicht mehr auf dem Stuhl. »Das war einfach große Scheiße! Wir treffen uns hier um zwölf Uhr. Lisa, du sorgst dafür, dass bis dahin endlich ein Obduktionsbericht vorliegt, egal, wie weit die in ihrem Leichenkeller vorangekommen sind. Und Philipp – du kommst mit mir.«

Sie stürmte aus dem Büro, der Flur wurde zur Rennbahn und der Hof des Polizeireviers zur Stierarena. Wütend riss sie die Tür ihres Wagens auf und sprang hinein. Philipp folgte ihr, umrundete das Auto betont lässig und ließ sich auf den Beifahrersitz fallen. Sylke fauchte ihn an. »Geht's noch langsamer?« Sie startete den Motor, würgte ihn gleich wieder ab, startete erneut. Auf dem Weg durch die Stadt hatte sie ein paar Minuten Zeit, um sich zu beruhigen. Und um darüber nachzudenken, ob sie nicht jetzt doch alles genauso machte, wie sie es eigentlich hatte vermeiden wollen. Es war einfach verhext. Es war zum Schreien!

Als sie in die Bahnhofsstraße einbog, wagte Philipp es endlich, sie anzusprechen. »Darf ich fragen, wohin es geht?«

»Wir sind mit Viola Naujock verabredet«, erklärte Sylke. »Bahnhofsstraße. Sie arbeitet da und behauptet, sie könne es nicht einrichten, aufs Revier zu kommen.«

Kurz vor dem Bahnhof, neben dem Gelände eines neu errichteten Einkaufszentrums, lag die physiotherapeutische Gemeinschaftspraxis, in der Viola Naujock tätig war. Maltes Ex-Frau war nach der Trennung nach Neubrandenburg gezogen, in das Haus ihrer Schwester. Zweimal in der Woche fuhr sie nach Greifswald, um hier Patienten mit Rücken- und Kniebeschwerden zu betreuen.

Sylke meldete sich am Tresen an, im gleichen Moment kam Viola Naujock auch schon aus einem der Behandlungszimmer. Sie zog sich einen Parka über den pinken Kittel und bat die Polizisten, mit nach draußen zu kommen. Es schien ihr unangenehm zu sein, dass die beiden es bis ins Innere der Praxis geschafft hatten. In der Tat waren sie einen Moment zu früh eingetroffen und Sylke vermutete, dass Viola Naujock sie eigentlich draußen hatte abfangen wollen.

Die Ex-Frau von Malte war schlank, fast schmächtig, ihre glatten, braunen Haare gingen bis auf die Schultern. Sie hatte Ringe unter den Augen und wirkte auf Sylke übernächtigt. Am Rand des Parkplatzes blieb sie stehen und macht aus ihrer Missstimmung kein Geheimnis. »Geht es schon wieder um Malte?«

Sylke nickte. »Wie kommen Sie darauf?«

Sie zog eine Packung Zigaretten aus ihrer Jackentasche, zündete sich eine an und blies den Wind in die kühle Herbstluft. »Ihre Kollegen haben mich ja neulich schon gefragt, ob ich es nicht merkwürdig finde, dass er nicht erreichbar ist.«

»Diese Kollegen haben uns eine Telefonnummer gegeben, aber das Gerät scheint abgeschaltet zu sein.«

»Das macht er meistens so. Er nimmt es nur mit, wenn er sich irgendwo draußen mit jemandem verabreden will. Viele Leute finden sich ja in der freien Natur nicht mehr zurecht.«

Philipp mischte sich in das Gespräch ein. Er schien mal wieder die Bad-Cop-Rolle übernehmen zu wollen. »Es ist jetzt mittlerweile zehn Tage her, dass Malte nicht in seiner Wohnung anzutreffen und auch telefonisch nicht erreichbar ist. Ich finde es sehr merkwürdig, dass Sie nach wie vor in keinster Weise beunruhigt sind.«

Die Physiotherapeutin sah den bärtigen Polizisten mit einem verächtlichen Seitenblick an. »Wir sind seit eineinhalb Jahren getrennt – ich werde mich nicht mehr um ihn sorgen als um jeden anderen Bürger dieser Stadt auch. Malte ist erwachsen und etwas verrückt.«

»Und Sie haben wirklich keine Ahnung, wo er sein könnte?«

Die Frau ignorierte Philipps drohenden Ton, was Sylke beinahe schon wieder beeindruckte. Die ließ sich nichts gefallen. »Suchen Sie doch mal in Schweden oder Dänemark. Manchmal fährt er da spontan hin, wenn er günstig ein Haus mieten kann. Seine Uni-Seminare lässt er dann ausfallen – das stört offenbar niemanden. Und der Unterhalt für unsere Tochter Jenny fällt dann auch meistens aus. Darum könnte sich die Polizei ja mal kümmern.«

Sie schnippte die Asche zur Seite weg. Sylke kannte Malte nur aus Akten und diversen Zeugenaussagen, aber ihr Bild von ihm war doch recht klar: ein naturverbundener Mensch, eigenwillig, kompromisslos, an materiellen Dingen nicht interessiert. Sie fragte sich, wie es sein konnte, dass er und Viola viele Jahre miteinander verheiratet gewesen waren. »Wissen Sie etwas darüber, ob Malte eine neue Beziehung hat?«

Viola lachte kurz auf. »Das ist mir flitzpiepegal. Wenn er 'ne Neue hat, dann wünsche ich der Dame nur, dass sie rechtzeitig erkennt, worauf sie sich eingelassen hat.«

»Und das wäre?«

»Dass Malte immer etwas hat, das wichtiger ist als seine Beziehung und seine Familie. Seine eigentliche Familie sind die Biber, die Bäume und die Kräutlein am Wegesrand.«

»Und wenn es eine Frau gäbe, die diese Leidenschaften mit ihm teilt?«

»Dann sollen die beiden dahin gehen, wo der Pfeffer wächst. Vielleicht ist der Pfeffer ja auch eine interessante

Pflanze und ...« Sie brach plötzlich ab und blickte auf ihre Hand mit dem noch qualmenden Zigarettenstummel. »Ich komme jetzt sehr negativ rüber, oder? Das war gar nicht meine Absicht, aber ... es geht mir halt immer wieder an die Nerven.«

Philipp schien schon wieder eine seiner groben Einwürfe starten zu wollen, aber Sylke schlug mit ihrer Hand leicht gegen seinen Oberarm, um ihn davon abzuhalten. Sie glaubte, dass Freundlichkeit in diesem Moment der bessere Weg war. »Dann sagen Sie doch mal etwas Positives über Malte.«

Viola strich sich die Haare hinters Ohr und lächelte säuerlich. »Ja, er ist schon ein leidenschaftlicher Mensch. Und er kann auch andere für sich einnehmen, ganz bestimmt. Aber man muss sich halt auf seine Spleens einlassen. Ich will auch gar nicht behaupten, dass seine Anliegen verkehrt sind, im Gegenteil, Naturschutz ist schon wichtig, wir sehen doch alle, wie die Menschheit die Welt versaut. Aber so, wie er das anpackt, so unerbittlich, so streng, das ist wahnsinnig anstrengend, wenn Sie auch noch ein paar andere Hobbys haben.«

»Wie denken Sie darüber, dass Malte den Bau eines Windparks verhindern will?«

»Das Ding auf der Friedländer Neuen Wiese? Da habe ich mich nicht eingemischt. Das war seine Kiste. Er hat sicher Gründe, aber ich denke auch, dass man Kompromisse machen muss. Kein Kohlestrom, kein Atomstrom – sollen wir den Strom aus dem Klo schöpfen? Wie gesagt, in das Thema habe ich mich nie ...« Sie blickte zur Bahnhofsstraße, von wo sich eine junge Frau näherte. Sie war einen Kopf größer als Viola und kräftiger gebaut, aber die Ähnlichkeit im Gesicht fiel Sylke sofort auf.

»Ihre Tochter?«

Viola nickte und stellte Jenny den beiden Polizisten vor. »Sie studiert jetzt schon im dritten Semester«, sagte sie, nicht ohne Stolz, »und da sie auch nicht mehr bei mir wohnt, bin ich froh, dass wir uns an den Tagen, an denen ich in Greifswald arbeite, auf einen Kaffee am Bahnhof verabreden können – so wie jetzt auch.«

»Hallo, Jenny«, sagte Sylke, »dürfen wir Ihnen eben noch ein paar Fragen zu Ihrem Vater stellen?«

Die Miene der jungen Frau hatte sich innerhalb von Sekundenbruchteilen verändert. Sylke glaubte regelrecht zu sehen, wie in ihrem Gesicht die Jalousien heruntergelassen wurden. »Nein, ich möchte dazu nichts sagen.«

»Nur ein oder zwei Fragen, dann können Sie gern …«

»Nein, wirklich nicht, das kann alles meine Mutter beantworten.« Sie wandte sich von ihnen ab, einfach so. »Mama, ich gehe schon mal vor!«

Sie ließ sie stehen, als wären sie nicht Kriminalbeamte, sondern die Zeugen Jehovas. Sylke spürte, dass Philipp sich diese Abfuhr nicht gefallen lassen wollte, aber sie bremste ihn ein weiteres Mal. »Lass sie«, sagte sie leise und wandte sich wieder Viola zu, während die Studentin in Richtung Bahnhof verschwand.

»Da können Sie sehen, was Malte angerichtet hat«, kommentierte Jennys Mutter die Szene süffisant. »Monatelang hat sie kein Wort mit ihm geredet. Zuletzt ging es etwas besser. Aber Maltes Abgang ist und bleibt ein heikles Thema.«

»Wie steht sie denn zu der Naturverbundenheit ihres Vaters?«

Violas Miene verdüsterte sich. »Als Kind war es das Größte für sie. Sie ist mit ihm stundenlang durch die Wälder gestreift, sie wusste mehr über Pflanzen und Tiere als ihre Lehrerin. Später gab es dann auch Phasen, in denen sie sich eher für anderes interessiert hat, aber die Natur, das war immer ein Band zu ihrem Vater. Dass er dann beschlossen hat, uns beide zu verlassen, das hat sie umso weniger verstanden. Das war schlimm für sie, richtig schlimm. Ich glaube, Malte hat bis heute nicht kapiert, was er ihr angetan hat. Der Idiot.«

17

Lisa wirkte fahrig, ihre Stimme zitterte. Ein gutes Dutzend Augenpaare, nämlich die aller Beamter, die etwas mit dem Fall Krohnhorst zu tun hatten, waren auf sie gerichtet. Erst in diesem Augenblick wurde Sylke klar, dass die junge Kollegin die Erlebnisse vom Vortag noch lange nicht verarbeitet hatte. Und dann noch die Sache mit ihrer mutmaßlichen Aussagen gegenüber Piet Kunkel. Sylke tat die Zurechtweisung mittlerweile leid. Sie hatte Lisas Verfassung nicht bedacht, als sie ihr aufgetragen hatte, die bis zu diesem Zeitpunkt feststehenden gerichtsmedizinischen Erkenntnisse vorzutragen.

Jetzt stand sie vor der Projektionsfläche, beinahe so bleich wie das Mordopfer, strich sich die Haare nervös hinters Ohr und hantierte am Beamer herum. Dann sprangen die Bilder an die Wand, Fotos von der Auffindesituation, mit denen Lisa die Ergebnisse untermalte. Der erste Befund hatte sich bestätigt: Roland Krohnhorst hatte einen kräftigen Schlag auf den Hinterkopf erhalten, mit einem stumpfen Gegenstand, möglicherweise einem Baseballschläger, vielleicht auch mit einem Axtstiel. Der Schlag war jedoch nicht tödlich, er hatte vermutlich zur Bewusstlosigkeit geführt. Todesursache war Ertrinken, das Wasser in Krohnhorsts Lunge stammte aus dem Prägelbach. Merkwürdig war der Umstand, dass sein Kopf sich außerhalb des Baches befand und er nach seinem Tod nicht bewegt worden war. Es gab jedenfalls keine Fußspuren in seiner unmittelbaren Nähe – außer denen von Dirk Pölzner, aber auch die deuteten nicht darauf hin, dass er den schweren Leichnam durch die Gegend geschleift hatte.

»Also ist der Regierungsrat nach seinem Ableben selbstständig aus dem Bach zum Auffindeort geschwebt«, resümierte Philipp in lakonischem Tonfall. Einige Kollegen lachten leise. Sylke musste an den Abend denken, an dem sie in dem dämmerigen Bachtal herumgestolpert war. Sie richtete sich auf und dachte laut nach: »Könnte nicht dieser Biberdamm irgendeine Rolle spielen? Der staut doch Wasser auf.«

»Der Damm war nach der Tat noch intakt«, erwiderte Philipp, »höchstens leicht beschädigt.«

Abgesehen davon, dass sie ihm recht geben musste, fiel Sylke in diesem Augenblick auf, wie sehr sich die Gewichte zwischen den beiden jungen Ermittlern verschoben hatten: Während Lisa zu einem verunsicherten Mäuschen mutiert war, trat Philipp konstruktiv und selbstbewusst auf. Lag das nur daran, dass Lisa ein paar dumme Pannen unterlaufen waren? Oder fiel es Philipp einfach leichter, seine eigenen destruktiven Momente zu überspielen?

Sylke wollte ihre Idee mit dem Biberdamm nicht sofort aufgeben. »Was denken die anderen? Und Lisa, was meinst du?«

Einer der aus dem Streifendienst abgeordneten Beamten stimmte Philipp zu. Lisa schien sich mit Sylkes Frage gar nicht zu beschäftigen, sie suchte auf ihrem Laptop nach irgendeiner Datei.

»Wir stehen vor einem Rätsel«, sagte Sylke. Sie wurde zunehmend nervös. »Kann es sein, dass der bewusstlose Mann ertränkt wurde, indem man ihm Wasser eingeflößt hat, vielleicht mit einem Schlauch?«

Die Kollegen sahen sie ungläubig an. »Das wiederum könnte nach Spurenlage ja nur Pölzner gewesen sein«, setzte sie ihren Gedanken fort, »aber so ein pervers-komplexes Vorgehen traue ich diesem eher schlichten Gemüt nicht zu. Oder wie seht ihr das?«

Die These rutschte ungebremst in die Schlucht der unhaltbaren Ideen. Weiterhin tippte Lisa auf ihrem Laptop herum. Dann sprang eine Aufnahme vom Leichnam Krohnhorsts an die Wand.

Lisa stand auf. Ihre Stimme wackelte.

»Ich fand es von Anfang an merkwürdig, dass die Kleidung des Toten komplett durchnässt war. Es war an dem Tag nebelig, aber es hat nicht geregnet. Und auch der Untergrund um Bachufer war meiner Meinung nach nicht so feucht, dass die Kleidung literweise Wasser aufsaugen würde. Außerdem ist mir aufgefallen, dass die Schlammspritzer am Körper des Toten nur in bestimmten Bereichen auftreten. Man sieht es auf diesem Bild.«

Sie zeigte mit dem Lichtpfeil auf den Kopf des bäuchlings im Uferschlamm liegenden Mannes. In der Tat war sein Gesicht, von dem nur ein Teil zu sehen war, mit Dreckspritzern bedeckt, rund um das Ohr fehlten sie jedoch.

»Ich dachte erst, die Spritzer wären entstanden, als er auf den matschigen Untergrund stürzte. Wenn man diese Bild betrachtet, kann man auch auf eine andere Idee kommen. Die Verschmutzung hört an einer bestimmten Linie auf. Es sieht fast so aus wie ein Seeufer bei zurückgehendem Wasserspiegel. Die Sedimente setzen sich nur in dem Bereich ab, wo vorher Wasser gestanden hat.«

»Das ist sehr spitzfindig«, warf Philipp ein, »kann auch Zufall sein, dass die Spritzer sich so verteilt haben.«

Sylke hatte noch nicht verstanden, worauf Lisa hinauswollte.

»Was folgerst du daraus?«

Sie zeigte ein weiteres Foto, auf dem ein Teil des vom Damm aufgestauten Sees zu sehen war.

»Wir haben keine guten Fotos von dem Bereich«, erläuterte sie, »weil niemand darauf geachtet hat. Aber ich schätze, dass der See, den die Biber aufgestaut haben, eine Fläche von deutlich mehr als 200 Quadratmetern hat. An der breitesten Stelle misst diese Wasserfläche sicher zehn Meter und sie zieht sich ganz schön weit das Tal hoch. Wenn ich jetzt mal annehme, dass der Schaden am Damm zu einem Absinken des Wasserspiegels um nur fünf Zentimeter führte, dann könnten zehn Kubikmeter Wasser zusätzlich den Bach runtergeflossen sein, also 10 000 Liter. Der Wasserspiegel in dem schmalen Bachlauf wird sich dadurch für eine gewisse Zeit erhöht haben. Wir müssten herausfinden, wie sich dieses zusätzliche Wasser im Bachbett verteilt hat und ob es denkbar ist, dass Krohnhorst, der bewusstlos am Bachufer lag, in dieser Zeit mit Mund und Nase unter Wasser war.«

Im Raum war es plötzlich still. Alle versuchten, Lisas improvisierte Rechnung nachzuvollziehen und starrten auf das Bild, das den aus Ästen, Zweigen und anderem Material errichteten Damm zeigte. Sylke hatte sich bis dahin keine Gedanken darüber gemacht, was für ein technisches Wunderwerk die kleinen Nager errichtet hatten. Die Äste waren nicht nur quer zum Bach aufgetürmt, viele lagen parallel zur Fließrichtung. Sie wirkten wie Stützen und durch sie war der Damm offenbar in der Lage, dem tonnenschweren Wasserdruck standzuhalten. Der aufgestaute See wirkte in der Dämmerung fast schwarz, dicke Bäume ragten heraus, einige davon waren abgestorben, auch ein Ansitz war vollkommen von Wasser umschlossen. Im Hintergrund schien die Wasserfläche mit dem Dunkel der beginnenden Nacht zu verschmelzen.

»Das klingt beeindruckend«, sagte jemand aus der Runde. »Und plausibel. Nicht schlecht.«

Sylke brauchte einen Moment, um die Aussagen zu verarbeiten. »Danke, Lisa«, sagte sie, »ich wusste, dass wir auf dich zählen können. Wir müssen das dringend überprüfen: Die Kriminaltechniker sollen bitte untersuchen, ob sich der Wasserstand im aufgestauten Bereich in den letzten Tagen verändert hat. Sie sollen alles ausmessen, auch das Bachbett unterhalb des Damms, am besten mit einer 3-D-Kamera. Wir werden vielleicht die Unterstützung vom Landeskriminalamt benötigen. Leider hat Herr Pölzner ja schon an dem Damm herumgebastelt, bevor wir eingetroffen sind – da sind vermutlich wichtige Spuren zerstört.«

Sie stand auf. Plötzlich war da wieder dieses Fieber. Sie kamen voran, das spürte sie. Und sie wollte, dass die anderen es auch spürten.

»Lasst uns mal diese These übernehmen: Der oder die Täter schlagen Krohnhorst aufs Haupt. Er fällt hin, ist bewusstlos. Anschließend öffnen sie den Damm ein Stück weit, Wasser strömt durch die Kerbe, Krohnhorst bekommt für fünf oder zehn Minuten keinen Sauerstoff mehr und ertrinkt.«

Sylke blickte erwartungsvoll in die Runde. Sie sah, dass Philipp nach wie vor skeptisch war.

»Wer würde denn so etwas machen? Ich meine, das ist doch ...?«

»Irgendwie raffiniert, oder?«

»Absolut.«

»Man macht sich nicht selbst die Hände schmutzig.«

»Ist Pölzner dazu in der Lage? Ich glaube das nicht.«

»Der Unbekannte aus Krohnhorsts Wohnung? Wir wissen es nicht. Man muss vorhersehen können, wie sich die Öffnung des Damms auswirkt.«

»Und das Ganze mitten in der Nacht! Es kann nur jemand gewesen sein, der sich da sehr gut auskennt.«

»Also doch Pölzner? Wenn er nicht in Frage kommt, dann bleibt doch nur einer übrig.«

»Und der wäre?«

»Malte Naujock.«

»Richtig – der ist doch auch Biologe.«

»Und ein fanatischer Umweltschützer.«

»Aber verschwunden.«

»Ein Phantom.«

»Ein Gespenst.«

»Kann bitte mal jemand herausfinden, ob man Gespenster zur Fahndung ausschreiben kann?«

18

Tom hatte den Nutzungsvertrag für seinen Mietwagen telefonisch verlängert. Erstens brauchte er das Auto noch und zweitens wusste er nicht, wie er der Autovermietung erklären sollte, dass es im Innern des Wagens roch wie in einer Jauchegrube. Er schrubbte den Fahrersitz mit Seifenwasser ab und legte dann eine Abdeckfolie aus dem Bestand der Museumswerft auf den Sitz, um vor Nässe und Ausdünstungen geschützt zu sein. Mit dem Ventilator im Maximalbetrieb war es auszuhalten.

Er hatte zwischendurch schon mal einen Blick auf die Daten geworfen, die der GPS-Tracker an Jagels Auto lieferte. An diesem Vormittag sah er sich die Routen, die der Geschäftsführer der Starkwind AG gefahren war, genauer an. Das Programm zeichnete alle Wege auf und zeigte sie auf einer Karte an. Punkte, an denen der Tracker länger als fünf Minuten zum Stehen gekommen war, wurden gesondert markiert.

Jagel schien von seinem Wohnort in Schwedt im Wechsel nach Anklam und zur Außenstelle nach Frankfurt/Oder zu pendeln. Am Vortag hatte sein Wagen einen Zwischenstopp an einem Supermarkt und an einer Tankstelle in Anklam eingelegt, bei der auf einer Online-Karte auch ein Ladepunkt für E-Autos eingezeichnet war. Jagel hatte sich dort zwanzig Minuten lang aufgehalten. Vermutlich waren an diesem Tag die wenigen Lademöglichkeiten auf dem Parkplatz der Starkwind-AG ausgebucht gewesen. Dann war da noch ein längerer Stopp neben einem Fitness-Center am Rande von Schwedt. Hatte er dort vielleicht jemanden getroffen, der für ihn die Drecksarbeit erledigte? Oder gab es da einen Keller, in dem sie Malte Naujock eingesperrt hatten? Tom hielt das für unwahrscheinlich und verzichtete vorläufig auf die Fahrt an die polnische Grenze.

Stattdessen kümmerte sich um die MATHILDA. Er löste Teile der Innenverkleidung ab, entfernte Roststellen und versah die Metallteile mit einem Schutzanstrich. Er hatte eigentlich vorgehabt, auf dem Boot etwas zu kochen, aber wieder war es seine empfindliche Nase, die nach einer anderen Entscheidung verlangte. Vom Geruch der frischen Farbe bekam er Kopfschmerzen. Er ging zum Hafen, wo trotz der fortgeschrittenen Jahreszeit die Hornfischbar noch geöffnet hatte. Während er in dem kleinen Restaurant auf einem über hundert Jahre alten Dampfeisbrecher Hering mit Bratkartoffeln aß, fasste er nebenbei einen Entschluss.

Er wollte noch einmal zur Friedländer Großen Wiese fahren. Das Erlebnis mit dem Baumkletterer, dem angriffslustigen Treckerfahrer und dem geheimnisvollen Schützen ließ ihn nicht los. Was ging da vor sich? Vielleicht würde er eine Spur von dem Trecker finden oder irgendeinen Hinweis auf den Schützen. Seine Hoffnung auf solch einen Treffer war nicht groß, aber irgendetwas musste er ja tun. Außerdem zog ihn die Gegend bei Mariawerth an. Die Landschaft hatte etwas Magisches: Die Weite, die breiten Gäben mit dem beinahe schwarzen Wasser, die Vogelschwärme, die unter dem

grauen Abendhimmel weithin rufend ihre Bahnen zogen –
all das schien zu einem fantastischen Land zu gehören. Man
betrat es in dem Moment, in dem man von der befestigten
Landesstraße abbog.

Jetzt, am frühen Nachmittag, fühlte es sich anders an.
Normaler. Freundlicher. Der Himmel war milchig weiß,
viel heller als am Vortag, die Bäume und Büsche leuchte-
ten in einem saftigen Grünton. Tom sparte sich dieses Mal
den langen Fußmarsch. Er fuhr mit dem Auto durch bis
nach Mariawerth und dann noch ein Stück weiter. Erst an
der Baumreihe, an der sie den Kletterer beobachtet hatten, stoppte er und stieg aus. Alles wirkt so, als wäre dort
nie etwas Außergewöhnliches passiert. Auch das abgesof-
fene Treckergespann war verschwunden, allerdings be-
zeugten tiefe Reifenspuren, dass sich die Attacke tatsächlich nicht in einem bösen Traum, sondern in der Realität
ereignet hatte.

Tom ging zu Fuß bis zu dem verlassenen Landwirt-
schaftsbetrieb. Er erinnerte sich an den Moment, als er
am Vortag genau an diesem Punkt gezögert hatte, Pölzner weiterhin zu folgen. Etwas hatte ihn aufgehalten. Er
ging durch das hohe Gras zum verfallenen Wohnhaus. Die
Erde war dunkel, beinahe schwarz. Von Wind und Regen
war die Fläche mit Furchen und kleinen Senken durchsetzt und an einer Stelle entdeckte Tom einen Fußab-
druck. Einen knappen Meter weiter noch einen. Auch das
Gras schien an einigen Stellen platt getreten zu sein. Vielleicht war es das, was Tom am Vortag intuitiv beunruhigt

hatte. Es gab keinen zwingenden Grund, hier herumzulaufen.

Er ging die letzten Schritte zum Wohngebäude, dessen Fenster im Erdgeschoss eingeschlagen, im Obergeschoss mit Folie verklebt waren. Es gab kein Lebenszeichen. Vorsichtig ruckelte er an der Holztür, drückte dann die rostige Eisenklinke herunter. Die Tür ließ sich öffnen. Im Dämmerlicht des Flures lagen Ziegelsteine und Betonbrocken herum, eine hölzerne Zwischentür hing nur noch an einem einzigen, verbogenen Scharnier und sah aus wie ein verendeter Riesenfalter. Es roch nach feuchtem Zement und Schimmel.

Tom tastete sich vorwärts bis zu einem Treppenaufgang. Langsam stieg er hinauf, Schritt für Schritt. Die Treppe war steil, die Stufen aus groben Holzbrettern gezimmert. Sie knarrten unangenehm laut. Am oberen Ende der Treppe fehlte die Tür, stattdessen hing dort ein staubiger Vorhang aus schwerem Stoff. Er schob ihn zur Seite und stand in einem primitiv eingerichteten Wohnraum. Durch die abgeklebten Scheiben drang kein Licht, nur in einem Winkel eines Fensters war die schwarze Folie zur Seite geklappt. Ein Dreieck aus Licht war das einzige, was den dunklen Raum etwas aufhellte. Man konnte ein altes Sofa erkennen, auf dem Zeitungen lagen, ein Waschbecken, in dem eine großer, verbeulter Krug stand, auf einem Camping-Tisch mit dürren Beinen aus Metallrohr türmten sich Töpfe, Teller und Tassen. Tom machte zwei Schritte in den Raum hinein. Auch hier roch es nach Schimmel, aber er nahm auch den Geruch von Schweiß und Essen wahr, die Luft war verbraucht. Erst vor kurzer Zeit musste sich jemand in dem Zimmer aufgehalten haben. Er wollte zum Tisch gehen, um zu prüfen, ob noch frische Essensreste Rückschlüsse auf den letzten Besucher zuließen, aber seine Recherchen erübrigten sich. Hinter ihm knarrte es, er fuhr herum. Die Tür eines Wandschranks wurde von innen aufgestoßen. Ein langer dünner Gegenstand richtete sich auf ihn – der Lauf eines Gewehres.

»Keine Bewegung«, sagte eine heisere Stimme. »Lass deine Hände, wo sie sind, und geh langsam vor das Fenster.«

Tom erstarrte. Die Idee, einfach wegzulaufen, verwarf er. Trotz des Dämmerlichts würde seine Gestalt zu erkennen sein, jedenfalls gut genug für einen gezielten Schuss. Er folgte den Anweisungen und vermied dabei hektische Bewegungen. Vor dem Fenster drehte er sich halb um und warf einen Blick auf den Mann mit dem Gewehr. Sein Gesicht lag in vollkommener Finsternis, aber Tom hatte, was ihn selbst wunderte, nicht den Hauch eines Zweifels, mit wem er es zu tun hatte.

»Ich habe keine bösen Absichten«, sagte er, »Ich arbeite für Tanja. Die vermisst Sie.«

Malte – und niemand anders war der Bewohner dieses muffigen Zimmers – deutete mit dem Gewehrlauf auf das Sofa. Als Tom sich setzte, gab das Möbelstück ein sonderbares Geräusch von sich, ein letzter Seufzer vor dem Zusammenbruch. Bedächtig ging der dringend gesuchte Biologe bis zur Mitte des Raumes und ließ sich auf einen Stuhl gleiten, ohne den Blick von Tom abzuwenden. Er nahm den Gewehrlauf hoch, hielt die Waffe aber nach wie vor in Bereitschaft. Sein Gesicht wirkte abgemagert, irgendwie eingefallen, aber es konnte auch an der schlechten Beleuchtung liegen, dass dieser Eindruck entstand. Die ungekämmten Haare klebten an der Stirn, um zwei Finger der linken Hand trug er einen Verband.

Für eine merkwürdig lange Zeit sagte niemand etwas. Tom fühlte sich, ganz gegen seine Gewohnheit, eingeschüchtert. Und das lag nicht am Gewehr. Malte strahlte etwas aus, das sich schwer benennen ließ: die Aura eines Einsiedlers, eines Mannes, der durch tiefe Täler gewandert war, der eine schwere Last trug. Trotzdem hatte Tom irgendwann keine Lust mehr, auf eine Begrüßung durch seinen Gastgeber zu warten. Er nahm das »Du«, das dieser ungefragt benutzt hatte, ebenso ungefragt auf. »Hast du gestern Abend auf den Trecker geschossen?«

In Maltes Gesicht regte sich nichts.

»Das war ja durchaus hilfreich für uns«, fuhr Tom fort. »Vielen Dank. Ich hoffe, dass dem Fahrer nichts passiert ist.«

Sein Gegenüber deutete ein Nicken an, doch es war Tom nicht klar, worauf es sich bezog.

»Also, um es kurz zu machen: Tanja hat mich beauftragt, nach dir zu suchen. Sie macht sich große Sorgen. Jetzt habe ich dich, wie es scheint, gefunden.«

Er stockte. Tatsächlich war er auf diese Begegnung nicht vorbereitet gewesen. Und schon gar nicht auf diese Schweigsamkeit. Er verhedderte sich in förmlichen, fast bürokratischen Wendungen.

»Ich wäre dankbar für einen Vorschlag, wie wir jetzt am besten weiter verfahren.«

Malte schob die Unterlippe ein wenig vor. Tom spürte eine wachsende Ungeduld. »Soll ich Tanja irgendetwas ausrichten?«

Endlich hielt es der Untergetauchte für angebracht, einen Kommentar abzugeben. »Du machst es dir etwas zu einfach. Es ist nicht gut, dass du hergekommen bist.«

Er stand auf und ging zu dem Lichtdreieck, dem einzigen Hinweis darauf, dass es außerhalb dieses sonderbaren Raumes noch eine andere Welt gab.

»Bist du dir sicher, dass dir niemand gefolgt ist?«

»Ich habe ein ganzes Stück entfernt geparkt. Es war kein Mensch unterwegs.«

Es kam etwas Leben in den Einsiedler. Er stellte das Gewehr zur Seite und machte sich an einem Campingkocher zu schaffen, der mit einer kleinen Gaskartusche betrieben wurde. »Ich habe leider nur dieses Fertigzeug, aber besser als nichts.« Tom sah, dass Malte das Gesicht vor Schmerzen zusammenkniff, als er versehentlich mit den verbundenen Fingern gegen den Wasserkrug stieß.

»Was hast du mit deiner Hand gemacht?«

»Der kleine Finger ist gebrochen.«

»Wurde das nicht behandelt?«

»Hab den Finger geschient und mit dem Ringfinger zusammen verbunden. Seit zwei Tagen habe ich wieder Schmerzen.« Er drehte sich um und sah Tom an. »Manchmal geht es nicht so, wie man es gern hätte. Aber da ich nicht die Absicht habe, auf Konzertpianist umzuschulen, werde ich schon klarkommen.«

Er goss zwei Becher Kaffee auf und reichte Tom einen davon. Dann nahm er wieder auf dem Stuhl Platz.

»Mir ist klar, dass mein plötzliches Verschwinden für Tanja schlimm gewesen sein muss. Ich habe lange überlegt, ob und wie ich ihr eine Nachricht zukommen lassen soll. Aber ich habe dann darauf verzichtet. Ich wollte sie nicht in Gefahr bringen, um keinen Preis. Sie ist sowieso schon mit meinen Problemen infiziert, das ist nicht gut für sie. Und ihr Mann passt auf sie auf wie ein himmlischer Kettenhund.«

»Du brauchst doch irgendjemanden, der dich hier unterstützt.«

»Ja, ich habe jemanden, der mich versorgt, einmal in der Woche. Ein guter und absolut vertrauenswürdiger Freund. Niemand weiß davon. Ich gehe auch raus, aber nur bei Dunkelheit und wenn niemand in der Nähe ist.« Er lachte kurz auf. »Ja, ich bin zu einem nachtaktiven Wesen mutiert. Es entspricht zwar nicht meinen chronobiologischen Prägungen, aber es geht. Manche Tierarten stellen aus Gründen der Feindvermeidung ihren Biorhythmus komplett um. Erstaunlich, oder?«

Er schlürfte vom heißen Kaffee. Tom lag die Frage auf der Zunge, ob diese Art des Verschwindens nicht etwas übertrieben sei, aber dann musste er an das Erlebnis mit dem Trecker denken.

»Das gestern Abend war eine wilde Sache«, sagte er. »Leider haben wir kein Nummernschild, keine Namen, nichts.«

»Selbst wenn ihr wüsstet, wer in dem Trecker gesessen hat, würde euch das vermutlich nicht viel nützen. Die Leute hier sind gut vernetzt, mit der Polizei und mit anderen Behörden. Sie würden alles abstreiten, sie haben gute Anwälte. Hier wird noch viel mit Einschüchterung gearbeitet, hat was Archaisches. Es gibt Seilschaften, von denen du nicht glaubst, dass so etwas in Deutschland im 21. Jahrhundert möglich ist. Aber falls du dir trotzdem Sorgen um den Treckerfahrer machen solltest: Ich habe zwar auf das Führerhaus geschossen, aber über den Fahrer hinweg gezielt. Das war so eine Art Wilhelm-Tell-Schuss. Hat den Mann mächtig irritiert.«

Tom versuchte zu verarbeiten, was Malte sagte. Es ging offensichtlich wirklich um den Windpark, der durch den Widerstand des Biologen nicht zustande kam. Der Mann, der auf den Baum geklettert war, und der Treckerfahrer gehörten demnach zusammen. »Das klingt so, als ob die Leute hier ihre eigenen Regeln machen, fast ein Staat im Staat.«

»So könnte man das sagen.«

»Ganz schön mutig von dir, dich ausgerechnet hier draußen zu verstecken.«

Malte hob seinen Kopf und sah Tom mit einem Gesichtsausdruck an, in dem die ganze Bedrückung der letzten Zeit gebündelt zu sein schien. Seine Worte klangen trotzdem lakonisch, fast heiter.

»Schön, dass du das kapiert hast. Alle denken, ich wäre abgehauen. Aber ich sitze mittendrin, im Auge des Sturms, im Herz der Finsternis.« Seine Stimme verdunkelte sich. »Und deshalb habe ich auch ein Problem damit, dass du hier bist. Was hat Tanja dir gesagt?«

»Dass ihr liiert seid, dass ihr weg wollt, nach Kanada.«

Er pfiff leise durch die Lippen.

»Das hat sie dir erzählt? Dann muss sie dir tatsächlich vertrauen. Wir haben eigentlich vereinbart, mit niemandem darüber zu sprechen.«

»Aber es stimmt?«

»Mir ist Deutschland sehr fremd geworden. Ich will einen Schlussstrich ziehen.«

»Und das, was dir so viel bedeutet, die Küsten- und Boddenlandschaft, die Flussauen, die Biber, das lässt du zurück?«

Malte lächelte. »Ja, das werde ich. Aber ich weiß, dass die Biber auch ohne mich klarkommen. Die Population hat sich gut entwickelt. Ihre größte Bedrohung liegt jetzt in einem Eisschrank der Gerichtsmedizin. Hast du mit meiner Ex-Frau gesprochen?«

Tom schüttelte den Kopf, aber Malte schien nicht wirklich zu interessieren, was Tom getan hatte oder nicht.

»Dass ich die Biber nicht zurücklassen kann – so ein Satz könnte beinahe von ihr kommen«, sagte er. »Sie hat immer behauptet, dass mir die Tiere wichtiger sind als Menschen. Aber so ist es gar nicht. Es ist komplizierter. Ich bin da irgendwie sehr altmodisch drauf. Ich denke, wenn ein Mann eine Aufgabe hat, dann muss er sie mit ganzer Kraft erfüllen. Das ist so etwas, das macht mich einfach glücklich. Und ich habe doch auch viel erreicht. Wenn nur dieser Idiot mir nicht immer alles kaputt gemacht hätte. Aber jetzt ist er tot und – entschuldige bitte diese Bemerkung – die ganze Situation rundet sich, es könnte alles noch mal gutgehen.«

Der Kaffee schmeckte nach altem Holz und war bitter wie Galle. Tom kam sich vor wie ein Forscher, der mitten im Dschungel auf eine Sagengestalt stößt, einen alten Krieger, der es mit der ganzen Welt aufgenommen hat und sich jetzt vor ihrer Rache versteckt. Während er seine verwirrenden Eindrücke sortierte, schien Maltes Stimmung sich allmählich zu verbessern. Er wurde richtig redselig. »Krohnhorst war im Grunde ein armes Würstchen«, erklärte er. »Natürlich, ich weiß, das klingt jetzt seltsam, immerhin halten ihn große Teile der Politik und der gesellschaftlichen Elite für einen verdienten Mann. So stand es jedenfalls in der Zeitung, an seinem siebzigsten Geburtstag. Im Grunde war er ein einsames, um Anerkennung winselndes Wesen – so wie wir alle es irgendwie sind. Er hat auf der Klaviatur der Menschenmanipulation perfekt gespielt, er hat den Ostleuten hier sicher einiges beigebracht, was die Anpassung an die westliche Logik vom Fressen und Gefressenwerden angeht. Ja, in gewissem Sinne wäre er in den 1990ern der passende Landrat für ein Völkchen geworden, das so ist, wie es eben ist.«

»Und wie ist dieses Völkchen?«

»Die Pommeraner wollen keine Veränderung. Sie haben immer das Gefühl, am Rand zu stehen, was ja geographisch und wirtschaftlich auch zutrifft. Daraus leiten sie das Recht ab, mit doppelter Beharrlichkeit den eigenen Vorteil zu suchen. Sie nehmen für sich in Anspruch, dass sie die Naturschutzgesetze halbherzig oder gar nicht befolgen, dass sie Äcker überdüngen, Greifvögel töten, um Windräder bauen zu können, oder zweifelhafte Energiegeschäfte mit Russland machen dürfen, egal, was der Rest der Welt dazu sagt. Ich habe lange nicht verstanden, warum Krohnhorst so einen dummen Kleinkrieg gegen mich und die Biber führt.«

Er brach ab und starrte einen Moment auf den Dielenboden. Als er seinen Gedankengang fortsetzte, hatte Tom das Gefühl, dass Malte ihn schon gar nicht mehr wahrnahm. »Bis heute kann ich es nur ungefähr beschreiben: Krohnhorst betrachtet das Pachtgebiet am Prägelbach als sein Reich, in dem er herrschen kann. Ich habe mich mal beim Förster über ihn beschwert. Als ich dessen lethargischen Blick gesehen habe, ist mir klar geworden, dass Krohnhorst den Mann komplett unter Kontrolle hat, warum auch immer. Krohnhorst ist der Chef am Prägelbach, er geht seit Jahrzehnten dort auf die Jagd. Ob sich in der Zwischenzeit ein neues weltpolitisches System über die Gegend gestülpt hat, das interessiert ihn nicht. Keiner störte ihn, bis die Biber und ich kamen. Dass wir dummerweise die Naturschutzgesetze auf unserer Seite haben, stört einen wie Krohnhorst in seinem kleinen Reich überhaupt nicht. In seinen Adern strömt das Blut eines Kleinfürsten, die sind in Deutschland doch seit dem Mittelalter die mentalen Leitfiguren. Er empfindet es als Affront, dass ein Clan aus pelzigen Nagetieren seine Schleichwege überflutet und seinen Ansitz unter Wasser setzt. Und dass ein Typ wie ich, ohne anständigen Job, mit einem Naturspleen, wie er das sagen würde, ihn, den gesellschaftlich erfolgreichen Mann und gestandenen Jäger herausfordert. So einer wie ich, sagt er, habe in seinem Jagdgebiet nichts zu suchen. Dann kommt auch noch ein gewisser Altersstarrsinn dazu. Nur so ist es zu erklären, dass er als juristisch gebildeter Mann die gültigen Naturschutzregeln mit den Füßen getreten hat. Er wollte es einfach nicht mehr wahrhaben, dass es neue Bestimmungen gibt, die seine gewohnten Kreise störten. Er war ein störrischer Idiot. Und wenn solche störrischen Idioten die Leitfiguren unserer Gesellschaft sind, dann will ich hier nicht länger leben. Dann ist es Zeit zu gehen.«

Er lehnte sich zurück und blickte zum Fensterdreieck, der einzigen Lichtquelle im Raum, einer winzigen Tür in eine diffuse Freiheit. Tom hatte mit Faszination, aber auch mit Unbehagen dieser Anti-Predigt über einen toten Regierungsrat gelauscht. Er hörte da viel Spott heraus, viele Kränkungen, Bitterkeit und Hass. Und endlich stellte er sich die Frage, die sich Sylke und ihre Kollegen wahrscheinlich schon lange stellten: Wäre dieser nachtaktive Malte Naujock nicht in der Lage gewesen, vier Tage zuvor am Prägelbach seinen Erzfeind zu töten?

Malte schien seine Gedanken lesen zu können. Über seine Augen legte sich ein Schleier, als würden ihn Müdigkeit und Trauer überkommen.

»Ja, ich habe in den Jahren, als ich für das Schutzgebiet am Prägelbach zuständig war, tatsächlich manchmal überlegt, wie es wäre, Krohnhorst umzubringen. Wenn er sich nachts da herumtreibt und die Biberdämme beschädigt, einfach von hinten rangehen und dann so trocken wie kommentarlos mit dem Knüppel draufhauen. So weit hat er mich getrieben. Ich bin mitten in der Nacht schwitzend aufgewacht, ich habe nicht schlafen können. Es war ein Macht-kampf zwischen uns, aber auch zwischen mir und meinem Hass. Nur wir Menschen sind zu solch einem Hass fähig. Der Gedanke hat mich wahrscheinlich gerettet: Dass wir solche Art von Hass überwinden können und müssen, um unsere Würde nicht zu verlieren. In der Natur gibt es auch Empörung. Es gibt Emotion. Das wird dir klar, wenn du mal einen wütenden Elefanten gesehen hast. Aber es gibt nicht diese Art von Hass. Dieser nagende und nicht nachlassende Wunsch, ein anderes Wesen zu zerstören – das kennen Tiere nicht. Ich möchte mich nicht auf eine Ebene begeben, die so weit unter dem Rest der Natur angesiedelt ist. Darüber habe ich in letzter Zeit viel nachgedacht, gerade auch hier in der Isolationshaft. Ich habe mich immer in der Natur bewegen können, ich habe sie anderen Menschen nahebringen können, ich habe Tanja getroffen – es gibt so viele schöne Dinge in meinem Leben, dass es einfach nicht richtig war und ist, dem Hass nachzugeben.«

Er hielt unvermittelt inne, beugte sich vor und presste die rechte Hand auf den Verband an der linken. Sein Gesicht war schmerzverzerrt.

»Ah, es geht wieder los. Dieser Schmerz kommt in Schüben, seit zwei Tagen. Ich habe keine Ahnung, was das ist. Vielleicht könntest du mir einen Gefallen tun?«

Tom sah, wie sich Malte zusammenkrümmte.

»Du solltest dich von einem Arzt behandeln lassen.«

Der Biologe schüttelte den Kopf.

»Nicht, solange ich noch hier bin. Kannst du mir ein Schmerzmittel beschaffen?«

»Sicher, aber es wäre besser …«

Malte stand von seinem Stuhl auf und scheuchte Tom mit einer Handbewegung vom Sofa weg, um sich dann selbst darauf fallen zu lassen. Er nahm einen Stift von dem niedrigen Tisch und schrieb etwas auf einen Zettel. Tom sah kopfschüttelnd zu.

»Sollten wir nicht wenigstens Tanja einbeziehen? Ich kann ihr ja sagen, dass …«

Unvermittelt schlug Malte mit der gesunden Faust auf den Tisch.

»Nein! Schluss jetzt!«

Er reichte Tom den Zettel und legte sich zusammengekrümmt auf das zu kurze Sofa.

»In Ueckermünde gibt es eine Apotheke, ich denke, sie haben das Mittel vorrätig. Komm erst zurück, wenn es dunkel ist. Ich werde …«

Er brach den Satz ab und schien kein sinnvolles Ende mehr zu finden.

»Sei vorsichtig, wenn du das Haus verlässt. Sieh erst aus dem Fenster, ob auch kein Mensch in der Nähe ist.«

Mühsam drehte er sich auf die andere Seite und zog seinen Körper zusammen wie ein Embryo. Er lag mit dem Gesicht zur Wand und sprach leise, aber nachdrücklich.

»Sprich bitte noch nicht mit Tanja. Es ist bald vorbei. Es dauert nur noch wenige Tage – dann fängt ein neues Leben an.«

Er verstummte. Nur noch seine tiefen und gleichmäßigen Atemzüge waren zu hören. Tom prüfte, ob draußen niemand zu sehen war, und verließ Maltes Unterkunft.

19

Überall Grenzen: Zwischen innen und außen, Zentrum und Vorstadt, reich und arm, Verkäufer und Kunde, Täter und Opfer. Es gab so viele Grenzen, die eigentlich abgebaut werden müssten, dachte Lisa oft. Grenzen entstanden, wenn die Menschen sich voneinander entfernten. Oder wenn irgendwer einen Zaun errichtete, um nicht von anderen berührt und befragt zu werden. Wer außerhalb einer Grenze lebt, magert ab, bleicht aus, verhungert oder zerstört sich selbst. So wie Lisas Vater, der es geschafft hatte, sein gesamtes Leben lang außerhalb der Grenze zu leben. Erst vor einem halben Jahr, noch während Lisas Zeit als Anwärterin, hatten Kollegen ihren Vater auf die Wache gebracht. Er war sturzbetrunken und hatte am hellichten Tag in die Grünanlage neben dem Dom gepinkelt. Als die Beamten ihn darauf ansprachen, war er frech geworden. Das ließen die sich natürlich nicht gefallen. Lisa wäre am liebsten im Boden versunken, als ihr Vater in Handschellen durch die Gänge des Polizeireviers torkelte.

Es war nicht nur die Peinlichkeit der Situation. Lisa hatte schon als Kind unter den Ausfällen ihres Vaters gelitten. Sie hatte sich selbst für seine Ausfälle schuldig gefühlt. Inzwischen bekam sie nicht mehr viel davon mit, nur dann, wenn er seine schlimmen Phasen hatte. Und in solchen Momenten kehrte es zurück, dieses Gefühl von Angst und Schuld. Sie fühlte sich dann eingeengt und bedrückt und zweifelte an sich selbst. Seit den Ereignissen in der Wohnung von Roland Krohnhorst zweifelte sie noch mehr.

Dass ihre Überlegungen zum Biberdamm von den Kollegen als entscheidender Durchbruch gefeiert wurden, baute sie nicht auf. Im Gegenteil: Sie fand es beunruhigend, dass außer ihr niemand darauf gekommen war, die Fotos genau zu betrachten und die logischen Schlüsse aus den Daten zu ziehen. Es fügte sich etwas zusammen und blieb doch ungreifbar. Sie mussten diesen Malte Naujock finden. Aber Lisa war sich nicht sicher, ob damit alle Fragen beantwortet sein würden. Sie strampelten in einem Netz aus Vermutungen.

Die Erlebnisse des Vortages schoben sich wieder in den Vordergrund, die Bilder und Erinnerungen nagten an ihr wie ein garstiges, beißlustiges Tier. Dieser Kerl aus Krohnhorsts Wohnung war ein Problem. Sie musste ihn finden. Und zwar vor allen anderen. Sie musste mit ihm sprechen. Warum hatte er sie angegriffen, ausgerechnet in diesem einen Moment, in dem sie schwach geworden war?

Gegenüber Sylke behauptete Lisa, dass sie noch einmal ins Krankenhaus fahren müsse, um ihre Verletzung behandeln zu lassen. Die Dienstgruppenleiterin lobte sie ein weiteres Mal für ihre guten Ideen und gab ihr trotz des enormen Drucks, der auf dem gesamten Team lastete, für den Rest des Tages frei. Lisas Weg führte sie allerdings nicht in die Universitätsklinik, sondern zu den Wallanlagen. Sie hatte den Tipp von einer Kollegin bekommen, die mit Prostitution und Zuhälterei befasst war. Wo trafen die Stricher, die eigentlich nicht so genannt werden wollten, ihre Kunden? Die Kollegin meinte, die Szene habe sich verlagert, oft finde man die ,Jungs' jetzt an den Wallanlagen, einem in der Schwulenszene beliebten Ort. Die Wallanlagen also, auch eine Grenze. Seit dem Mittelalter schotteten sie den Stadtkern und gegen äußere Feinde ab, aber auch gegenüber denjenigen, die nicht würdig waren, zum inneren Zirkel zu gehören. Die Wallanlagen, das war ein geradezu symbolischer Ort für das Zusammentreffen von zahlenden älteren Herren und klammen Jungs, die oft nicht mal einen festen Wohnsitz hatten und sich mühsam durchschlugen.

Am späten Nachmittag streifte Lisa über die Wege, mal oben auf der alten Befestigungsanlage, mal unten neben dem Wallgraben. Oder auf der anderen Seite, parallel zur Stadtmauer. Sie folgte Männern, die auffällig unauffällig durch den Park schlenderten, sie verglich ihre Gehweisen mit derjenigen des Mannes im grünen Kapuzenpulli. Es war zu ärgerlich, dass sie ihn nur für so kurze Zeit gesehen hatte, aus der Ferne und von hinten. Ein schlanker Mann mit langen Armen, etwas schlaksig und mit einem irgendwie unrunden Gang. Nach zwei Stunden war sie erschöpft und gönnte sich einen Becher Kaffee im kleinen Dönerladen an der Fleischerstraße. Das winzige quadratische Häuschen stand genau dort, wo die Straße die Linie des Walles kreuzte. Das, dachte Lisa, hätte wahrscheinlich auch keiner der mittelalterlichen Stadtherren gedacht, dass man ausgerechnet hier, an der mühsam aufgeschichteten Befestigung, auf halbem Weg zwischen Innenwelt und Außenwelt, in späteren Zeiten Fleischtaschen verkaufen würde, zubereitet nach Re-

zepten aus dem Morgenland. Militärische Verteidigungs-
anlage als Fundament für einen interkulturellen Imbiss –
Schwerter zu Pflugscharen, Hellebarden zu Essbesteck!

Sie hatte sich kurz beim Dönerladen niedergelassen, aber
dann setzte leichter Nieselregen ein. Schnell trank sie aus
und ging wieder los. Wenige Minuten später fiel ihr ein Typ
auf, der einen grünen Kapuzenpulli und verwaschene Jeans
trug. Er stand auf dem unteren Weg neben einer stattlichen
Eiche und rauchte. Blickte sich immer wieder um, als würde
er jemanden erwarten. Er war schlank, unter der Kapuze
lugten ein paar blonde Haare hervor.

Lisa schätzte ihn auf zwanzig, vielleicht auch etwas jün-
ger. Sie passierte ihn auf dem parallel verlaufenden obe-
ren Weg und blieb stehen, als sie sich hinter einem dicken
Baumstamm verstecken konnte. Sie wusste ja nicht, ob der
Mann aus Krohnhorsts Wohnung ihr Gesicht studiert hatte.
Vorsicht war geboten.

War er es überhaupt? Dieses Mal wollte sie sich nicht
vorschnell festlegen. Sie wartete. Auch der Junge wartete.
Aber seine Verabredung schien die Lust verloren zu haben.
Der Junge sah zur Uhr, zog seinen Kapuzenpulli zurecht
und verschränkte die Arme. Er war für so einen kaltnas-
sen Herbsttag eindeutig zu dünn angezogen. Nach weiteren
zehn Minuten wandte er sich zum Gehen. Er schlenderte
zur Fleischerstraße, überquerte die Goethestraße und lief
weiter bis auf die Wiesenstraße, der er über mehrere Kreuzungen hinweg folgte. Lisa hatte ihre Kapuze weit über den
Kopf gezogen und hielt sicheren Abstand.

Schließlich verschwand der Kapuzenpulli in einem baufälligen Haus, das seit vielen Jahren vergeblich auf eine grundlegende Renovierung wartete. Was sollte sie tun? Es wäre der richtige Weg gewesen, die Kollegen anzurufen und mit ihnen das weitere Vorgehen zu besprechen. Sylke würde anordnen, dass Lisa warten solle, bis Philipp oder sie selbst vor Ort waren. Das war schlecht. Sollte sie Philipp anrufen und ins Vertrauen ziehen? Auch diesen Plan verwarf sie. Philipp war nett zu ihr, aber auch etwas undurchschaubar. Ob sie wollte oder nicht – er war zu einem Konkurrenten geworden. Sie hätte sich nicht aus eigenem Antrieb um die Dienstgruppenleitung bemüht, das lag ihr nicht. Aber Sylke hatte ihr Mut gemacht, hatte angedeutet, dass sie für sie, Lisa, eintreten könnte. Eine Vorgesetzte machte ihr Mut – das war ihr noch nie passiert. Sie wollte Sylke nicht noch einmal enttäuschen. Und sie würde mehr Geld bekommen – endlich mehr Geld, um ihrem Vater zu helfen.

Ihr Herz schlug höher. Es blieb ihr keine Wahl: Sie prüfte den Sitz ihrer Dienstpistole, schob die Kapuze ihrer Regenjacke zurück und ging zum Haus. Es gab eine Klingel, aber als Lisa sie drückte, war im Innern des Hauses nichts zu hören und es reagierte auch niemand. Kalt und schwer lag die Eisenklinke in ihrer Hand. Sie drückte sie runter und stemmte sich gegen das verwitterte Holz. Die Tür schabte über die Bodenplatten. Im Dämmerlicht des Hausflures roch es nach gekochtem Gemüse und Pisse. Sie fand keinen Lichtschalter und begnügte sich mit dem Dämmerlicht, das durch das Oberlicht der Haustür ins Innere fiel. Unten rechts wohnte ein Herr oder eine Frau Wohlgemuth, die andere Erdgeschosswohnung war leer. Zumindest deuteten die eingetretene Wohnungstür und der mit Müll gefüllte Flur darauf hin.

Im Obergeschoss hatte sie die Wahl zwischen zwei halbwegs intakten Wohnungstüren. Auf eine hatte jemand mit roter Farbe eine klare Botschaft gepinselt: Verpiss dich. Nicht nur deshalb entschied sich Lisa für die andere Tür. Sie war grau und nicht bemalt, maximal unauffällig, es gab keine Namenskennung. Das passte zum Kapuzenpulli. Sie zog ihre Pistole und drückte vorsichtig gegen den Knauf. Die Tür war verschlossen. Sie hörte von innen eine Männerstimme. Jemand schien zu telefonieren, einzelne Wörter waren nicht zu verstehen. Da es keine Klingel gab, schlug sie mit der Faust gegen das Holz. Die Stimme kam näher, verstummte. Dann, unmittelbar hinter der Wohnungstür, war sie wieder da, laut und deutlich, mit osteuropäischem Akzent. »Wer ist da?«

Lisa sammelte sich, um den richtigen Ton zu finden, klar, aber auch kumpelhaft. »Mach auf, ich muss mit dir reden.«

»Wer muss reden?«

»Du kriegst noch Geld von mir.«

»Was für Geld?«

»Fünfzig Euro.«

»Was für fünfzig Euro?«

Sie antwortete nicht mehr. Fünfzig Euro, das war die Wurst, nach der der Hund schnappen sollte. Nach einer kurzen Sendepause wurde der Schlüssel umgedreht. Lisa wartete, bis die Tür einen Spaltbreit geöffnet war, dann warf sie sich mit der Schulter dagegen und ging mit vorgestreckter Pistole in den Flur. »Hinlegen! Auf den Boden! Polizei!«

Es war der Junge im Kapuzenpulli. Der Stoß gegen die Tür hatte ihn nach hinten geworfen, er hatte sich aber fangen können und war nicht gestürzt. Vorgebeugt stand er ihr gegenüber und hielt sich den Oberarm. Er sah sie an wie ein Jaguar, der zum Sprung ansetzt. Lisa sah ihn bereits durch die Luft fliegen, hörte den Schuss aus ihrer Pistole, spürte, wie warme Blutspritzer ihr Gesicht trafen. Interne Ermittlungen, Suspendierung, Ende. Aber so weit kam es nicht. Der Junge war vernünftig und legte sich auf den Bauch.

»Du warst in der Wohnung von Roland Krohnhorst«, rief sie.

»Du auch«, gab er frech zurück.

Sie drückte ihm den Lauf der Pistole in den Rücken. »Du hast etwas mitgehen lassen.«

Als ob er nichts anderes sagen konnte als diese zwei Worte, antwortete er leise und garstig: »Du auch.«

20

Tom musste tief durchatmen, als er das baufällige Haus verließ, in dem sich Malte Naujock versteckt hielt. Erst als er wieder auf dem Fahrweg stand, das Rascheln des Windes in den Bäumen hörte und sah, wie an einigen Stellen die Hochnebel zurückwichen und den blauen Himmel freilegten, wurde ihm klar, wie sehr ihn der Aufenthalt in Maltes dürftiger Unterkunft belastet hatte. Er konnte kaum verstehen, wie ein so naturverbundener Mensch wie Malte dieses immerwährende Dämmerlicht und die schlechte Luft aushielt. Am schlimmsten aber war die bedrückende Verfassung des Biologen.

Während er sich auf den Weg zu seinem Mietwagen machte, sah er sich immer wieder um. Da war niemand, der ihm folgte oder ihn beobachtete, kein Auto, kein Trecker, kein Mann auf einem Baum. Eigentlich konnte er ja zufrieden sein: Er hatte Malte gefunden und damit seinen Auftrag erfüllt. Sein Ziel hatte er nur mit viel Glück erreicht. Er war einem sehr vagen Gefühl gefolgt, das ihn seit dem ersten Besuch auf der Friedländer Großen Wiese beschlichen hatte.

Malte hatte ihn eindringlich gebeten, vorerst mit niemandem zu sprechen, nicht einmal mit Tanja. Tom konnte verstehen, dass er sie und sich selbst nicht in Gefahr bringen wollte, aber er spürte auch ein tiefes Unbehagen.

Tanja hatte ihn beauftragt und deshalb fühlte er sich ihr verpflichtet. Außerdem war es offensichtlich, dass der eigenwillige Naturschützer Hilfe benötigte. Er war zäh, er hielt sich am Leben, aber seine physische und psychische Verfassung waren bedenklich. Wenigstens schien ein Ende seines Versteckspiels in Sicht zu sein. In wenigen Tagen, hatte er gesagt, sei alles vorbei. Dann werde er direkt von seinem Versteck aus nach Kanada ausreisen, zusammen mit Tanja, die ihren Mann bei Nacht und Nebel verlassen würde. Es war alles gespenstisch.

Tief in Gedanken lenkte Tom den Wagen nach Ueckermünde. Er parkte am Hafen und ging zur Apotheke in der Ueckerstraße, der Hauptachse durch den Ort. Der Weg führte an Hafen, Kirche, Schloss und Marktplatz vorbei – alles hübsch und übersichtlich aufgereiht, nicht übermäßig herausgeputzt, eher charmant und etwas weltvergessen. Der Ort machte es Besuchern leicht – man konnte alle Sehenswürdigkeiten in zehn Minuten abarbeiten. In der Apotheke hatten sie tatsächlich das Schmerzmittel vorrätig, das Malte haben wollte.

Es war noch hell, also zu früh, um wieder zurückzufahren. Gedankenverloren schlenderte er am Hafenbecken entlang. Nur wenige Spaziergänger waren unterwegs, zwei Ausflugsboote lagen still und menschenleer an der Pier. Dunkel und mysteriös erhob sich der Nachbau einer mittelalterlichen Ostseekogge aus dem Wasser. Sie hatten ringsherum vieles restauriert, sie hatten »poetische Segel« aufgehängt, auf denen Gedichte abgedruckt waren, die mit Seefahrt, Fernweh und der Schönheit des Meeres zu tun hatten. Tom fragte sich, was Tanja, die ganz in der Nähe wohnte, von diesen Gedichten hielt. Hatte Ingeborg Bachmanns Die große Fracht ihr Fernweh befeuert? Wollte sie mit dem Sonnenschiff, das im Hafen bereit lag, nach Kanada reisen?

Er umrundete das Hafenbecken. Auf der gegenüberliegenden Seite reihten sich Gebäude aneinander, die aus ganz verschiedenen Epochen zusammengewürfelt zu sein schienen, vom alten Lagerhaus aus Fachwerk bis hin zu einem modernen Glaskasten, der irgendwie an das darüber liegende Schloss angeklebt war. Alles schien in diesem Ort miteinander verwachsen zu sein, verklumpt zu einer eigenwilligen Schönheit.

Und dann stand er vor dem Haus, in dem Tanja und ihr Mann lebten. Sie hatte es ihm beschrieben, ein gefälliges Stadthaus, angestrichen in einem verwaschenen Gelbton, sie hatten die Wohnung in der ersten Etage gemietet, Gartennutzung inklusive.

Eigentlich sollte der Pastor im Pfarrhaus leben, aber als Johannes Grundler die Stelle angetreten hatte, wurde das Gebäude gerade aufwändig saniert. Später waren sie dann in ihrem Domizil am Hafen geblieben, mittendrin, nur einen Steinwurf von der Barockkirche entfernt. Ein Pastor gehört in das Zentrum – das war Johannes' Überzeugung. Er wollte für alle da sein, jederzeit und leicht erreichbar, bei allen Anlässen, den großen wie Geburt, Hochzeit und Tod, aber auch bei den kleinen Streitereien, von denen es nicht wenige gab. Das gleiche Engagement erwartete er auch von seiner Frau. Sie hatte ihn geheiratet und damit hatte sie auch eine Kirchengemeinde geheiratet – anders als ihren Mann hatte sich Tanja die Gemeinde allerdings nicht ausgesucht.

Tom verharrte unschlüssig in der Nähe des Hauses mit der blassgelben Fassade. Er spürte, wie sich ein Gedanke in ihm ausformte. Er konnte doch einfach zur Haustür gehen und klingeln. Er konnte jetzt alles beenden. Er würde Tanja mitteilen, dass er Malte gefunden hatte. Würde ihr sagen, wo sie ihn antreffen konnte. Er würde ihr das Schmerzmittel in die Hand drücken und ihr den Rest überlassen. Damit wäre er alle Verantwortung los. Er hätte seinen Auftrag beendet, konnte eine Rechnung schreiben und wieder abreisen.

Während er sich in dieses Gedankenspiel vertiefte, tat sich etwas an dem gelb gestrichenen Haus. Die Tür öffnete sich und ein Mann trat heraus. Es war inzwischen beinahe dunkel, aber das Licht einer Laterne fiel direkt auf das Gesicht des Mannes.

Tom war sofort klar, dass es sich nur um Pastor Johannes Grundler handeln konnte, Tanjas Ehemann. Er trug einen dunkelblauen Pollunder, darunter Hemd und Krawatte. Sein Haar war kurz geschnitten, der rotblonde Bart ebenfalls sorgfältig gestutzt. Seine ganze Erscheinung wirkte sehr geordnet, zu förmlich für die Arbeit am Schreibtisch, aber genau von dort schien er zu kommen.

Auf Tom wirkte er wie ein sehr disziplinierter Mann, der sich auch in seinen eigenen vier Wänden keine Nachlässigkeiten erlaubte. So ähnlich hatte ihn auch Tanja beschrieben, als einen Menschen, dessen Klarheit und freundliche Perfektion einen Gesprächspartner leicht einschüchtern oder neidisch werden lassen konnten.

Der Auftritt auf dem steinernen Podest vor der Haustür hatte keinen erkennbaren Zweck, außer vielleicht, dass der Pastor kurz vor Feierabend noch einmal die frische Herbstluft einatmen wollte. Für einen Augenblick trafen sich ihre Blicke. Tom hatte das Gefühl, dass Tanjas Mann ihn mit einem Ausdruck von Freundlichkeit und Strenge bedachte, eben wie ein Kirchenmensch, der die Welt verstanden hat und auf einen herumirrenden Sünder hinabblickt.

Wie es wohl sein würde, wenn Tanja ihm erklärte, dass sie ihn verlassen und mit einem anderen Mann nach Kanada auswandern würde? War so ein Gespräch überhaupt vorstellbar?

Schon diese flüchtige Begegnung war Tom unheimlich – er hatte nie vorgehabt, Tanjas Mann so nahe zu kommen. Zum Glück wusste der Pastor nichts von ihm und seinem Auftrag.

Er hielt Grundlers Blick für zwei oder drei lange Sekunden aus, dann wandte er sich scheinbar gleichgültig ab und schlenderte an der Pier entlang, rund um das Hafenbecken, bis auf die gegenüberliegende Seite, wo er den Mietwagen abgestellt hatte.

Er saß noch eine Weile im Auto und hörte Radio, etwas Klassisches, das an ihm vorbeiplätscherte wie ein kleiner Wasserfall im Wald.

Irgendwann beschloss er, dass es nun spät genug war, um sich auf den Weg nach Mariawerth zu machen und das

Schmerzmittel dort abzuliefern. Wenn er dort ankommen würde, musste es vollkommen dunkel sein. Er würde die letzten Meter ohne Licht fahren, den Wagen weit entfernt von Maltes Rückzugsort abstellen und sich dem Haus mit großer Vorsicht nähern.

21

Um kurz vor neun kam Lisa in Sylkes Büro und legte wortlos einen Briefumschlag und eine Handvoll Fotos auf den Schreibtisch. Ohne dass Sylke dem Auftreten der jungen Polizistin größere Bedeutung beimaß, registrierte sie doch, dass sie sich nach dem Ablegen des Materials nicht hinsetzte, sondern stehen blieb. Sie trat sogar noch einen Schritt zurück.

›Als sei der Umschlag oder sein Inhalt vergiftet‹, dachte Sylke. Und als sei Lisa jederzeit bereit zur Flucht.

»Was ist das?«, fragte sie, während sie die Fotos auseinanderschob und betrachtete. Sie zeigten, wie sich ein Mann an einem dunklen SUV zu schaffen machte. Mal stand er links vom Fahrzeug, mal rechts, auf einem Bild hockte er dicht neben einem der Räder, auf einem anderen schien er sich umzusehen. Im Bildvordergrund befanden sich undefinierbare Flächen mit verwaschenen Rändern. Es konnte eine Hausecke oder eine Mauer sein, hinter der sich der Fotograf oder die Fotografin versteckt hatte. Ein Datumsaufdruck verriet, dass die Bilder weniger als zwei Monate alt waren. Auf dem Umschlag befand sich zwar kein Absender, aber Lisas vollständiger Name, verfasst in einer ungelenken Handschrift.

Sie schien es für überflüssig zu halten, auf Sylkes Frage einzugehen, und beantwortete gleich die nächste, die sie gar nicht gestellt hatte.

»Ist heute früh oder in der Nacht draußen in den Briefkasten geworfen worden.«

Sylke versuchte das, was sie sah und empfand, in Deckung zu bringen. Bei den Fotos handelte es sich zweifellos um diejenigen, die Lisa bei ihrem Besuch in Krohnhorsts Wohnung gefunden hatte und die dann wieder verschwunden waren. Jetzt hatte der Dieb sie also zurückgegeben. Warum? Und er hatte Lisas Namen auf den Umschlag geschrieben. Woher kannte er ihn?

Sie wollte diesen Fragen so schnell wie möglich nachgehen, aber es war klüger, zunächst zu versuchen, noch mehr Informationen aus den Bildern herauszuholen. Ein Techniker kümmerte sich darum und hatte nach einer Viertelstunde ein Ergebnis. Es war ein gutes Ergebnis. Der Mann auf den Fotos hatte ein Messer in der Hand, dessen Spitze sich auf einem Bild in unzweideutiger Weise einem Reifen angenähert hatte. Das Fahrzeugkennzeichen konnte Roland Krohnhorst zugeordnet werden und die zunächst verschwommenen Gesichtszüge des Mannes waren klar erkennbar: Es handelte sich um Malte Naujock.

Sylke rief die Kollegen zu sich ins Büro. Philipp hatte eine Einkaufstasche dabei, aus der er umgehend einen leuchtend grünen Apfel hervorzog.

»Naujock als Reifenstecher – was bedeutet das für unsere Ermittlungen?«, fragte Sylke. Lisa schwieg und Philipp biss geräuschvoll in seinen Apfel. Sylke beantwortete ihre Frage selbst.

»Der Kleinkrieg zwischen Naujock und Krohnhorst ist umfangreicher, als wir dachten. Er endete auch keineswegs, als Naujock das Amt des Naturschutzwarts abgab. Vor knapp zwei Monaten scheint der Mann den dringenden Wunsch verspürt zu haben, Krohnhorst eins auszuwischen.«

»Und irgendwer hat ihn dabei beobachtet«, fügte Philipp kauend hinzu. »Stellt sich doch die Frage, ob es Krohnhorst selbst war. Eine Digitalkamera hast du in seiner Wohnung nicht gesehen?«

Lisa schüttelte den Kopf. Philipp setzte seine Überlegungen fort und schaffte es, parallel dazu ein größeres Apfelstück zu verzehren. »Vielleicht war es der Unbekannte im Kapuzenpulli. Er hat die Fotos gemacht und war nach Krohnhorsts Tod in dessen Wohnung, um sie zu suchen. Dabei wurde er von Lisa überrascht. Aber warum dieser Aufwand? Ich kann nicht erkennen, dass diese Fotos irgendjemanden wegen irgendetwas belasten – außer Malte Naujock. Kann es sein, dass er derjenige war, der dich zusammengeschlagen hat?«

Sylke sah Philipp erstaunt an. »Auf die Idee bin ich noch gar nicht gekommen. Er hätte jedenfalls einen Grund dafür, die Fotos zu finden. Krohnhorst konnte damit Druck auf ihn ausüben und nach seinem Tod belasten sie Naujock. Aber der Biologe gilt ja als verschwunden und wurde seit beinahe zwei Wochen auch von niemandem gesehen.«

Philipp nahm noch einmal den Briefumschlag in die Hand, so, als hätte er beim ersten Betrachten irgendetwas übersehen. Er strich mit einem Finger über den hingekrakelten Namen. »Diese Bilder wurden hier also anonym abgegeben. Warum steht dein Name drauf, Lisa? Entschuldige, dass ich das so sage, aber dich kennt außerhalb des Polizei-reviers doch kein Mensch.« Er musste kichern. »Und das ist ja bei einer Kriminalbeamtin auch gut so«, fügte er eilig hinzu, als er Lisas säuerliches Gesicht bemerkte.

»Jetzt mal im Ernst«, sagte Sylke streng. »Derjenige, der dich in Krohnhorsts Wohnung k.o. geschlagen hat, kann na-türlich auf deinen Dienstausweis gesehen haben, ohne dass du etwas davon mitbekommen hast. Ja, so könnte es doch sein. Erzähl Philipp doch nochmal, wann und wie du den Brief bekommen hast.«

Lisa wiederholte, dass der Umschlag ihr aus der Post-stelle gebracht worden sei und zum Dienstbeginn auf ih-rem Schreibtisch lag.

Sylke beobachtete sie genau, während sie sprach. Hatte sie bei Lisas erstem Auftritt noch ein sonderbares Gefühl ge-habt, klangen ihre Worte jetzt überzeugender.

Philipp schüttelte ratlos den Kopf. »Ist doch merkwür-dig«, sagte er. »Erst werden die Bilder mit großem Aufwand gestohlen, jetzt sind sie plötzlich wieder da. Sind sie doch nicht so wichtig für den Dieb? Wollte Naujock nur nachse-hen, ob seine Frisur richtig saß, als der Paparazzo zuschlug? Oder fehlen Fotos?«

»Ich glaube, dass sie vollständig sind«, sagte Lisa. »Aber sicher kann ich es natürlich nicht sagen. Vielleicht hofft der-jenige, der sie hier abgeliefert hat, dass wir jetzt nicht wei-ter nach ihm suchen.«

»Was wir natürlich trotzdem tun«, fügte Sylke mit einem gewissen Nachdruck hinzu. Es schien, dass vorläufig alles gesagt war, was zu den Fotos zu sagen war. In diesem Moment holte Philipp, während er den Apfel im Mund festhielt, einen weiteren Gegenstand aus seiner Einkaufstasche und legte ihn auf Sylkes Schreibtisch: ein olivgrünes Fernglas.

Sylke wog das Objekt in der Hand. »Ist das nicht das Fernglas, das am Prägelbach gefunden wurde?«

»Korrekt.«

Sylke mochte es nicht, wenn Leute nicht gleich auf den Punkt kamen.

»Wir haben keine Fingerabdrücke gefunden und auch bei den Befragungen gab es keine Erkenntnisse. Was willst du jetzt noch damit?«

Philipp hatte den Apfel wieder in der Hand und konnte damit sein überlegenes Lächeln zeigen.

»Wir haben darauf zwei eingeritzte Buchstaben gefunden. Ihr beide habt euch an dem Tag darüber lustig gemacht, aber das Naheliegende habt ihr übersehen.«

»Und das wäre?«

»Die Buchstaben waren M und N. Malte Naujock.«

Es war für einen Moment still im Raum, bis auf Philipps Kaugeräusche. Sylke fragte sich, ob sie befugt war, das Essen bei der Arbeit zu verbieten.

»Ja, interessant«, sagte sie gedehnt. »Der Mann war zu dem Zeitpunkt, als wir das Fernglas untersucht haben, ja noch nicht in unserem Fokus.«

Philipp bekam sein Lächeln gar nicht mehr abgestellt.

›Er ist ein Arsch‹, dachte Sylke. Aber in diesem Fall hatte der Arsch recht.

»Gut«, begann sie ihr Resümee. »Die Fotos zeigen, dass Naujocks Streit mit Krohnhorst weiter ging, als wir dachten. Das Fernglas deutet darauf hin, dass er am Tatort war. Die sonderbaren Umstände dort – der teilweise geöffnete Damm, der zum Ertrinken des Opfers führte – passen ins Bild. Es ist doch genau die Art und Weise, wie Malte Naujock vorgehen würde. Er nutzt das Bauwerk der Biber, um deren größten Feind zu eliminieren.«

Lisa und Philipp blickten sie mit großen Augen an. »Unser Hauptverdächtiger heißt Malte Naujock«, fuhr sie fort. »Wir müssen ihn finden, besser heute als morgen. Wo könnte er sein? Wie kommen wir auf seine Spur?«

»Wenn er tatsächlich für Krohnhorsts Tod verantwortlich ist«, sagte Philipp, »dann wird er sich aus dem Staub gemacht haben. Vielleicht hat er sich ins Ausland abgesetzt. Wir überprüfen die Flughäfen. Und wir brauchen eine öffentliche Fahndung.«

Sylke nickte. »Ja, organisiert das bitte. Und du, Philipp, siehst dir seine Wohnung an. Such nach Spuren, die auf eine Reise hindeuten. Überprüf auch Papierkörbe und Mülleimer. Und bring irgendetwas Handschriftliches mit, damit wir es mit der Aufschrift auf diesem Briefumschlag vergleichen können. Ich kümmere mich sofort um die Genehmigung.«

Sie stand auf, um die beiden zu verabschieden. Philipp blieb sitzen. Er betrachtete den angenagten Apfelrest und warf ihn von seinem Platz aus in Sylkes Papierkorb. »Sorry, aber Pölzner ist in meinen Augen noch nicht aus dem Spiel«, sagte er trotzig, als wäre jetzt der Moment, persönliche Steckenpferde zu präsentieren. »Er ist eine gescheiterte Existenz, eine irgendwie krude Gestalt. Man hält ihn für dümmer, als er ist.«

Sylke verzog das Gesicht. Dass er noch immer hinter Pölzner her war, hielt sie für eine Marotte. Philipp hatte ein Problem mit Menschen, die nicht der Norm entsprachen, es hatte beinahe etwas Zwanghaftes.

›Er würde noch lernen müssen, dass die Welt voller Sonderlinge war‹, dachte sie. Und vielleicht würde ihm dabei ja auffallen, dass er selbst auch einer von ihnen war.

»Und übrigens«, fuhr Philipp fort, »müssen wir diesen Tom Brauer noch befragen. Hattest du das nicht schon längst vor, Sylke?«

Hatte sie nicht. Jedenfalls nicht so, wie Philipp das erwartete.

»Ja, das sollten wir machen. Ich denke drüber nach.«

Sie sah zu, wie die beiden ihre Sachen zusammenpackten. Im letzten Moment rief sie Lisa zurück und bat sie, noch einen Augenblick zu bleiben. Lisa nahm wieder Platz, in einer leicht gekrümmten Haltung, die Hände miteinander verschränkt, als müssten sie sich aneinander festhalten.

»Hast du den Zwischenfall in Krohnhorsts Wohnung inzwischen einigermaßen verdaut?«, fragte Sylke. Sie bemühte sich um einen warmen, persönlichen Ton.

Lisa lächelte verkrampft und nickte.

»Es war nicht schön, aber jetzt geht es wieder.«

»Du warst eben sehr schweigsam – da habe ich mir Sorgen gemacht.« Sie wartete einen Augenblick, aber Lisa blickte sie nur verunsichert an.

»Ist dir noch irgendetwas im Zusammenhang mit diesen Fotos eingefallen?«

»Nein. Was sollte das sein?«

»Na ja, manchmal kommen ja irgendwelche Erinnerungssplitter hoch. Vielleicht hast du doch irgendetwas von diesem Kapuzenpulli-Mensch gesehen, das uns weiterhelfen könnte.«

Die junge Polizistin blickte zu Boden, als würden dort die Erinnerungen wie Ameisen herumlaufen. »Nein, ich wüsste nicht. Absolut nicht.«

»Mich beschäftigt immer noch sehr, dass dieser Umschlag an dich gerichtet war. Als ob der Absender eine Beziehung zu dir aufbauen will.«

Sylke mochte Lisa, ihre stille, kluge Art. Alles in ihr sträubte sich dagegen, der jungen Kollegin zu misstrauen. Aber sie hatte das Gefühl, dass mit dieser Foto-Angelegenheit irgendetwas nicht stimmte. Andererseits wollte sie das Verhältnis zu ihr nicht wegen eines falschen Verdachts zersetzen. Sie entschloss sich, die Sache vorläufig auf sich beruhen zu lassen.

»Wir müssen mehr über Malte Naujock wissen«, sagte sie mit einer Entschlossenheit, die ihr selbst übertrieben vorkam.

»Ich glaube, dass sich dieser Naturfreak irgendwie verrannt hat. Sieh dich doch mal an der Uni um, in dem Fachbereich, in dem Naujock einen Lehrauftrag hatte. Sprich mit den Leuten, mit denen er zu tun hatte. Vielleicht verstehen wir ihn dann besser.«

Lisa wirkte nicht gerade glücklich über den neuen Auftrag, aber glücklich zu sein gehörte nicht zum Berufsbild einer Kriminalkommissarin, fand Sylke. Sie wartete, bis die junge Kollegin ihr Büro verlassen hatte, und gönnte sich ein Stück Schokolade.

Am Nachmittag traf sie Kriminalrat Klüver. Er schritt zügig über den farbenfroh gestalteten Gang, das Hemd war faltenfrei, die Uniform saß perfekt.. Es waren Bilder wie aus einem Werbefilm. Sylke versuchte, Klüver zu entkommen, aber er hatte sie bemerkt und grüßte so ausnehmend freundlich, dass sie stehenblieb. Mit seiner fleischigen Hand an ihrer Schulter lotste er sie in einen Winkel abseits des Flures.

»Sie fahnden jetzt nach Malte Naujock, wie ich höre? Es freut mich, dass die Sache vorangeht. Ich kann dann dem Oberbürgermeister Entwarnung geben, mit Blick auf Krohnhorsts Lebenswandel?«

Sylke fühlte sich für den Lebenswandel eines pensionierten Regierungsrates nicht zuständig. Trotzdem nickte sie. Später wurde ihr klar, dass sie das nicht hätte tun sollen.

22

Tom war ratlos. Er hatte keine Ahnung, wie er mit seinen neu gewonnenen Erkenntnissen umgehen sollte. Zumindest vorübergehend half ihm der Tischler, die unbequeme Entscheidung aufzuschieben.

Frank rief bereits früh um acht an und berichtete, dass ein anderer Termin abgesagt worden sei und er deshalb die Holzkonstruktion für die MATHILDA gern einen Tag früher als geplant montieren würde. Tom wollte dem hilfsbereiten Handwerker entgegenkommen, hatte aber seine eigenen Aufgaben noch lange nicht erledigt. Deshalb griff er sofort zum Schraubenzieher, entfernte weitere Teile der Innenverkleidung und baute behutsam Teile der Elektrik ab.

Es war ein merkwürdiges Gefühl, immer tiefer in das komplexe Innenleben des Schiffes vorzudringen und nach und nach immer mehr Funktionen lahmzulegen.

Es kamen Ecken zum Vorschein, die er noch nie gesehen hatte, und tatsächlich fand er tief hinter einer Verkleidung eine stark verschmutzte Glasflasche, die aus dem VEB Nordbrand Nordhausen stammte und auf deren Etikett noch das Wort Erntegold zu entziffern war.

Irgendein Bootsführer oder Schiffsbauer musste sie dort vor Jahrzehnten deponiert haben, vielleicht bei einer Reparatur. War das die Seele der MATHILDA – eine Flasche Korn?

Frank tauchte gegen Mittag auf.

Er lachte herzlich über den historischen Fund und machte sich gleich an die Arbeit. Es war nicht so einfach wie erwartet. Aus unerfindlichen Gründen stimmten die Maße nicht mit den Erfordernissen überein und Frank musste vor Ort die Holzkonstruktion umarbeiten. Währenddessen besorgte Tom Mittagessen, kochte Kaffee und diente als Handlanger.

Für den Nachmittag waren Gewitter angesagt. Der Himmel war verhangen, die Luft stand still und fühlte sich unangenehm drückend an. Tom schwitzte und litt unter stetig zunehmenden Kopfschmerzen. Als sich der Tischler gegen 16 Uhr verabschiedete, wirkte das Boot wie ein gerupftes Huhn. Es war abzusehen, dass Frank noch mindestens einen weiteren Tag benötigen würde.

Aber Toms eigentliches Problem war ein anderes: Noch immer hatte er keine Ahnung, was er mit seinem Wissen über Maltes Aufenthaltsort anfangen sollte. Sein Unwohlsein verstärkte sich, als er in der Online-Ausgabe der Ostseezeitung eine aktuelle Meldung zum Fall Krohnhorst entdeckte.

Die Polizei sucht im Zusammenhang mit dem Tod von Roland Krohnhorst nach dem Biologen Malte N. Er gilt seit knapp zwei Wochen als verschwunden und könnte wichtige Auskünfte zu dem Fall geben. Wer ihn gesehen hat oder Hinweise auf seinen Aufenthaltsort geben kann, soll sich mit dem Polizeihauptrevier in Greifswald in Verbindung setzen.

Neben der Meldung war ein Bild eingefügt, vermutlich ein altes Passfoto. Malte sah darauf aus wie ein verwirrter und leicht verwahrloster Student. Im Text stand zwar nicht ausdrücklich, dass die Polizei ihn für den Täter hielt, aber das Mittel einer öffentlichen Fahndung würden sie sicher nicht nutzen, wenn sie mit dem Naturschützer nur eine Tasse Tee trinken wollten.

Tom weigerte sich, den Gedanken auszuformulieren: Dass Malte den alten Regierungsrat getötet haben könnte. Bei Pölzner war er sich sofort sicher gewesen, dass dieser Gedanke abwegig war, aber bei Malte zögerte er. Seine düstere Stimmung, der immer wieder durchbrechende Zynismus, dieser innerlich ausgehöhlte Zustand – er hatte das Bild eines Mannes abgegeben, der jede Leichtigkeit verloren hatte. Es passte nicht recht zu dem, was Tanja erzählt hatte. Es musste etwas Einschneidendes passiert sein. Und dass Malte auf den Trecker geschossen hatte, bewies zumindest, dass er bei der Benutzung von Waffen nicht zimperlich war.

All das mündete bei Tom in das ungute Gefühl, nicht nur zwischen zwei, sondern zwischen drei Stühlen zu sitzen: Neben Malte, der ihn um Verschwiegenheit gebeten hatte, und Tanja, für die er arbeitete, war da ja auch noch Sylke, die sich neuerdings so kooperativ und hilfsbereit gab. Minutenlang ging er im Salon der MATHILDA auf und ab, stolperte über herumliegendes Werkzeug und kümmerte sich nicht darum, dass er mit dem Kopf gegen eine Schraubzwinge stieß, mit der Frank ein frisch verleimtes Holzteil fixiert hatte. Er brauchte eine Entscheidung.

Seine Gedankenschleifen wurden durchbrochen, als von außen etwas gegen die Bordwand stieß. Das Boot schwankte, es waren Stimmen zu hören, aufgeregte Stimmen. Tom ging zum Aufgang und sah, dass die Besatzung einer Segeljacht dabei war, an seiner Barkasse anzulegen. Ein Mann war bereits auf die MATHILDA übergestiegen und legte eine Leine um eine Klampe, ein weiterer hantierte mit einem Bootshaken, um das Heck der Segeljacht heranzuziehen. Im Hintergrund stand ein etwa siebzigjähriger Mann und sah dem Treiben mit dem gütigen, aber auch schmerzverzerrten Lächeln eines Lehrmeisters zu, der seinen Schülern noch einige Lektionen würde erteilen müssen. Er hatte eine hohe, sonnengebräunte Stirn, um die sich ein weißer Haarkranz legte, der Tom vorkam wie ein noch ausbaufähiger Adventsschmuck.

Als der Mann Tom bemerkte, winkte er fröhlich zu ihm herüber.

»Moin. Dürfen wir mal kurz festmachen? War gerade kein anderer Platz in Reichweite. Ach – du bist das! Wolltest du nicht auch mal segeln lernen?«

Tom kannte den Mann. Es war Ralf, ein umtriebiger Rentner aus Hannover. Nach dem Ende seines offiziellen Berufslebens hatte er als Segellehrer auf Nord- und Ostsee richtig losgelegt. Er verwandelte unermüdlich Landratten in Seebären und finanzierte sich so nebenbei den Betrieb seiner eigenen Jacht. Tom hatte schon viel Gutes über den humorvollen Mann gehört und sich selbst mal für einen Segelkurs angemeldet, der dann aber schon ausgebucht war.

»Stimmt«, sagte er, »aber bei dir sind ja nie Termine frei.«
Ralf lachte glucksend, während seine Schüler weiterhin
mit Leinen hantierten.

»Kannste dir ja ausdenken, woran das liegt. Wenn es mich
zweimal gäbe, würde ich sofort ne Zweigstelle aufmachen.
Und die wäre auch schnell ausgebucht.«

Zwei Segler pressten mit vereinten Kräften einen Fender
zwischen die Bootsrümpfe. Später, als die fünfköpfige Besatzung polternd über die MATHILDA hinweggestiegen war
und das Gelände der Museumswerft erkundete, steckte noch
immer dieses Bild in Toms Kopf: Die beiden Boote fest vertäut, zugleich mit Hilfe der Fender auf Abstand gehalten. Es
war nichts Ungewöhnliches, er hatte das schon tausendmal
gesehen, dennoch brachte ihm dieses Bild die Antwort auf
die drängende Frage, wie er mit seinem Wissen um Maltes
Aufenthaltsort umgehen sollte.

Er würde Tanja informieren, sie aber zugleich im Unge-
wissen lassen. Sie teilhaben lassen und dennoch auf Abstand halten, damit sie keinen Schaden anrichten konnte. Er
würde ihr mitteilen, dass Malte am Leben und in Sicherheit
war. Den Ort, an dem sich ihr Freund versteckt hielt, würde
er ihr aber nicht nennen. Stattdessen wollte er das weiterge-
ben, was auch Malte gesagt hatte: das Wissen über sein Versteck war ein Risiko, jeder Besuch bei ihm würde ihn ge-
fährden. Er würde Tanja auch darauf hinweisen, dass jeder,
der der Polizei die Information über Maltes Aufenthaltsort
vorenthielt, sich möglicherweise strafbar machte. So würde
Tanja vielleicht verstehen, warum er sie nicht vollständig ins

Bild setzte. Oder sie würde von ihm verlangen, dass er genau das tat. Es ging ihm vor allem darum herauszufinden, wie sie auf die Neuigkeit reagieren würde. Hatte sie genügend Vertrauen in ihn und Malte oder würde sie misstrauisch oder gar wütend? Tom wollte seine weitere Strategie von ihrer Reaktion abhängig machen.

Nachdem er sich alles sorgfältig überlegt hatte, musste er feststellen, dass sie ihr Smartphone abgeschaltet hatte. Er erinnerte sich daran, dass sie davon gesprochen hatte, eine Orgelbauwerkstatt in der Nähe von Berlin aufsuchen zu müssen, aber er wusste nicht mehr genau, wann diese Reise stattfinden sollte. Es war sehr ärgerlich. Kaum hatte er einen Kurs für diese heikle Angelegenheit abgesteckt, war er auch schon auf Grund gelaufen. Das Risiko, auf die Mailbox zu sprechen, wollte er auf keinen Fall eingehen. Immerhin war es nicht ausgeschlossen, dass ihr Mann Zugriff auf das Telefon hatte.

In den folgenden zwei Stunden probierte er es noch mehrere Male, aber Tanja war nicht zu erreichen.

Zwischenzeitlich kamen Ralf und seine Segelschüler zurück, schwer beladen mit Fischbrötchen. Sie plauderten noch eine Weile, dann machte sich die Crew wieder auf den Weg. Sie wollten die Nacht in Wieck verbringen und früh am Morgen weiterreisen.

In dem Moment, als die Segeljacht auf dem Ryck wendete und gemächlich davonfuhr, spürte Tom den sehnlichen Wunsch, es dem Boot gleichzutun. Einfach verschwinden. Raus ins offene Wasser, alle ungelösten Probleme hinter sich lassen und den beginnenden Abend auf dem Greifswalder Bodden genießen.

Da draußen würde wahrscheinlich wenigstens ein leichter Wind wehen. Im Greifswalder Hafen hingegen stand die Luft und fühlte sich klebrig an. Auch nach Sonnenuntergang blieb es für einen Tag im Herbst ungewöhnlich warm. Die angesagten Gewitter ließen auf sich warten. Tom beschloss, die Gelegenheit zu nutzen, um noch etwas Zeit draußen auf dem Oberdeck zu verbringen. Er zog sich seine Jacke über und setzte sich auf einen seiner altertümlichen Liegestühle, einfache Holzgestelle, die mit buntem Tuch bespannt waren.

Drüben, auf der anderen Seite des Ryck, reihten sich die alten Holzschiffe aneinander, fest vertäut und verlassen, als ob sie schon den Winterschlaf begonnen hätten. Gelegentlich eilten noch Fußgänger vorbei, hin und wieder zuckelte ein Fahrradscheinwerfer die Pier entlang. Der gelbliche Schein der Laternen zauberte einen grazilen Lichtertanz auf das leicht gekräuselte Wasser des Ryck. Tom war ganz versunken in das gestaltlose Schimmern, als er dicht neben sich etwas klopfen hörte. Er fuhr herum. An der Pier stand Sylke, gehüllt in einen Wollmantel, die Haare streng zurückgekämmt.

Ihre Stimme klang irgendwie dunkler als sonst, sie klang nach einem süffigen Rotwein. »Guten Abend, darf ich stören?«

Sie wartete die Antwort nicht ab, sondern stieg über die niedrige Reling aufs Boot. Tom stand auf. »Ja, das ist … etwas überraschend.«

»Klingt jetzt nicht gerade einladend.«

»Doch, doch. Komm rauf. Oder sollen wir nach unten gehen, es wird jetzt doch etwas kühler.«

Sylke zupfte am linken Ärmel ihres Mantels. »Der hier kommt auch mit dem sibirischen Winter zurecht. Ich fand es erst übertrieben, den anzuziehen. Aber so gesehen passt es ja ganz genau.«

Tom brachte einen zweiten Liegestuhl auf das Oberdeck. Dann holte er Gläser und eine Flasche Wein aus dem Schrank. Auf dem Rückweg stieß er ein weiteres Mal mit dem Kopf gegen die Schraubzwinge. Sein Blick fiel auf den von innen aufgerissenen Schiffskörper. Ging es ihm nicht genauso wie seinem Boot?

Sylke hatte offenbar Lust auf eine unverfängliche Plauderei. »Hier gefällt es dir, zwischen den alten Schiffen, was? Wo es nach Holz und Farbe und nach Pech und Schwefel riecht.«

»Schwefel?«

»Wieso nicht?«

»Schwefel ist, soweit ich weiß, ein Bestandteil von Schwarzpulver, aber heute werden ja keine Kanonen mehr in die alten Schiffe verbaut. Krieg geht jetzt wohl anders.«

»Ja, das ist richtig. Krieg brauchen wir nicht.«

Das Gespräch verglomm, bevor es angefangen hatte. Sie saßen schweigend auf dem Deck, hörten zu, wie sich ein paar späte Möwen über das Brummen der Autos beschwerten, die noch immer in unschöner Regelmäßigkeit über den Hansering rollten. Unbemerkt und geschützt von der Dunkelheit waren über ihnen dunkle Wolken aufgezogen. Irgendwo donnerte es, die Luft schien zu stehen, in Erwartung eines Gewitters harrte sie aus, wie ein Lamm vor der Schlachtung.

Tom hatte irgendwann den Eindruck, dass das Schweigen sich nicht mehr gut anfühlte. Vielleicht war er einfach nur ungeduldig.

»Gibt es einen besonderen Grund, warum du hier bist?«, fragte er so unbefangen wie möglich.

Sylke wandte sich ihm zu und lächelte. Tom kannte sie als forsch und redefreudig. Sie musste immer weiter, immer etwas tun, war ohne Unterbrechung betriebsam. Sie überraschte ihn an diesem Abend zum zweiten Mal innerhalb weniger Tage. Erst der Versuch, mit ihm einen Pakt zu schließen, jetzt dieser überraschend zurückhaltende, fast sanfte Auftritt.

»Vielleicht brauche ich einfach etwas Abstand zu den Kollegen auf dem Revier«, sagte sie in die Dunkelheit hinein. »Ich finde sie zunehmend anstrengend.«

»Arbeiten sie nicht so, wie du dir das vorstellst?«

Sylke blickte in den Himmel und suchte zwischen den grauschwarzen Schleiern nach einer Antwort.

»Das kann ich gar nicht sagen. Es passieren Fehler, aber das ist normal, wenn man unter Druck steht. Mir gefällt die Atmosphäre im Team nicht. Es ist kein Vertrauen da, kein Fundament. Ich habe ständig das Gefühl, dass hinter meinem Rücken Dinge passieren, von denen ich etwas wissen sollte.« Sie machte eine kurze Pause und seufzte. »Sei froh, dass du keine Mitarbeiter hast.«

Tom musste lachen. »Ja, das wäre noch schöner. Mir reichen die Auftraggeber. Die sind oft merkwürdig genug.«

»Womit wir dann ja schon bei den aktuellen Angelegenheiten wären.«

»Wir müssen nicht darüber reden.«

»Müssen nicht, aber können.«

»Ich habe mich tatsächlich gewundert, …«

»… dass wir öffentlich nach Malte Naujock suchen?«

»Ist nicht so schwer, meine Gedanken zu lesen, oder?«

Wie ein altes Korbflechter-Ehepaar knüpften sie die Sätze aneinander, nicht wissend, ob am Ende wirklich ein Korb oder doch nur ein hässliches, krötenähnliches Ding herauskommen würde. Sylkes Ton hatte sich verändert. Es war, als hätte jemand den Weichzeichner aus ihrer Stimme genommen. »Wir wissen, dass der Biberdamm geöffnet wurde, als Krohnhorst bewusstlos am Bachufer lag.«

»Er ist nicht an dem Schlag auf den Kopf gestorben?«

Sylke schüttelte den Kopf und Tom fragte sich, warum sie ihm ohne jeden Zwang Dienstgeheimnisse verriet. »Jemand hat das aufgestaute Wasser genutzt, um ihn zu ertränken.«

»Ein Mord ohne Berührung?«

»Könnte man so sagen. Ein Mord, der die Kraft des Wassers nutzt.«

»Und ihr denkt, dass so etwas nur Malte Naujock konnte?«

»Es war Nacht. Wer weiß denn schon genau, wie viel Wasser hinter diesem Damm aufgestaut war?«

»Pölzner zum Beispiel.«

»Den hältst du doch auch für unschuldig.«

»Stimmt. Hatte ich beinahe vergessen.«

Sylke gab ihm einen Faustschlag gegen die Schulter. »Mach dich nicht lustig. Natürlich hältst du alle für unschuldig, Naujock, Pölzner und was weiß ich noch wen. Vielleicht machst du es dir etwas zu einfach. Du kennst Naujock doch auch nur aus Darstellungen anderer, in diesem Fall vor allem aus den verklärenden Erzählungen von Tanja Grundler. Wir müssen mit ihm reden. Wenn du also irgendetwas erfährst …«

Tom fand es beunruhigend, dass sich das Gespräch zielstrebig auf den Punkt zubewegte, über den er nicht sprechen wollte. Wusste Sylke mehr, als sie zu erkennen gab? War ihre katzenhafte Sanftheit nur gespielt? Er versuchte, das Thema zu wechseln. »Habt ihr euch eigentlich inzwischen mal mit der Starkwind AG beschäftigt?«

»Ist in Arbeit.«

»Du hattest es mir versprochen.«

»Ja, Tom! Ich muss vorsichtig sein. Die Kollegen fragen sich natürlich auch, wie ich darauf komme, worauf der Verdacht beruht und so weiter.«

»Ihr müsst einfach nur mit Tanja Grundler sprechen. Sie hat einiges mitbekommen. Habt ihr sie noch immer nicht befragt?«

Sie schüttelte den Kopf. »Steht weit oben auf meiner Liste. Aber wir interessieren uns ja erst seit heute Morgen ernsthaft für Naujock. Du hast also definitiv keine Hinweise auf seinen Aufenthaltsort?«

Sie wollte es ganz genau wissen. Deshalb war sie hier, aus keinem anderen Grund. Sie war viel abgezockter, als er gedacht hatte. Tom verstand es in der Regel ganz gut, seinem Gegenüber souverän Lügen aufzutischen, in diesem Fall spürte er aber die Röte in sein Gesicht steigen. Zum Glück war es inzwischen vollständig dunkel und die Beleuchtung an der Museumswerft sehr lückenhaft. War nicht jetzt der richtige Moment, Sylke die Wahrheit zu sagen? Maltes Versteckspiel beenden. Und sein eigenes dazu. Klarheit schaffen. Transparenz. Warum fühlte er sich diesem eigenwilligen Biologen verpflichtet? Warum wollte er ihn unbedingt schützen, als gehöre er selbst zu einer dieser exotischen Tierarten, deren Aussterben niemandem auffiel? Toms Gedanken rasten, die Entscheidung fiel in Bruchteilen von Sekunden. »Er scheint wie vom Erdboden verschluckt zu sein«, sagte er mit einem geschmeidig eingefügten Seufzer, »ich glaube, dass der Schlüssel bei der Starkwind AG liegt. Aber ich komme an der Stelle nicht weiter.«

Mit diesen Sätzen war er zufrieden. Keines seiner Worte war wirklich gelogen. Und es konnte der Sache doch nur nützen, wenn Sylke sich mit aller Vehemenz um das Anklamer Unternehmen kümmerte.

Sie schwiegen wieder eine Weile. Tom glaubte, dass er die Befragung überstanden hatte. Aber es war nur der erste Teil. Als einzelne dicke Regentropfen auf den Rumpf der MA-THILDA knallten, flohen sie unter Deck. Er zündete eine Kerze an und sie tranken ein zweites Glas Wein. Später würden die Erinnerungen an diesen Abend wie ein bittersüßer Filmstreifen durch seinen Kopf laufen und er würde sich fragen, warum alles so gelaufen war, wie es dann kam.

Wenn zwei eine gemeinsame Geschichte verbindet, wenn sie einiges zusammen erlebt haben, dann ist es irgendwie anders, dachte er. Dann kommt die Nähe plötzlich, sie explodiert regelrecht, als hätte sich über die Jahre doch etwas Schwarzpulver unter der Haut angesammelt. Sylke war vor langer Zeit verliebt in ihn gewesen, das glaubte er zumindest, aber ihre Nähe fühlte sich nicht nach Verliebtheit an. Es fühlte sich an, als ob zwei zueinander fanden, die viele andere gegen sich hatten. Stimmte das denn? Für Sylke wohl eher als für ihn. Er war doch eher so etwas wie ein Planet, der ganz für sich und nach einem eigenen Plan um eine turbulente Mitte kreiste, die von Eruptionen geschüttelt wurde. Sie saßen unten im Salon, tranken die Flasche Rotwein leer, während ein Gewitter tobte. Es war, als würden sie ein Versprechen einlösen, das sie sich vor langer Zeit gegeben hatten. Tom wunderte sich nicht über sein schlechtes Gewissen, er wunderte sich eher darüber, wie leicht es ihm fiel, es beiseite zu schieben. Clara war weit weg. Es waren nicht die 7000 Kilometer, die zwischen ihnen lagen, es war die innere Entfernung, von der er das Gefühl hatte, dass sie ungefähr einer Reise zum Mars entsprechen musste. Soweit er darüber Bescheid wusste, war es auf dem derzeitigen Stand der Technik nicht möglich, den Treibstoff für die Rückfahrt mit an Bord zu nehmen. Es gab kein Zurück bei dieser Reise. Redete er sich das alles nur ein? Wollte er sein Gewissen beruhigen?

Als Sylke ihren Mantel schon lange nicht mehr trug und auch einiges andere abgelegt hatte, beide mit erhitzten Gesichtern auf dem Weg in die Bugkabine waren, darum bemüht, nicht über das herumliegende Werkzeug zu stolpern, hielt Sylke ihn an beiden Armen fest und drückte ihn gegen die Kabinenwand. Sie kam ganz nah an ihn heran, aber sie wich seinem Mund aus und beugte sich zur Seite, als wolle sie einen neuen Blickwinkel auf ihn gewinnen. »Du hast mir alles gesagt, Tom? Es gibt nichts, das du mir noch sagen müsstest?«

Ein Blitz schlug in der Nähe ein, der Donner folgte unmittelbar und ließ das ganze Schiff erzittern. Tom wand sich aus ihrem Griff und zog ihr Gesicht an seines. Sie bekam keine Antwort auf ihre Frage.

23

Die Kerze auf dem Tisch war verloschen. Im Zimmer herrschte die gleiche Finsternis wie am Vorabend des ersten Schöpfungstages, als Gott noch über die Erschaffung der Erde nachdachte. Hätte man in dem Raum etwas sehen können, wäre der Anblick nicht gerade erheiternd gewesen. Neben dem Kerzenstumpf lagen ein Kugelschreiber und ein umgekippter Kaffeebecher. Ein Blatt Papier war auf die Dielen gefallen, in die sich der Dreck von Jahrzehnten regelrecht eingraviert hatte. Das Papier war von Hand beschrieben, die Buchstaben klein und irgendwie krumm, wie von einem Kind mit großer Anstrengung aneinandergereiht. Kaffee war über das Blatt gelaufen und hatte Teile des Textes wieder ausgelöscht. Die Überschrift wäre noch lesbar gewesen, hätte es irgendwo eine Lichtquelle in diesem finsteren Raum gegeben. Aber was sollte man von einer derart sonderbaren Überschrift halten?

Können Biber zu Mördern werden?

Es war nicht die Finsternis, die am Vorabend einer kommenden Welt herrschte, es war die Finsternis nach dem Ende von etwas. Man konnte den Eindruck gewinnen, als wäre ein starker Windzug durch diesen Raum gefahren und hätte alles Leben ausgelöscht, aber mit so einem Windzug konnte es in diesem Zimmer nichts werden. Die Fenster waren fest verschlossen und mit Folie verklebt. Auf dem durchgesessenen Sofa lag eine zerknüllte Wolldecke. Ein Teller mit Essensresten und eine halbvolle Bierflasche standen auf dem Tisch. Sie unterstrichen die unendliche Einsamkeit, die sich in diesem Zimmer ausgebreitet hatte.

24

Im Halbschlaf vernahm Sylke ein Geräusch, das sie nicht deuten konnte. Es hörte sich an, als ob jemand fortwährend nasse Lappen gegen die Tür ihres Schlafzimmers schleuderte. Aber sie war nicht in ihrem Schlafzimmer, sie lag auch nicht in ihrem eigenen Bett, nicht einmal in dem Hotelbett, in dem sie seit zwei Wochen nächtigte. Sie lag in der Koje einer baufälligen Barkasse und das Geräusch, das sie im Halbschlaf beinahe verrückt gemacht hatte, stammte von den Wellen, die wenige Zentimeter jenseits der Bugkabine gegen die Bordwand schlugen. In der zweiten Hälfte der spitz zulaufenden Koje lag eine zusammengeknüllte Decke, darauf ihre Kleidungsstücke, sorgfältig gefaltet. Die meisten davon waren am Vorabend im Salon zu Boden gefallen.

Hastig zog Sylke sich an und stieß, als sie sich das Shirt über den Kopf zog, mit dem Handrücken schmerzhaft gegen die Kabinendecke. Es war ihr vollkommen unverständlich, warum es Menschen reizvoll fanden, derartig beengt und unförmig zu wohnen und das Leben auf einem Boot auch noch mit einem Gefühl von Freiheit zu verbinden.

Tom hatte bereits den Tisch gedeckt und saß zusammengesunken auf der Bank. Er wirkte nicht gerade glücklich. Sylke beschloss, sich nicht darum zu kümmern. Es war sein Problem, wenn ihn nach so einer Nacht das schlechte Gewissen plagte. Sie hätte sich gefreut, wenn er ihr etwas mehr Aufmerksamkeit geschenkt hätte. Sie frühstückten beinahe wortlos. Sylke versuchte es mit einer Portion Spott.

»Ich frage mich, welche Körpergröße die Menschen hatten, die den Grundriss der Kabine da vorn entworfen haben. Vielleicht waren es gar keine Menschen, sondern irgendwelche dreieckigen Wesen, die später ausgestorben sind. Und die weltweite Verbreitung dieses Grundrisses auf tausenden von Schiffen ist ein riesiges Missverständnis.«

Noch immer sprang bei Tom nichts an, kein Funkeln im Blick, kein müder Scherz. Nichts. Sylke war genervt.

»Ist dir nicht gut? Hast du ein Problem?«

Sie fing seinen Blick auf, einen langen und betrübten Blick. »Mach dir nicht so viele Gedanken. Das passiert halt.«

Tom schüttelte den Kopf. »Darum geht es nicht.«

»Wenn es was mit Clara zu tun hat, dann lass mich bitte aus dem Spiel.«

Er blickte auf, mit einem eigenartig treuherzigen Blick. Und dann sagte er es.

»Ich weiß, wo Malte Naujock ist.«

Sylke hatte gerade die Kaffeetasse in der Hand. Es gelang ihr, sie auf den Tisch zu bringen, ohne einen Tropfen zu verschütten.

»Du weißt bitte was?!«

Er kniff die Lippen zusammen.

War das hier wirklich wahr? Sie starrte den Privatermittler an, als habe er sich soeben in einen besonders unschönen Zombie verwandelt.

»Sag, dass das nicht stimmt. Nein, sag mir sofort und von A bis Z, was du weißt!«

»Du musst das verstehen. Ich stecke in einer schwierigen Situation. Ich …«

»Deine Situation interessiert mich nicht – ich will wissen, was du weißt und woher. Sofort!«

Sylke hatte nichts übrig für Leute, die es aufs Drama anlegten. Und schon gar nicht für Leute, die sich in ihrem Selbstmitleid badeten, anstatt zur Sache zu kommen.

Toms Bericht kam so betonungsarm rüber, als habe er eine größere Menge Valium zu sich genommen.

»Ich habe dir von diesem Abend auf der Friedländer Großen Wiese erzählt. Da ist mir ein kaputtes Gebäude aufgefallen, mit verklebten Fenstern und plattgetretenen Grashalmen vor dem Eingang. Ich war am nächsten Tag nochmal da und bin dann auf Malte Naujock gestoßen. Es war eigentlich total einfach, ihn zu finden. Er versteckt sich genau da, wo sich die Leute herumtreiben, die ihn bedrohen. Wo die Gefahr am größten ist. Er sitzt im Herz der Finsternis. Und es geht ihm ganz schön dreckig.«

Sylke blickte auf das angebissene Brötchen auf ihrem Teller. Der Appetit war ihr vergangen.

»Das heißt, du weißt seit beinahe zwei Tagen, wo sich der von uns gesuchte Malte Naujock aufhält. Du wusstest es auch gestern Abend, als wir hier gemütlich zusammensaßen. Als ich dich mindestens dreimal ausdrücklich gefragt habe, ob du … ich kann das nicht glauben, Tom. Das ist so … arschig.«

Tom nickte. »Ja, du hast recht. Das war alles etwas … unglücklich.«

»Das war scheiße. In jeder Hinsicht.«

Es hielt sie nicht mehr auf ihrem Platz. Sie sprang auf und trat schon mit dem zweiten Schritt in eine offene Kiste mit Werkzeug. Das Gewinde einer großen Schraube bohrte sich in ihre nackte Fußsohle. Sie schrie auf, humpelte zurück zu ihrem Platz, wo sie auf einem Bein stehenblieb. Ihr Stimme bekam einen grellroten Ton.

»Ich fange jetzt nicht an, die Paragraphen aufzuzählen, die dich in große Schwierigkeiten bringen. Und ich rede jetzt auch nicht darüber, wie es mir geht. Kannst du dir vorstellen, dass ich mich jetzt so richtig beschissen fühle? Und kannst du dir vorstellen, dass ich auch gewaltige Probleme bekomme? Mein Kollege will schon seit drei Tagen, dass wir dich aufs Revier zitieren. Wenn jetzt rauskommt, dass ich … hier mit dir … und dass du entscheidende Hinweise … Verstehst du … es geht hier um meine berufliche Existenz! Es geht einfach um alles!«

Sie hatte angefangen zu schreien. Und sie spürte, dass ihr Schreien in Heulen umzukippen drohte. Was war denn los? Sie musste jetzt ruhig bleiben. Ruhig atmen, klar denken. Sie setzte sich wieder hin, nahm ihren schmerzenden Fuß hoch und umfasste ihn mit beiden Händen.

»Ich habe mir das nicht leicht gemacht«, sagte er müde. »Malte geht es nicht gut, er hat mich gebeten, noch zu warten, bevor ich mit jemandem spreche. Nicht einmal Tanja weiß etwas.«

Langsam begann Sylkes Gedankenmaschine ins Laufen zu kommen. Was Tom da sagte, war der erste zarte Lichtblick. Wenn bis zu diesem Augenblick noch niemand etwas von dem wusste, was er wusste, dann konnte es ihnen vielleicht gelingen, mit einem blauen Auge davonzukommen. Aber es würde schwierig werden – sehr schwierig. Die Friedländer Große Wiese lag weit jenseits ihres Zuständigkeitsbereiches. Da war Anklam zuständig. Anke Sikorski, die Leiterin der Kriminalinspektion, würde sich einmischen. Dann wurde es erst recht kompliziert. Und doch war da auch dieser Schimmer in ihrem Inneren, eine Spur von Glücksgefühl – nach diesem Gefühl war Sylke süchtig. Es stellte sich ein, wenn sich in einem scheinbar undurchdringlichen Dickicht ein Weg zeigte, auf dem man weiterkommen konnte. Nicht nur das: Vielleicht würde dieser Weg sie so weit führen, dass sie die Situation unter Kontrolle bringen und in einen Erfolg ummünzen konnte.

»Wir machen es so«, erklärte sie mit fester Stimme. »Du sagst mir jetzt, wo sich der Kerl aufhält. Ich fahre allein hin und checke die Lage. Dann rufe ich meine Kollegen. Ich werde vorläufig nicht erwähnen, dass ich die Information von dir habe. Ich werde mir irgendetwas ausdenken. Die Kollegen werden sich wundern, aber …«

»Nein«, unterbrach Tom sie. Er schüttelte den Kopf, den er zugleich zwischen seinen Fingerspitzen festhielt. »Wir machen es anders: Wir fahren zusammen hin, aber ich gehe zuerst allein rein und rede mit ihm. Ich möchte ihm sagen, warum ich das tue.«

»Für Sentimentalitäten haben wir keine Zeit«, fauchte Sylke.

»Darum geht es nicht. Es geht um seine Sicherheit. Wir holen ihn da raus und bringen ihn nach Greifswald. Nur wir beide. Ich muss wissen, dass er da unbeschadet rauskommt. Wenn eine ganze Polizeiarmada anrückt, dann sind die Leute doch gewarnt. Die bekommen das mit. Ich will, das Malte ohne Aufsehen nach Greifswald kommt und dann medizinisch behandelt und irgendwo sicher untergebracht wird.«

Sylke kniff die Lippen zusammen. Das waren die üblichen naiven Vorstellungen von Idealisten. Zeugenschutz und so. In diesem Fall völlig übertrieben. Toms und ihre eigenen Motive waren grundverschieden, aber sie konnten sich immerhin darauf einigen, dass es wichtig war, unauffällig vorzugehen. »Wie weit müssen wir fahren?«

»Siebzig Kilometer.«

Das war nicht wenig. Sylke spürte, wie ihre Wut langsam abflaute. Siebzig Kilometer fahren und dabei wütend sein, das war einfach nur ungesund. Der Schmerz in ihrem Fuß hatte auch schon wieder nachgelassen. Es gab einen Weg. Trotz der bösen Überraschung am Morgen – es war nicht alles schlecht gewesen in den letzten zwölf Stunden. Aber sie hatte jetzt keine Zeit, daran zu denken.

Sie würde den Hauptverdächtigen im Fall Krohnhorst persönlich nach Greifswald bringen. Sie würde allen, die inzwischen an ihr zweifelten, zeigen, wie Polizeiarbeit gehen konnte – leise, unauffällig, effektiv.

»Also gut«, verkündete sie. »Kompromissvorschlag. Der Plan ist so: Du gehst zuerst rein und redest mit ihm. Dann verschwindest du. Du kannst meinen Wagen nehmen. Stell ihn irgendwo in der Nähe vom Polizeirevier ab. Ich rufe eine Kollegin an, der ich vertraue. Sie kommt mit einem Zivilfahrzeug. Wenn sie eintrifft, ist von dir nichts mehr zu sehen. Kapiert? Und ich werde von dir in dieser Angelegenheit auch in Zukunft nichts mehr hören. Nie, wirklich nie wirst du erwähnen, dass wir beide von hier aus aufgebrochen sind, um zu Naujocks Versteck zu fahren. Ich werde mir irgendetwas ausdenken, wie ich drauf gestoßen bin. Wir werden Naujock zu seinem Schutz anbieten, vorerst in einer Zelle zu übernachten.«

»Habt ihr nichts Besseres?«

»Das ist nicht so einfach. Da muss die Staatsanwaltschaft mitreden. Und das Landeskriminalamt, es hängt ein ganzer Apparat dran. Und ehrlich – wir haben es mit ein paar durchgeknallten Bauern und einem mittelständischen Unternehmen zu tun, das vielleicht ein bisschen Druck ausübt. Das ist nicht die Mafia, das sind raue Umgangsformen, wie sie in Vorpommern seit Jahrhunderten gepflegt werden. Sozusagen eine Tradition dieses Landstrichs.«

»Sie haben Malte den Finger gebrochen.«

»Jaja.«

Es gefiel Sylke nicht, wie trotzig Tom seine Lippen vorstülpte. Am Ende bereute er schon, dass er sich ihr offenbart hatte. Sie musste dafür sorgen, dass er seine Zusagen nicht im letzten Moment rückgängig machte.

»Wenn du dich an unsere Abmachung hältst, Tom, dann werde ich Clara von dem, was hier auf diesem Boot passiert ist, nichts erzählen, niemals. So hat jeder seine Geheimnisse. Du und ich. Das ist der Deal. Und jetzt lass uns keine Zeit verlieren.«

Sie zog ihre Schuhe an und stand entschlossen auf. Mit voller Wucht knallte ihr Kopf gegen eine Stange, die aus der aufgerissenen Bordinnenwand ragte. »Aua!«

»An der Schraubzwinge habe ich mich auch schon zweimal gestoßen.«

Toms Kommentar war so überflüssig wie ein toter Fisch im Gemüsebeet. Grimmig griff sie nach ihrem Mantel. »Ich warte draußen auf dich. Beeil dich.«

25

Auch über der Friedländer Großen Wiese musste in der Nacht ein heftiges Gewitter niedergegangen sein. In Erdlöchern und Senken stand Wasser, der Bewuchs an den Wegrändern sah aus, als hätten riesige Hände auf die Pflanzen eingeprügelt, Zweige und vereinzelt auch größere Äste waren von Sträuchern und Bäumen abgebrochen oder hingen lose an den Aststümpfen.

Fast während der gesamten Fahrt hatten sie geschwiegen. Während Sylke ihren roten Kleinwagen stoisch durch das unwegsame Gelände steuerte, drehten sich Toms Gedanken wie ein schmutziger Strudel um die Frage, ob er einen Fehler gemacht hatte.

Er fürchtete sich vor der Begegnung mit Malte. Vor dessen tiefer Enttäuschung. Gerade wegen dieser Enttäuschung fühlte er sich verpflichtet, dem Biologen selbst mitzuteilen, dass er nicht allein gekommen war und dass die Frau, die er mitgebracht hatte, als leitende Ermittlerin den Fall Krohnhorst untersuchte.

Würde es ihm gelingen, halbwegs überzeugend zu erklären, warum es am Ende auch im Interesse Maltes lag, wenn die Polizei über sein Versteck informiert war und ihn befragen konnte? Er hatte noch nie jemanden, den er für unschuldig hielt, an die Polizei ausgeliefert. Es war ein elendes Gefühl, ein Gefühl von Niederlage und Verrat.

Bereits zum vierten Mal folgte er jetzt dem teils überwachsenen, teils von tiefen Schlaglöchern durchsetzten Weg nach Mariawerth. Dieses Mal hatte er das Gefühl, dass dieser Ort ihn nicht nur magisch anzog, sondern ihn regelrecht verschlingen wollte. Sylke brachte ihr Auto hundert Meter hinter dem verfallenen Haus zum Stehen und nickte Tom auffordernd zu.

Später erinnerte er sich nur noch bruchstückhaft an den Weg bis zur Tür des Hauses. Er wusste noch, dass sich die Morgenluft nach dem Unwetter frisch und kühl anfühlte. Er sog sie tief ein und blickte sich um, weil er fast schon gewohnheitsmäßig sicherstellen wollte, dass niemand in der Nähe war.

Dann stand er im Dämmerlicht des Hauses, durch die halboffene Tür fiel das Tageslicht flach in den verdreckten Flur, in dessen Verlauf die lange, gerade Holztreppe ansetzte und in den ersten Stock hinaufführte. Dieses Bild wirkte auf ihn wie eine Fotografie mit überstarken Kontrasten, trotz der geringen Lichtmenge beinahe grell und klar. Und in dieses grelle Bild fügte sich die Gestalt Maltes nahtlos ein, wie er eigenartig verrenkt am Fuß der maroden Holztreppe lag. Sein Körper war zusammengekrümmt, der Kopf aber nach hinten gereckt, so, als müsse er nach Luft schnappen. Sein Haar war staubig, er hatte eine Schürfwunde im Gesicht, die offenen Augen blickten ausdruckslos auf die Wand, aus der ein großes Stück Putz herausgebrochen war. Dass der Biologe nicht mehr lebte, war Tom sofort klar. Mit dieser Erkenntnis beendete sein Denkapparat vorläufig seine geordnete Tätigkeit. Malte tot! Wie konnte das sein? Einfach tot! Er schaffte es noch, einen Blick nach oben zu werfen, als ob zu erwarten war, dass oben am Treppenabsatz ein Mörder stehen und höhnisch lachen würde. Später fiel ihm noch ein, dass er immerhin die Treppe überprüft hatte, um nachzusehen, ob eine Stufe durchgebrochen war, als mögliche Ursache für einen Sturz. Aber es gab keinen erkennbaren Schaden an der Treppe.

Betäubt von dem schrecklichen Bild wankte er nach draußen. Er wusste nicht, wo er hingehen sollte. Was sollte er Sylke sagen? Wie konnte er ihr noch einmal entgegentreten? Trotzdem stolperte er in die Richtung ihres Autos, sah, dass sie auf ihn zu ging, mit einem eigenartig starren Gesichtsausdruck. Ihr reichte ein einziger Blick, um alles zu verstehen, was es zu verstehen gab. Er wusste nicht mehr, was er tun sollte. Sein Körper tat einfach das, was er für das Sinnvollste hielt. Er folgte Sylke, die sich jetzt eilig voranschreitend auf das Haus zubewegte und darin verschwand. Tom konnte nicht noch einmal hineingehen, er ging einfach daran vorbei, auf dem Feldweg, der zu der kleinen Siedlung führte, ging auch daran vorbei, immer weiter, ohne anzuhalten, ohne ein sinnvolles Ziel, in dieser weiten, eigenartigen Landschaft, die so wirkte, als wäre sie vor langer Zeit einmal von irgendjemand gestaltet und dann vergessen worden. Er ging einfach immer weiter, weg von diesem Haus, weg von Sylke, die mit ihm doch jetzt nichts mehr anfangen konnte, die jetzt einfach mal für alles zuständig war, die sicher großen Ärger bekommen würde, aber das konnte Tom ohnehin nicht ändern. Sein Körper war der Meinung, dass es das Beste war, einfach weiterzugehen, in die kilometerweite Einsamkeit hinein, ohne Ziel und ohne Verstand, in der Hoffnung, dass seine wild herumwirbelnden Gedanken irgendwann zur Ruhe kommen würden. Er wusste noch nicht, wie dieser Morgen sein weiteres Leben beeinflussen würde, aber es war vollkommen klar, dass er einen Einschnitt bildete, eine Kerbe schlug in den Gleichlauf der Zeit, eine Kerbe mit scharfen Kanten, an denen man sich verletzen konnte. Dieser Tag, soviel war jetzt schon klar, würde ihn zwingen, darüber nachzudenken, was er eigentlich tat an diesem Ort und auf der Welt insgesamt. Er konnte vorläufig keinen vernünftigen Gedanken zum Tod Maltes formulieren, aber er fühlte, dass er selbst tief in diesen Tod verstrickt war. Er hatte einen Anteil an diesem Tod und das machte ihn fertig.

26

Nur wenige Kilometer von Mariawerth entfernt surrte an diesem Morgen ein elektrisch angetriebener Porsche über eine schmale Landstraße.

Der Zustand dieser oftmals geflickten Piste schien eher zu längst vergessenen Automobilen vom Typ Trabant oder Wartburg zu passen als zu einem blitzblanken Fahrzeug der Oberklasse. Der Spurhalteassistent zeigte sich von den Abmessungen der Straße irritiert, jedenfalls gab er immer wieder Warnsignale ab und lenkte den Wagen ruckhaft in die Mitte der Fahrbahn. René Jagel, Geschäftsführer der Starkwind AG, schaltete den Assistenten genervt ab und ließ den Wagen so sehr beschleunigen, dass ihm angenehm flau im Magen wurde.

Wie so oft waren seine Gedanken in die Zukunft gerichtet: Wenn alles gut ging, würden Schwertransporter schon im nächsten Frühjahr über diese Straße rollen, um die riesigen Bauteile von zehn modernen Windkraftanlagen anzuliefern. Die engen Kurven und der schlechte Zustand der Straße konnten ihnen auf den letzten Momenten noch viel Ärger bereiten.

Jagel nahm sich vor, dieses Thema so frühzeitig anzusprechen, dass noch genug Spielraum blieb, um die Straße entsprechend zu präparieren. Er hatte im Laufe der Jahre so viele Probleme ausgeräumt, dass sein größtes derzeit laufendes Projekt am Ende nicht an der landestypischen Infrastruktur scheitern sollte.

Der Porsche näherte sich einer Wiese, auf der bereits mehrere Pkw und zwei Traktoren standen. Daneben hatte sich rund ein Dutzend Menschen versammelt. Soweit Jagel es erkennen konnte, handelte es sich ausschließlich um Männer. Selbstbewusst, aber ohne protzige Geste parkte er neben einem der mächtigen Traktoren und stieg aus. Er trug eine Sonnenbrille, Jeans und ein bernsteinfarbenes Jackett zum schwarzen Hemd. Dass ihn alle Anwesenden mehr oder weniger offen beobachteten, während er sich ihnen näherte, war ihm vollkommen bewusst. Er zwang sich, aufrecht und einen Tick langsamer zu gehen, als es eigentlich seinem inneren Antrieb entsprach.

Im Grunde war ihm dieses Treffen lästig. Er wollte es möglichst schnell hinter sich bringen. Eben stieg über einem nahen Gebüsch eine Schar graubrauner Vögel auf, drehte eine Runde und verschwand in südlicher Richtung, hinter einer dieser Baumreihen, in die Naturschützer vor einigen Monaten seltene Greifvögel hineinfantasiert hatten.

Jagel fühlte sich in diesem Moment voll und ganz darin bestätigt, dass er verlangt hatte, dieses Treffen solle unbedingt unter Ausschluss der Öffentlichkeit stattfinden. Einigen Gemeindevertretern war es schwergefallen, die Lokalpresse zu übergehen. Sie ließen sich doch so gern beim Händeschütteln ablichten! Oder beim Spatenschwingen oder beim Überreichen von Urkunden aller Art. Sie lächelten gern in die Kameras gehetzter Nebenberufsjournalistinnen, meist Hausfrauen, die mit dem Zeilengeld ihre Friseurtermine finanzierten.

»Wenn auch nur ein Journalist von dieser Zusammenkunft erfährt«, hatte Jagel einem dieser eitlen Provinzpolitiker gesagt, »dann können Sie sicher sein, dass auf irgendwelchen dunklen Kanälen auch die Naturschützer davon Wind bekommen. Und dann werden wir nicht viel Spaß haben an diesem Tag.« (Die Formulierung mit dem Wind fand Jagel besonders treffend, sie war aber ohne Absicht zustande gekommen.)

Wie es schien, hatte sein dringender Appell Früchte getragen. Außer denen, die es wirklich etwas anging, war niemand zugegen. Jagel war inzwischen in der Runde der zehn Herren angekommen. Die Gemeindevertreter trugen Anzug und Krawatte, die Landwirte Arbeitsjacken oder Overalls, die übrigen Grundeigentümer wirkten, als wären sie geradewegs von ihrer Briefmarkensammlung oder ihrer Kakteenzucht zu diesem Treffen herübergeeilt.

Jagel schüttelte Hände und lächelte, die Sonnenbrille hatte er über die Stirn geschoben, das wirkte lässig und entspannt, fand er.

Als Hauptperson sah er sich nur ungern, aber doch war er derjenige, der die Mitte besetzte, die Schlüsselfigur in einem überaus komplexen und von hohen Erwartungen begleiteten Prozess. Natürlich sollte er auch jetzt etwas liefern. So etwas wie eine Ansprache. Er räusperte sich.

»Ich freue mich, Ihnen mitteilen zu können, dass nun alle Pachtverträge unterschrieben sind. Sie haben ja inzwischen auch Kenntnis davon bekommen, dass keines der in Auftrag gegebenen Umweltgutachten größere Bedenken gegen den

Windpark äußert. Die geforderte Nachtabschaltung wegen der Fledermäuse lässt sich mithilfe von Detektortechnik auf ein geringes Maß begrenzen, sodass der Ertrag des Windparks nicht nennenswert gemindert sein wird.«

Jagel zog es vor, auf das Thema Greifvögel gar nicht erst einzugehen. Außerdem merkte er an den regungslosen Gesichtern, dass seine technokratischen Ausführungen in der Runde keine echte Begeisterung auslösten.

Er klatschte in die Hände, um Fröhlichkeit und Tatendrang zum Ausdruck zu bringen.

»Ja, meine Herren, unser Projekt kann also nach einer langen Anlaufphase endlich starten. Ich denke, darauf werden wir nachher in der Alten Post in Torgelow noch anstoßen, oder? Wir werden hier einen sehr ordentlichen Beitrag zur Energiewende leisten. Wir werden Strom produzieren, den dieses Land dringend braucht. Sie können stolz auf sich sein! Und Sie können von heute an selbstbewusst in den Spiegel schauen und sagen: Ich tue das Richtige.«

Der Applaus war etwas müde, aber Jagel wusste, dass er nicht der geborene Redner war. Glaubte er denn selbst noch, was er da sagte? Das, was er hier tat, war doch genau das, was er sich vor zwanzig Jahren erträumt hatte! Geografie und Betriebswirtschaft hatte er studiert. Landschaft und Wirtschaft wollte er verbinden, naturverträgliche Stromerzeugung, ohne Atommüll, ohne Kohlendioxid. Das galt doch heute genauso wie vor zwanzig Jahren! Es waren diese anderen Dinge, die ihn zweifeln ließen. Die sich wie Holzwürmer in das Gebälk seines Lebens fraßen.

Er musste sich innerlich schütteln. Was hatte er für Monate hinter sich! Drei betriebsbedingte Kündigungen, alles altgediente Mitarbeiter. Aufsichtsratssitzungen, aus denen er schweißgebadet und heiser hinausgestürmt war. Die offene Drohung, ihn ohne Abfindung freizustellen, Demütigungen vor allen anderen. Und diese anderen wussten ja noch gar nichts von den Ermittlungen der Steuerbehörden. Sie wussten auch nicht, dass er mit einem Typen wie Timo Strang zusammenarbeitete. Er war angezählt. Er war kriminell. Es gab nur einen einzigen Ausweg: Vorwärts gehen, einen großen Erfolg erzielen. Ein neuer Windpark, der größte der Firmengeschichte. Und all die andere Scheiße möglichst schnell hinter sich lassen.

Er hatte das Gefühl, dass ihn seine eigenen Gedanken von innen her auffraßen. Den letzten Teil der Zusammenkunft absolvierte er in einem Zustand freundlicher Geistesabwesenheit. Mit kleinen Holzpflöcken war die Stelle auf der Wiese markiert, an der das Fundament einer Windkraftanlage gegossen werden sollte. Auf einer Teilfläche war die Grasnarbe entfernt und etwas Sand aufgeschüttet worden. Jagel drängte sich die merkwürdige Vorstellung auf, dass es sich um eine frische Grabstelle handelte. Er rang mit sich bis zur Übelkeit, um diesen Gedanken abschütteln. In dem Sandhaufen steckten drei Schaufeln. Zusammen mit einem Gemeindevertreter und einem Landwirt sollte er etwas Sand auf die Schaufel nehmen und dann freundlich in die Kamera blicken. Er rang sich ein Lächeln ab. Ein Gemeindemitarbeiter drückte auf den Auslöser. Das war's dann. So würden die Halunken dann doch noch an ihr Pressefoto kommen, dachte Jagel. Er täuschte einen kurzfristigen Termin vor und verzichtete auf das Besäufnis in der *Alten Post*.

27

Sylke hatte nur einen kurzen Blick auf den leblosen Körper von Malte Naujock geworfen. Der Flur im Dämmerlicht, Dreck und abgeblätterter Putz, der Tote am Fuß der
Treppe – Bilder wie aus einem Mafia-Film. Sie musste sich
zwingen, daran zu glauben, dass es Realität war. Nicht der
Anblick des Toten erschütterte sie, sondern die Tatsache,
dass sie sich jetzt und hier an diesem Ort befand, zusammen mit Tom. Draußen nahm sie ihr Telefon in die Hand,
schloss kurz die Augen und tat dann das, was zu tun war.
Mit wenigen Anrufen setzte sie eine Maschinerie in Gang
und hatte das Gefühl, dass diese Maschinerie sie am Ende
auch überrollen könnte.

Wo war Tom? Der Idiot, der ihr das eingebrockt hatte.
Sie schloss ihre aufschäumende Wut in ihrem Inneren ein.
Das musste warten, sie musste sich konzentrieren. Zurück
im Haus stieg sie vorsichtig über die Leiche hinweg, ging
die Holzstufen hinauf, jede Stufe auf ihre Stabilität prüfend.
Das Knarren erschien ihr in dem Hausflur, in dem sie mit
einem toten Menschen allein war, unanständig laut und auf-
dringlich. Sie gelangte zu dem Raum, in dem Naujock ganz
offensichtlich die letzten zwei Wochen verbracht hatte. Das
Zimmer lag in vollkommener Dunkelheit. Sie nahm die ver-
brauchte Luft wahr, den Geruch nach Schweiß und altem
Essen. Der Lichtfleck ihrer Taschenlampe drehte ein paar
Runden und zeigte benutztes Geschirr, eine abgebrannte

Kerze, ein Gewehr in der Zimmerecke. Auf dem Fußboden lag ein Blatt Papier, dass sie mit zwei im Handschuh steckenden Fingern anhob und ins Licht hielt. Der handgeschriebene Text hatte eine merkwürdige Überschrift: Können Biber zu Mördern werden? Es fügte sich irgendwie in diese groteske Szenerie, war aber darüber hinaus für den Augenblick nicht unbedingt hilfreich. Zudem war das Papier mit einer dunklen Flüssigkeit getränkt, vermutlich Kaffee, der große Teile des Textes unleserlich gemacht hatte. Sie legte das Blatt wieder zurück auf den Fußboden. In den nächsten Stunden würde der Raum der Kriminaltechnik gehören. Behutsam trat sie den Rückzug an. Als sie das Haus verließ, drückte sie sich eng an der Mauer entlang. Vielleicht konnte man auf der nur dürftig bewachsenen Fläche vor der Haustür noch Trittspuren sichern.

Die Sonne war hinter ein paar Haufenwolken hervorgekommen und wärmte die noch immer kühle Luft auf. Ein spürbarer, aber nicht unangenehmer Wind ließ das letzte Laub in den Bäumen rascheln. Sylke nahm das alles wahr, hatte aber das Gefühl, dass ihre Wahrnehmungen nicht ihr Inneres erreichten. Sie sah sich nach Tom um. Er saß weder in ihrem Auto noch war er sonst irgendwo zu sehen. Sie konnte sein Verschwinden nicht einordnen. Auch das Auftreten von Philipp und Lisa, die zusammen in einem Auto kamen, verwirrte sie. Ausgerechnet an diesem Tag arbeiteten die beiden zum ersten Mal so, wie Sylke sich das immer gewünscht hatte: Sie setzten Prioritäten, teilten die Aufgaben auf, verständigten sich zwischendurch immer wieder über die nächsten Schritte, koordinierten die Kriminaltechnik, wiesen die Gerichtsmedizinerin ein. Philipp kümmerte sich um die Einheit der Bereitschaftspolizei, die er selbst herbeitelefoniert hatte, um beim Absuchen des Geländes zu helfen. Es lief wie in einem Lehrfilm. Als hätten sich alle verabredet, noch einmal vollkommen neu anzufangen.

Sylke wusste, dass das nur eine Momentaufnahme war. Sie saß auf einem Schleudersitz, der jederzeit auslösen und sie ins Nichts katapultieren konnte. Irgendwo in dieser gottverlassenen Landschaft würde sie landen, mit zerschmetterten Knochen liegenbleiben und verwesen. Sie hörte Stimmen, die diese Fragen stellten: Wieso bist du an diesen abgelegenen Ort gefahren? Woher kam die Information, dass Malte Naujock sich hier befindet? Hat dieser Tom Brauer etwas damit zu tun? Werden wir in dem Haus Spuren von ihm finden? Was weißt du über seinen Aufenthaltsort? In welchem Verhältnis stehst du zu ihm? Seit wann wusstest du von diesem Haus?

Sie würde alle diese Fragen beantworten müssen, aber sie fühlte sich dazu nicht in der Lage. Am Abend zuvor war sie Tom so nah gewesen wie nie zuvor, jetzt stand wegen ihm ihre berufliche Laufbahn auf der Kippe. Und sie konnte sich nicht einmal mit ihm verständigen. Er war verschwunden, wie vom Erdboden verschluckt. Vielleicht war es besser so. Als ein Anruf aus Anklam kam, rechnete Sylke damit, von dem Fall abgezogen oder gleich beurlaubt zu werden. Tatsächlich war es Anke Sikorski, die Leiterin der Kriminalinspektion. Ihre Stimme klang überraschend freundlich. Sie habe von dem Fund eines Toten im Zuständigkeitsbereich von Anklam gehört. Selbstverständlich werde Sylke die weiteren Ermittlungen leiten, da der Fall ja möglicherweise mit dem Fall Krohnhorst zusammenhänge. Überhaupt beobachte sie mit großem Wohlwollen, dass Sylke die jungen Kollegen in Greifswald auf so vorbildliche Weise unterstütze. Wenn sie Verstärkung benötige, solle sie sich melden.

Sylke stotterte einen unbeholfenen Dank ins Telefon und atmete tief durch. Ob ihr etwas fehle, fragte Lisa, als sie die Ermittlungsleiterin wenig später dabei entdeckte, wie sie ein verrostetes Bushaltestellenschild anstarrte. »Nein, nein«, sagte Sylke eilig. »Ihr macht das hervorragend. Ich habe mich gerade nur gefragt, wie sich Naujock in den letzten vierzehn Tagen versorgt hat. Er muss doch eingekauft haben. Das Haus hat vermutlich nicht mal einen funktionierenden Trinkwasserhahn. Wir müssen wissen, wo hier die nächstgelegenen Geschäfte sind.«

Lisa warf einen Blick auf das rostige Schild an der Bushaltestelle. »Hier fahren nur Rufbusse. Bin mir aber nicht sicher, ob der Plan noch stimmt. Müssen wir prüfen. Wir schicken gleich auch einige Kollegen zur Siedlung. Vielleicht hat jemand irgendetwas gesehen.«

Sylke nickte zustimmend und wandte sich ab. Es lief alles so verwirrend normal. Genau das hatte sie sich gewünscht, als sie herkam. Sie fühlte sich wie ein Uhrwerk ohne Zeiger, es arbeitete einfach weiter, in der Hoffnung, dass niemand das Fehlen der entscheidenden Bauteile bemerkte.

Vielleicht würde ja alles irgendwie gut gehen. Aber eigentlich war das gar nicht möglich.

Kurz nach Mittag setzten sie sich in einem Polizeibus zusammen und sammelten die ersten Ergebnisse. Malte Naujock war mit hoher Wahrscheinlichkeit die Treppe heruntergestürzt. Sein Genick war gebrochen, zudem hatte er eine massive Verletzung am Kopf. Der Tod war in der Nacht eingetreten, wohl nach Mitternacht, aber auch nicht viel später als zwei Uhr. Damit war bestätigt, was Sylke schon seit der Entdeckung des Toten befürchtete: Hätte Tom nur rechtzeitig seinen Mund aufbekommen, wäre Malte Naujock noch am Leben. Konnte man daraus eine Mitschuld Toms konstruieren? Und konnte man ihr eine Mitschuld an dieser Mitschuld anhängen? Was, wenn man Tom frühzeitig ordnungsgemäß auf dem Polizeirevier vernommen hätte? Sie musste sich zwingen, dem Gespräch weiter zu folgen. Die Gerichtsmedizinerin konnte Fremdeinwirkung fürs Erste weder bestätigen noch ausschließen. Auffällig an Naujocks Körper war ein gebrochener Finger an der linken Hand. Die Verletzung war schon etwas älter und sie war wohl nur unzureichend behandelt worden. Sylke dachte an Toms Hinweise auf die Starkwind AG, aber sie sagte nichts.

Im Zimmer hatten sie nicht allzu viel gefunden: Der Biologe hatte hier ein dürftiges Leben geführt, mit Pulverkaffee, Knäckebrot und Dauerwurst. Zwischen seinen Lebensmitteln steckte ein vier Tage alter Kassenzettel aus Greifswald. Dort waren die Sachen wohl eingekauft worden. Vermutlich hatte ihn also jemand von außen versorgt. Im Kleiderschrank hatten sie ein Smartphone gefunden, der Akku lag daneben. Sonst gab es wenig Persönliches. Das handgeschriebene Papier enthielt eine Abhandlung über die Intelligenz von Bibern und schien sich irgendwie auf den Tod von Roland Krohnhorst zu beziehen. Die Möglichkeit eines Selbstmordes erschien allen als unwahrscheinlich. Wer sich umbringen will, stürzt sich doch nicht eine Treppe runter. Eher vom Dach. Außerdem hatte Naujock ja ein Gewehr. Das hätte im Zweifelsfall sicher zuverlässiger funktioniert als ein Sprung vom oberen Treppenabsatz.

Am Ende der Besprechung stellte Lisa dann die Frage, auf die Sylke schon lange gewartet hatte.

»Wie kam es eigentlich, dass du hier warst?«

Sylke lauschte genau auf den Klang dieser Worte. Sie hörten sich nach echter Neugier an, nicht nach Taktik oder Intrige.

»Ich habe einen Tipp bekommen«, sagte sie.

»Dazu werde ich später noch mehr sagen. Es wäre gut, wenn wir jetzt alle Dinge abarbeiten, die wir hier vor Ort erledigen können.«

Sie fing einen Blick von Philipp auf, der schon eine Widerrede auf den Lippen hatte. Aber dann begnügte er sich mit einem Gesichtsausdruck, in dem sie Verachtung zu erkennen glaubte. Das Thema war vorerst vom Tisch.

Bevor sie am späten Nachmittag nach Greifswald zurückkehrten, sprach sie ein allzu feierlich klingendes Lob aus. Lisa und Philipp hätten vorbildliche Arbeit geleistet und sie habe gemerkt, dass es auch ohne ihre Anwesenheit rund lief. »Ein klares Zeichen dafür, dass ich hier bald überflüssig sein werde.«

Lisa lächelte freundlich, Philipp nickte vieldeutig.

Es war ein eigenartiges Gefühl, allein ihm Auto zu sitzen, ohne Tom, anders als bei der Herfahrt. Sie hatte während der Stunden in Mariawerth immer wieder nach ihm Ausschau gehalten, hatte erwartet, gefürchtet und gehofft, dass er plötzlich wie ein böser Geist aus den Büschen auftauchte. Aber nirgendwo war etwas von dem ungeordneten, braunen Haarschopf zu sehen, der abgetragenen Wildlederjacke. Er war und blieb verschwunden.

Zurück in Greifswald traf sie auf dem Flur auf einen verärgerten Polizeirat Klüver. Die Boulevard-Zeitung, für die auch der Fotograf Piet Kunkel arbeitete, hatte auf ihrer Internetseite einen mit heißer Nadel gestrickten Bericht über den Tod von Naujock veröffentlicht. Der Grund für Klüvers Empörung war allerdings ein anderer. Neben dem Bericht über Naujocks Tod war eines der Fotos abgedruckt, die aus Krohnhorsts Wohnung verschwunden und dann wieder aufgetaucht waren. Die Redaktion erging sich in wüsten Spekulationen:

Der Naturschützer **Malte N.** (†) *wurde heimlich dabei beobachtet, wie er die Reifen von Roland Krohnhorsts Wagen zersticht. Beide Männer verband ein jahrelanger Streit – nun sind beide tot. Eine spannende Frage ist: Wer hat das Foto gemacht? Was weiß dieser Unbekannte über das Verhältnis zwischen N. und Krohnhorst? Ist er*

vielleicht in den Fall verwickelt? Es könnte der myste-
riöse Unbekannte im Kapuzenpulli sein (wir berichte-
ten). Krohnhorst war in der Stricherszene offenbar re-
gelmäßig unterwegs.

Klüver hatte den letzten Satz mit einer dicken Markierung
versehen. Er nahm Sylke den Computerausdruck aus der
Hand und schlug empört darauf ein, als könne er so den
Urhebern eine Ohrfeige verpassen.

»Hört denn das nie auf mit diesen Spekulationen über
Krohnhorsts Lebensstil?!«, schimpfte er. Offensichtlich hatte
er keine anderen Probleme. Mit einer Geste des Bedauerns
setzte Sylke ihren Weg fort, aber Klüver verfolgte sie wie ein
aufgeregter Schuljunge.

»Sie wissen schon, dass ich dem Bürgermeister zugesagt
habe, dass aus dieser Richtung nichts mehr kommt, oder?«

»Und Sie wissen sicherlich, dass wir im Augenblick mit
der Aufklärung von zwei Tötungsdelikten befasst sind. Für
die Absonderungen der Boulevardpresse habe ich keine
Zeit. Wirklich nicht.«

Sie waren an Sylkes Büro angekommen. Sie nickte dem
Polizeirat zu, trat ein und wollte die Tür sogleich hinter sich
schließen, aber Klüver postierte sich auf der Schwelle.

»Diese Fotos sind doch wieder zurückgegeben worden.
War da nicht diese junge Kollegin, die …?«

Hatte Klüver nicht verstanden, dass man Fotos digita-
lisieren und beliebig oft kopieren konnte? Sylke gab sich
keine Mühe, ihre Empörung zu verbergen. »Ich bin mir si-

cher, dass sie nichts damit zu tun hat. Die Fotos wurden aus Krohnhorsts Wohnung entwendet. Wahrscheinlich hat der Dieb mit der Weitergabe an die Presse etwas Geld verdienen wollen. Auch diese unerfreulichen Formen von Kleinkriminalität verlieren wir nicht aus den Augen, aber derzeit haben andere Dinge Vorrang.«

Sie warf die Tür zu, so dicht vor der Nase des Polizeirats, dass sie mit einem Schmerzensschrei rechnete. Aber es blieb still. Erleichtert atmete sie auf. Sie brauchte dringend einen Moment Ruhe.

28

Sylke hatte ein flaues Gefühl, als sie eine Viertelstunde später die Besprechungsrunde eröffnete. Es widerstrebte ihr, Fragen und Gedanken zu unterdrücken und die Untersuchungen in eine bestimmte Richtung zu lenken. Aber in diesem Fall ging es nicht anders – sie musste dafür sorgen, dass sie selbst nicht ins Fadenkreuz geriet. Sie fürchtete sich vor Fragen, auf die ihr keine passenden Antworten einfallen würden.

Vor allem Philipp hatte sie im Visier. Er saß mit ausgestreckten Beinen am Tisch, vor ihm lag eine Brotdose mit Weintrauben, von denen er hin und wieder eine nahm und lässig darauf herumkaute. Zwischendurch warf er Sylke prüfende Blicke zu.

Da die Spurensicherung am Tatort und die Befragungen noch liefen, waren die Informationen lückenhaft. Gestorben war Naujock irgendwann zwischen Mitternacht und zwei Uhr am Morgen, die Todesursache war nach einer ersten Einschätzung nicht die Kopfverletzung, sondern ein Bruch der Halswirbelsäule.

Ein Kollege aus der Kriminaltechnik hatte inzwischen den in Kaffee getauchten Zettel ausgewertet, der mit der Frage *Können Biber zu Mördern werden?* überschrieben war.

»Es ist – ja, wie soll ich sagen – eine Art Abhandlung«, begann er. Seine Worte klangen unbeholfen, wie der Versuch eines Schülers, eine Geschichte zusammenzufassen, die er nicht verstanden hatte.

»Wenn ich es richtig verstehe«, fuhr der Beamte fort, »versucht Naujock darzustellen, dass Biber außergewöhnlich intelligente Tiere sind. Er geht dann auf den Biberdamm am Prägelbach ein, also da, wo Roland Krohnhorst tot aufgefunden wurde. Und irgendwie …« Er stockte und sah sich hilfesuchend um, aber es gab keine gütige Lehrkraft, die helfend eingreifen konnte.

»Ja, also irgendwie hält er es wohl für möglich, dass die Biber selbst diesen Damm geöffnet haben, um das Opfer, das bewusstlos am Bachufer lag, zu ertränken.« Im Raum entstand Unruhe, einige schüttelten den Kopf, eine Beamtin lachte spöttisch auf.

»Die Rache der Biber«, rief ein anderer in den Raum, mit dem Pathos eines Erzählers von Horrorgeschichten.

Sylke mahnte zur Ruhe. »War das schon alles?«

»Noch nicht ganz. Am Ende des Textes wird es wieder interessant. Da steht: ›Und nein, ich will mit diesen Überlegungen nicht von meiner eigenen Verantwortung ablenken‹.«

Es war einen Moment still im Raum.

»Aha«, ließ sich ein älterer Beamte vernehmen, ohne auszuführen, was er mit diesem Einwurf sagen wollte.

Lisa, die während der gesamten Zeit, stumm und ohne jede Regung zugehört hatte, richtete sich ruckhaft auf.

»Naujock versucht scheinbar, die Biber für Krohnhorsts Tod mitverantwortlich zu machen. Das mag absurd klingen, aber es zeigt doch, dass er nach jedem Strohhalm greift, um sich selbst zu entlasten. Und der letzte Satz – ist das nicht so etwas wie ein Schuldeingeständnis?«

»Das würde gut zu unseren bisherigen Vermutungen passen«, ergänzte Sylke. »In den letzten Wochen ist der Streit zwischen Krohnhorst und Naujock eskaliert. Naujock hat Reifen zerstochen, er wurde dabei fotografiert, wahrscheinlich von Krohnhorst selbst. Dieser hat den Biologen mit den Bildern möglicherweise unter Druck gesetzt. Um Geld ist es dabei mit Sicherheit nicht gegangen, eher darum, dass Naujock nicht mehr juristisch gegen Krohnhorst vorgehen sollte. Vielleicht haben die beiden sich vor Ort verabredet. Das Gespräch mündete in eine Prügelei, Naujock schlug Krohnhorst nieder und verschwand. In seiner Aufregung vergaß er das Fernglas, das er im Gebüsch abgelegt hatte. Vermutlich öffnete er, bevor er sich entfernte, den Damm so weit, dass Wasser herauslief und Krohnhorst ertrank. Kann es so gewesen sein?«

Einige Beamte nickten. Philipp schluckte die letzte Weintraube hinunter und blickte auf. Er wirkte ungeduldig.

»Wir sollten uns dann mal mit dem Tod von Malte Naujock beschäftigen«, sagte er mit einem vorwurfsvollen Unterton, so, als sei das bisherige Gespräch vollkommen belanglos gewesen.

»Okay.« Sylke hielt dem durchdringenden Blick des jungen Kollegen stand. »Es sind ja im Augenblick viele Fragen offen«, fuhr sie fort. »Wer wusste von Naujocks Versteck? Wer hat ihn dort mit Lebensmitteln versorgt? Und für den Fall, dass das Ganze kein Unfall war: Wer hat ihn in seinem

Versteck aufgesucht und die Treppe hinuntergeworfen? Ich meine allerdings, dass wir zunächst noch auf die Informationen aus Mariawerth warten sollten – vor allem sollten wir auf die Ergebnisse der Gerichtsmedizin warten.«

»Warten – das ist keine gute Idee«, gab Philipp zurück. Er sprach jetzt mit einer leisen, drohenden Stimme. »Es gibt noch weitere wichtige Fragen, die wir hier und jetzt beantworten könnten. Zum Beispiel diejenige, warum du, Sylke, ausgerechnet heute Morgen, wenige Stunden nach Naujocks Tod, an diesem abgelegenen Ort warst? Woher die Information stammen, die du …«

»Stopp!«, unterbrach Sylke ihn. Sie versuchte, ein überlegenes Lächeln hinzubekommen. Ihre Stimme klang nicht so souverän, wie sie sollte. »Das klingt so vorwurfsvoll, Philipp, als wolltest du mir etwas vorwerfen. Ist doch eigentlich gut, dass ich den Toten entdeckt habe, sonst hätte er dort vielleicht noch wochen- oder monatelang gelegen.« Sie richtete ihren Blick in die Runde. »Ich kann euch das gern erklären. Heute Morgen kam ein Anruf von dem Privatermittler Tom Brauer. Er ist uns ja bei der Befragung von Dirk Pölzner schon mal in die Quere gekommen und hatte den Auftrag, nach Malte Naujock zu suchen. Er gab mir den Tipp, mir dieses Haus in Mariawerth mal anzusehen. Wie er darauf kam, wollte er nicht sagen. Ich habe ihm sehr deutlich zu verstehen gegeben, dass er sich aus der Sache rauszuhalten hat, und bin hingefahren, obwohl ich nicht geglaubt habe, dort etwas zu finden. Aber wir wissen jetzt alle, dass Brauer mit seinen Vermutungen leider recht hatte.« Sylke hatte sich diese Geschichte sorgfältig zurechtgelegt. Dass Philipp sie nicht schlucken würde, hatte sie schon befürchtet.

»Moment Mal, wir müssen unbedingt wissen, woher dieser Brauer die Information hatte, dass …«

»Ich sagte bereits: Das wollte er mir nicht verraten. Ist ja im Augenblick auch nicht so wichtig.«

»Ich finde schon, dass wir …«

»Nein, jetzt rede ich!« Sylke stand auf. Sie spürte, dass sie die Zügel in die Hand nehmen musste, wenn sie sie nicht endgültig verlieren wollte. »Wir waren eben bei den offenen Fragen und ich muss mich sehr wundern, dass ihr eine Frage überhaupt nicht gestellt habt: Vor wem und warum hat sich Naujock versteckt? Wieso hat er es zwei Wochen in diesem Zimmer ausgehalten? Hat er sich da verkrochen, weil er für den Tod von Krohnhorst verantwortlich ist? Er ist doch schon eine Woche vorher verschwunden! Und wir haben über eine weitere Sache nicht gesprochen, die uns die Gerichtsmedizin schon mitgeteilt hat: Naujock hatte eine Verletzung, die schon älter ist und nicht medizinisch behandelt wurde – ein gebrochener Finger. Wir haben es leider bislang versäumt, mit Tanja Grundler zu sprechen, seiner Geliebten. Sie wird uns von Drohungen gegen Naujock erzählen, die in dem gebrochenen Finger mündeten. Das war der Grund, warum sich Naujock versteckt hielt. Er wurde bedroht. Dahinter steckt vermutlich ein jahrelanger Streit um einen Windpark auf der Friedländer Großen Wiese. Ich muss zugeben, dass ich diese Information unterschätzt habe – sonst hätte ich sie früher weitergegeben. Wir müssen uns unbedingt die Leute ansehen, die diese Millioneninvestition umsetzen wollen. Es handelt sich um örtliche Landwirte und Landbesitzer, außerdem die Firma Starkwind AG in Anklam. Das werden wir ab sofort mit allen Kräften untersuchen. Was ist mit dieser Fima, wie steht sie wirtschaftlich da? Gab es schon strafrechtliche Ermittlungen? Kommt, Leute, dieser Punkt könnte entscheidend sein! Wir sollten da mit dem großen Besteck drangehen – am besten eine Durchsuchung der Firmenzentrale. Ich werde das morgen beantragen.«

Sylke hatte noch nie eine solche Einpeitscherrede gehalten. Sie verfehlte ihre Wirkung nicht. Die Ermittler sahen betreten in die Runde und gerieten im nächsten Augenblick in Unruhe. Irgendwer hatte schon von dem Streit um ein Grundstück gehört, ohne das der Windpark nicht gebaut werden konnte. Und ja, es gab angeblich auch Ärger wegen illegal getöteter Greifvögel. Eine Bürgerinitiative versuche, jede Bebauung auf der Wiese zu verhindern, die Fronten seien verhärtet. Alle waren sich darin einig, dass man dieser Angelegenheit nachgehen müsse.

Sylke war zufrieden. Nur Philipp starrte sie grimmig an. Sie wusste, dass ihre Strategie der Ablenkung bei ihm nicht verfing.

29

In den folgenden zwei Stunden ließ Sylke die Tür ihres Büros offenstehen und ging so oft, wie es sich irgendwie rechtfertigen ließ, an dem Raum vorbei, in dem Lisa und Philipp arbeiteten. Sie spürte, dass Philipp etwas vorhatte, aber sie wusste nicht, was es war. Oder litt sie schon unter Verfolgungswahn? Die Ereignisse der letzten vierundzwanzig Stunden hatten sie durchgeschüttelt. Sie war erschöpft und fühlte sich leer. Aber sie durfte nicht die Kontrolle verlieren. Gegen achtzehn Uhr kam ein Techniker hoch und brachte das Telefon zurück, das bei Malte Naujock gefunden worden war.

»Kommen Sie, wir gehen rüber zu den Kollegen«, sagte Sylke. Es war eine weitere Gelegenheit, Philipp im Auge zu behalten. Der Techniker berichtete, dass er den Speicher habe auslesen können und er darin nur zwei Telefonnummern gefunden hatte, über die Naujock in den vergangenen vierzehn Tagen Kontakt nach außen hatte. Sylke platzte mit ihrer ersten Vermutung heraus wie eine Polizeischülerin.

»War Krohnhorst dabei?«

Der Mann schüttelte den Kopf.

»Ich habe das überprüft – leider nein. Zu einer Nummer konnte ich keinen Namen ermitteln, eine nicht registrierte Karte, wie es scheint. Die zweite Nummer gehört zu einem gewissen Viktor Oprak. Er taucht in den bisherigen Ermittlungen nicht auf.«

Irritiert sah sich Sylke um. Philipp hatte die Brauen grimmig zusammengezogen, Lisa sah aus, als habe sie die falschen Pilze gegessen. Der Techniker hatte bereits Opraks Adresse ermittelt und reichte Sylke den Zettel.

»Ich kann das übernehmen und mir den Mann mal ansehen«, sagte Lisa. Sylke horchte auf. Diese Einsatzfreude kam ihr merkwürdig vor. Sonst gehörte Lisa eher zu den Menschen, die etwas länger überlegen, bevor sie sich für eine Aufgabe melden.

»Überlass das lieber Philipp«, sagte sie möglichst unverfänglich. »Es wäre mir lieber, wenn du gleich morgen Früh nochmal bei der Universität vorbeifährst. Was in deinem Bericht von gestern Abend stand, fand ich noch nicht sehr ergiebig. Wir müssen noch mehr über Naujock wissen.« Sie selbst, verkündete sie, wolle mit Tanja Grundler Kontakt aufnehmen. Vorläufig aber wünschte sie den beiden anderen einen erholsamen Feierabend. »Seht zu, dass ihr morgen ausgeruht seid. Es wird wieder ein langer Tag.«

Sylke ging in ihr Büro. Anstatt sich an den Schreibtisch zu setzen, postierte sie sich an der Tür und beobachtete von dort aus den Flur. Lisa trat den Heimweg an, mit Mantel und Mütze war sie fast schon winterlich gekleidet. Geduldig harrte Sylke auf ihrem Posten aus. Endlich erschien auch Philipp. Er hatte eine schwarze Mappe bei sich und ging zum Treppenhaus. Eine Jacke trug er nicht. Sylke konnte durch die Flurtür beobachten, dass er die Treppe nach oben nahm. In diesem Moment wusste sie, was er vorhatte. Sie eilte zum Aufzug und drückte auf den obersten Knopf. Unendlich lange dauerte es, bis die Türen geschlossen waren, sich die Kabine in Bewegung setzte, sanft stoppte und quälend lange verharrte, bevor die beiden Türflügel ihr endlich den Weg freigaben. Sie eilte den Flur hinunter, gerade noch rechtzeitig, um die nahende Katastrophe zu erkennen. Philipp stand vor dem Büro von Polizeirat Klüver. Er hatte die Hand gehoben und würde im nächsten Moment gegen seine Tür klopfen.

»Stopp, warte!« Sie rannte auf ihn zu. Philipp sah sie mit einem Ausdruck unendlicher Verachtung an. Sylke war noch fünf Meter von ihm entfernt, seine Hand nur noch zehn Zentimeter von der Bürotür.

»Das tust du nicht!«, rief sie.

In seinem Gesicht zeichnete sich ein Grinsen ab, die ohnehin breiten, von einem Bart überwucherten Wangen kamen Sylke vor wie die Backen eines garstigen Hamsters. Beinahe genüsslich holte er aus und seine Hand ... ging ins Leere. Sylke hatte zu einem katzenhaften Sprung angesetzt und sich mit ihren bescheidenen 62 Kilogramm gegen ihren Untergebenen geworfen. Es reichte immerhin, um den stämmigen Kerl aus dem Gleichgewicht zu bringen, er stolperte mehrere Meter zur Seite, schien zu fallen, konnte sich dann aber doch noch auf den Beinen halten, während Sylke zu Boden fiel. Dort landete auch die Mappe, die ihr Widersacher in der Hand gehalten hatte. Papiere und Fotos flatterten über den Flur. Philipp gab ein erstauntes Ächzen von sich. Sylke kümmerte sich nicht darum, sondern hob, noch immer auf dem Boden sitzend, eines der

Bilder auf, das herabgefallen war. Es war gegen den hellen Abendhimmel fotografiert, eine Szene am Kai der Museumswerft. Man konnte zweifelsfrei erkennen, wie sie, Sylke Bartel, an Bord einer altmodischen Barkasse stieg, während der Privatermittler Tom Brauer sie mit einer Mischung aus Skepsis und Neugier vom Oberdeck des Wasserfahrzeugs aus beobachtete.

»Du ... spionierst mir nach?« Sie stand auf und strich sich den Staub vom Ärmel und von den Hosenbeinen. Philipp sah sie feindselig an. »Ich glaube nicht, dass du hier noch tragbar bist. Und das werde ich Klüver sagen.«

Sylke ging einen Schritt auf ihn zu, das Foto in der Hand. Sie sprach leise, drohend, jedes Wort in tödliches Gift getaucht. »Du wirst Klüver überhaupt nichts sagen. Du hebst jetzt die restlichen Sachen da auf. Und dann kommst du mit in mein Büro. Auf der Stelle. Das ist eine dienstliche Anweisung!«

Philipp presste die Lippen zusammen. Sylke wusste, dass sie nichts mehr zu verlieren hatte. Sie hatte nichts in der Hand. Nichts außer der brüchigen Hierarchie des Polizeiapparates. In diesem Moment ging die Tür zu Klüvers Büro auf. Der Polizeirat kam heraus, gekleidet mit einem langen blauen Mantel und einer schräg sitzenden Schiebermütze.

»Nanu, was ist hier los?«

»Wir sind etwas unglücklich zusammengestoßen«, sagte Sylke lächelnd, »und das ausgerechnet vor Ihrem Büro.«

»Wollten Sie zu mir?«

»Nein, nein. Genießen Sie Ihren Feierabend. Es eilt nicht.«

Klüver zuckte mit den Schultern und ging los, während Philipp sich tief hinab beugte und seine Sachen aufhob.

Wenig später saß er Sylke gegenüber, die Arme verschränkt und mit dem Blick eines hungrigen Grizzlybären. »Ich habe eben nur deshalb nichts gesagt, weil ich dir noch die Chance geben wollte, selbst die Reißleine zu ziehen.«

Sylke sah ihn an. Ihr Oberkörper war kerzengerade aufgerichtet. »Wie nett. Was erwartest du?«

»Ich will, dass du morgen früh deinen Rücktritt von deiner Tätigkeit hier erklärst. Das Spiel ist aus.«

»Welches Spiel? Wovon redest du?«

»Du blockierst systematisch die Ermittlungen, sobald dieser Tom Brauer ins Spiel kommt. Er ist ein wichtiger Zeuge, mit dem du dich privat triffst. Du hast behauptet, er hätte dich heute Morgen angerufen. Aber das stimmt nicht. Ihr habt gestern Abend auf seinem Boot rumgeturtelt. Da hat er dir wahrscheinlich schon gesagt, wo Naujock steckt. Aber du hattest wohl Besseres zu tun, als dich darum zu kümmern. Wenn du sofort reagiert hättest, könnte der Mann noch leben. Und wer weiß, wie lange Brauer schon wusste, wo er steckt. Vielleicht war er ja selbst auch schon da. Oder war er derjenige, der ihn die Treppe runtergestoßen hat? Werden wir seine Spuren in dem Haus finden? Dieser Brauer steckt da bis zum Hals mit drin. Und du inzwischen auch.«

Sylke schnippste einen Krümel vom linken Ärmel ihrer Bluse. Sie sah Philipp mitleidig an.

»Ich stehe vor einem großen Rätsel«, sagte sie. »Und zwar seit dem Moment, in dem wir, nein, eigentlich du, gefragt wurdest, ob die Greifswalder Kripo den Fall des Toten vom Prägelbach übernehmen könnte. Seit diesem Moment habe ich das Gefühl, dass du auf eine grimmige, ja aggressive Art und Weise versuchst, meine Arbeit zu unterlaufen. Ich verstehe nicht, woher diese Aggression kommt. Aber sie ist da. Kannst du sie mir erklären?«

Philipp schien mit dieser Frage nicht gerechnet zu haben. Er hätte sie aber wohl so oder so nicht beantwortet.

»Ich glaube, letztendlich richtet sich deine Aggression gegen dich selbst«, fuhr Sylke fort. »Du kannst es dir nicht verzeihen, dass du in diesem allerersten Moment gekniffen hast. Du musstest es mir, der auswärtigen Kollegin, der FRAU, überlassen, die Arbeitsbereitschaft der Greifswalder Kripo zu verkünden. Und dann wurde ich auch noch mit der Leitung der Ermittlungen betraut. Eigentlich könntest du sagen: ›So what? Wenn der Fall gelöst ist, dann ist die Frau wieder weg. Und dann werde ich mich bewähren.‹ Aber nein, du empfindest offenbar eine unerträgliche Demütigung. Eine Offenlegung deiner Schwäche. Ist es so?«

Philipp schwieg weiterhin. Sylke zwang sich, die Stille auszuhalten. Lag sie vollkommen daneben? Oder hatte sie einen Punkt getroffen? War dieser junge Mann, der so kräftig und männlich daherkam und so viel gesundes Obst in sich hineinstopfte, wirklich so empfindlich?

Philipp blickte auf seine Hände, als müsse er den Zustand seiner Fingernägel gründlich überprüfen und sah dann zu Sylke auf.

»Ich bin froh, wenn dieser Scheiß hier aufhört.«

Das war der Moment, in dem Sylke laut wurde. »So, mein Freund, jetzt werde ich dir mal was sagen: Dieser Scheiß wird nie aufhören, wenn du deine Einstellung nicht änderst. Wenn ich morgen gehe, was hast du davon? Du wirst die Ermittlungen übernehmen müssen. Und dann?«

»Dann nehme ich mir als erstes den Brauer vor.«

»Was zu nichts führen wird. Er kann gar nicht der Täter sein. Ich war die ganze Nacht mit ihm zusammen.«

Philipp sah sie mit Gesichtsausdruck eines Schafes an. So viel Offenheit hatte er nicht erwartet.

»Und ja, ich kenne ihn schon lange. Wir haben einiges zusammen erlebt. Stimmt. Aber dafür kann ich nichts. Er hat mir leider erst heute Morgen gesagt, wo sich Naujock aufgehalten hat. Das nehme ich ihm sehr übel. Aber es ist jetzt nicht mehr zu ändern. Brauer war schon vor drei Tagen bei Naujock. Deshalb werden wir auch Spuren von ihm im Haus finden. Wir können uns damit lange beschäftigen. Wir können ihn vernehmen, wir holen uns seine DNA – alles kein Problem. Aber so finden wir den Täter nicht.«

Philipp zog eine Schnute.

»So leicht kommst du aus der Nummer nicht raus.«

»Ich habe weniger zu verlieren als du, mein Lieber.«

»Was soll der Quatsch? Willst du mir drohen?«

»Ich sage nur: Piet Kunkel. Ist ein alter Freund von dir, dieser Schmierfink mit Kamera, oder?«

Philipp schüttelte den Kopf.

»Ihr trefft euch gelegentlich, telefoniert auch mal. Zum Beispiel an dem Abend, als Piet vor dem Haus von Krohnhorst mit Lisa zusammengerasselt ist. Lisa hat ihm nichts von Stricherszene gesagt, sondern du, abends am Telefon.«

»Wie kommst du denn da drauf?«

»Ich habe mir nochmal Piets Bericht angesehen – oder wie soll man dieses Machwerk nennen? Da stand, dass Lisa den Mann im Kapuzenpulli bis zum Marktplatz verfolgt hat. Woher wusste Piet etwas vom Marktplatz? Zu dem Zeitpunkt war doch völlig unklar, wohin der Kapuzenpulli laufen würde.«

Philipp ließ seine rechte Hand lässig durch die Luft wirbeln. »Vielleicht hat Piet von der Festnahme auf dem Markt gehört. Oder er ist selbst auch noch hingegangen?«

»Der Fettsack? Mit seiner schweren Kamera? Nein, ganz bestimmt nicht. Du hast mit ihm gesprochen. Noch an dem Abend, nachdem Lisa hier saß und alles erzählt hat. Du hast Piet gesagt, er soll ruhig die Sache mit dem Strichermilieu schreiben.«

»Ganz bestimmt nicht.«

»Ihr habt einen Deal, Piet und du. Du lieferst ihm Material, dafür tut er was für dich, wenn's gerade passt.«

»Denkst du dir diese Märchen selbst aus?«

»Du warst auch derjenige, der ihm das Foto gegeben hat, auf dem Malte einen Reifen zersticht.«

»Nein!«

»Komm, gibs zu. Sei kein Frosch.«

»Vielleicht waren das die Leute aus der Poststelle. Weißt du, was die verdienen? A 5 oder so. Davon kannst du dir nicht mal zwei Wochen Urlaub im Harz leisten.«

»Die haben keinen Kumpel, der Piet heißt.«

»Wie kommst du eigentlich drauf, dass wir beide …?«

»Ihr wart an der gleichen Schule und habt im gleichen Jahr Abitur gemacht. Steht alles auf einer Internetseite für ehemalige Schüler. Ja, man sollte wissen, welche Spuren man so im Netz legt.«

»Ja gut, wir kennen uns, aber das heißt noch nicht, …«

»Soll ich ihn vorladen? Mit seiner Chefredaktion sprechen? Ich kann auch zur Konkurrenz gehen und denen stecken, was hier läuft.«

Sylke beobachtete, wie Philipp auf seinem Platz hin und her rutschte. Dann versuchte er einen neuen Angriff. »Was ist mit dem Typ, der die Bilder geklaut hat? Oder frag mal Lisa, vor die du dich so gern schützend stellst! Die hat auch ihre Probleme. Ihre Abgründe. Wusstest du, dass wir ihren Vater vor einem halben Jahr volltrunken aufs Revier gebracht haben? Das ist eine total verkrachte Existenz. Überschuldet, versoffen, haltlos.«

Sylke spürte, dass ihr Puls davongaloppierte wie ein durchgeknallter Araberhengst. Wie konnte jemand so gehässig sein? Nein, sie durfte nicht ausrasten, sie musste die Kontrolle behalten. »Der Kapuzenpulli ist ein lichtscheues Wesen«, sagte sie atemlos. »Und Lisa? Was sollte ihr das nützen? Ein paar Euro mehr würden ihre Situation nicht ändern. Der einzige, dem es nützt, bist du. Du festigst deine Beziehung zu Piet Kunkel und schaffst schlechte Stimmung gegenüber Lisa, weil sie mit diesen Bildern in Verbindung gebracht wird. Bei Polizeirat Klüver hat das schon funktioniert. Du willst vor allem Lisa schaden. Weil du Angst hast, dass sie hier die Leitung übernehmen könnte.«

Sie beugte sich vor und sah Philipp in die Augen. »Wir könnten uns jetzt beide gegenseitig in die Pfanne hauen. Aber du hast mehr zu verlieren als ich. Ich kriege einen Eintrag in die Akte und mache dann halt in Stralsund oder sonstwo weiter. Vielleicht auch eine Gehaltsstufe niedriger. Ist mir egal. Bei dir ist der Einsatz höher – du hast noch deine ganze Dienstlaufbahn vor dir. Überleg dir also genau, was du tust. Du kannst morgen früh zu Klüver gehen. Erzähl ihm alles, wenn er Zeit dafür hat. Ich werde dich nicht daran hindern. Aber mach es bitte außerhalb deiner Arbeitszeit, du wirst hier nämlich für andere Dinge gebraucht.«

Sie hob das Foto hoch, das sie und Tom zeigte. »Darf ich das behalten? Als kleines Andenken? Den Rest kannst du mitnehmen. Auf Wiedersehen.«

30

Tom war kilometerweit über Feldwege geirrt, hatte Wiesen und sumpfige Brachen durchquert. Seine Füße und seine Hose waren nass, sein Gesicht zerkratzt, sein Kopf leer und zugleich übervoll mit Selbstvorwürfen und Was-wäre-passiert-wenn-Fragen. Und immer wieder dieses Bild: Malte, am Fuß der Treppe liegend. War das wirklich der Mann, den er zwei Tage zuvor aufgesucht hatte? Oder nur eine Hülle, eine Attrappe? Er wünschte es sich so sehr, aber am Ende war alles ganz klar und einfach: Malte war tot und er, Tom Brauer, hatte versagt. Er hätte das verhindern können. Stattdessen hatte er mit Sylke auf der MATHILDA gesessen und Wein getrunken, hatte … ach, es war erbärmlich.

Wenn er auf seinem Irrlauf innehielt, dann nur, um sich die Haare zu raufen oder mit den Fäusten gegen seinen Schädel zu schlagen. Er wollte gar nicht daran denken, wie sehr er Tanja Grundler enttäuscht hatte. Wie sollte er jetzt noch mit ihr reden? Wie sollte er überhaupt weitermachen? Er musste aufhören, mit diesem Job als Privatermittler. Die Sache war schief gegangen.

Er dachte daran, wie er angefangen hatte, eineinhalb Jahre zuvor. Er hatte die Leiche eines Jungen gefunden. Dieser Anblick war so verstörend gewesen, dass er sich in die Ermittlungen eingemischt hatte. So war er zu seiner neuen Tätigkeit gekommen. Jetzt hatte er wieder eine Leiche entdeckt, aber dieses Mal war er selbst in den Fall verwickelt.

Er hatte Maltes Versteck gekannt. Sein Wissen hätte den Biologen retten können. Es fühlte sich so an, als wäre er selbst der Täter.

Nach einem stundenlangen Irrweg, der ihn schließlich in ein größeres Waldstück geführt hatte, besann er sich darauf, dass er irgendwie zurückfinden musste. Es war ausgeschlossen, nach Mariawerth zurückzukehren. Mariawerth, das war jetzt ein Nichtort, ein Punkt auf dem Globus, dem er sich nicht mehr nähern wollte. Mithilfe seiner Wander-App stellte er fest, dass er sich wenige Kilometer südlich von Ferdinandshof befand. Nach einer weiteren Stunde Fußmarsch erreichte er den Haltepunkt an der Bahnstrecke und fuhr mit einem Regionalzug nach Greifswald. Als er vollkommen erschöpft an der Museumswerft ankam, wurde es bereits dunkel. Er aß ein Stück Brot, trank eine Flasche Bier und ließ sich in seine Koje fallen. Es war keine 24 Stunden her, dass er hier zusammen mit Sylke gelegen hatte, aber es kam ihm vor, als wären seitdem Wochen vergangen.

31

Am Abend war Sylke so erschöpft gewesen, dass sie nicht einmal mehr in der Lage war, das schlichte Hotelzimmer als einsamen Ort wahrzunehmen. Sie hatte ein halbes Glas Wein getrunken und war vor dem Fernseher eingeschlafen. Nachdem sie sich die Zähne geputzt hatte, war sie wieder wach genug, um noch einige Augenblicke lang über diesen wirren Tag nachzudenken. Es war eigentlich kein wirkliches Nachdenken, ihre Gedanken sausten wie freche Kinder auf einem Karussell an ihr vorbei und sie versuchte jedes Mal, wenn eines vorbeikam, es festzuhalten. Aber sie erwischte sie nie. Und eigentlich mochte sie auch keine Kinder.

In der Nacht schlief sie unruhig, wachte immer wieder auf. Bilder geisterten durch ihren Kopf, verzerrt und undeutlich, als wären sie auf ein Tuch projiziert, das bei Windstärke Zwölf an einer Leine hängt. Am frühen Morgen fand sie sich auf einem Hochsitz wieder; es musste derjenige sein, von dem aus sie zusammen mit Philipp nach Pölzner gesucht hatte. In ihrem Traum saß sie allein auf dem Hochsitz und zielte mit einem Gewehr ins Gelände. Immer wieder tauchten Köpfe aus dem Dickicht auf und verschwanden sogleich wieder. Sie erkannte Lisa. Dann Philipp. Polizeirat Klüver. Sylke ärgerte sich, dass ihr immer nur Polizisten vor die Flinte kamen und keine möglichen Täter. Irgendwann entdeckte sie Tom, der in aller Ruhe am Waldrand entlang spazierte. Es war ihr inzwischen egal, wer sich ihr

240

anbot. Irgendwen musste es halt treffen. Sie hob das Gewehr und schoss. Im gleichen Moment schreckte sie aus dem Traum hoch.

Als sie ins Polizeirevier kam, waren Philipp und Lisa bereits unterwegs, um ihre Aufträge abzuarbeiten. Sie rief wegen einer Durchsuchung bei der Starkwind AG die Staatsanwältin an. Aber die verweigerte ihr die Genehmigung. Es sei nicht genügend belastendes Material vorhanden. Das Mindeste sei eine glaubwürdige Aussage der Zeugin Tanja Grundler. Aus dieser Aussage müssen sich klare Hinweise darauf ergeben, dass die Starkwind AG Naujock bedroht habe. Eben diese Aussage hätte Sylke liebend gern abgeliefert. Schon am Morgen hatte sie nach Ueckermünde fahren wollen, um die Frau des Pastors dort aufzusuchen. Aber weder sie noch ihr Mann waren telefonisch zu erreichen. Deshalb zögerte Sylke, die weite Autofahrt zu unternehmen.

Gegen zehn Uhr kam Philipp zurück. Er hatte Viktor Oprak zu Hause angetroffen, in einer sehr ungepflegten Wohnung, wie er sagte. Er habe sich dort umgesehen und auf einem Wäscheständer einen grünen Kapuzenpullover entdeckt. Daraufhin hatte er Viktor vorläufig festgenommen, wegen des Verdachts auf Einbruch bei Krohnhorst und Körperverletzung zum Schaden der Kriminalkommissarin Lisa Kaup.

Auf dem Flur, nicht weit vom Vernehmungsraum entfernt, berichtete Philipp von diesen Ereignissen. Er sprach sachlich und unaufgeregt, beinahe so, als habe es die Auseinandersetzung vom Vortag nicht gegeben. Sylke ließ sich auf diesen Gesprächsmodus ein. Was blieb ihr auch anderes übrig? Dass Philipp ihr einen Waffenstillstand anbieten würde – damit war nicht zu rechnen. Immerhin war er wohl nicht zu Klüver gegangen. Das deutete darauf hin, dass sie mit ihrem Verdacht nicht ganz falsch gelegen hatte.

Noch während sie mit ihm sprach, bemerkte sie, dass auch Lisa wieder eintraf. Sie sah außerdem, dass Lisa hinter einer Tür verschwand. War das nicht das Zimmer, in dem sich Viktor Oprak befand?

Sylke ließ Philipp stehen und eilte in den Überwachungsraum nebenan. Durch die verspiegelte Scheibe sah sie Viktor, der am Tisch saß und zum Eingang blickte, wo Lisa stand und etwas sagte. Sylke griff eilig nach einem Kopfhörer und schaltete das Mikrofon ein. Es dauerte alles viel zu lange. Sie konnte noch hören wie Lisa sagte: »… konnte nichts machen. Wirklich nicht. Ich versuche, dir zu helfen.« Dann verschwand sie draußen auf dem Flur.

Sylke legte den Kopfhörer zur Seite und betrachtete Viktor Oprak. Was lief da zwischen ihm und Lisa?

Laut Akten war Viktor zwanzig Jahre alt, sein fast noch kindliches Gesicht ließ ihn aber jünger wirken. Sehr schlank war er, fast schmächtig. Einige der Jungs, die auf den Strich gingen, waren magersüchtig, hatte Sylke gehört.

Als er die Arme auf dem Tisch verschränkte, um dann seinen Kopf darauf zu legen, machte sie sich auf die Suche nach Philipp. Er war inzwischen in seinem Büro angekommen. Sylke hörte, wie er mit Lisa sprach, und blieb am Eingang stehen, ohne dass die beiden sie bemerken konnten.

»Ich denke, das ist der Typ, der dich niedergeschlagen hat«, sagte Philipp. »Ich bin mir sogar ziemlich sicher.«

Lisas Stimme klang dünn und müde.

»Aber so einen Kapuzenpulli hat doch irgendwie jeder. Das wird nicht reichen, um ihn zu überführen.«

»Wir werden ja sehen – immerhin haben wir etliche Spuren aus Krohnhorsts Wohnung. Wenn es Übereinstimmungen gibt, dann war's das für ihn. Weißt du noch, ob er Handschuhe trug, als du ihm nachgelaufen bist?«

Lisa antwortete nicht. Vermutlich schüttelte sie den Kopf. Philipp fuhr fort. Er schien seinen Ehrgeiz wiedergefunden zu haben.

»Du solltest dir ihn auch mal ansehen. Vielleicht gibt es ja doch etwas, das du wiedererkennst, seine Statur, sein Gang.«

»Ja, vielleicht.« Ihre Motivation, zur Aufklärung beizutragen, war überschaubar. Sylke entschloss sich, ihren Lauschposten zu verlassen, und betrat das Büro.

»Ich habe mir etwas überlegt«, sagte sie.

»Wir werden den bisherigen Plan ändern. Philipp und ich werden uns mit Viktor Oprak beschäftigen. Ich glaube, es ist wichtig, dass wir ihm massiv auf den Zahn fühlen. Das ist einer, der etwas Druck braucht, damit er redet. Und du, Lisa, fährst nach Ueckermünde. Ich konnte die Pastorenfrau telefonisch bislang nicht erreichen. Wir müssen aber dringend mit ihr reden. Versuch es mal in der Privatwohnung. Wenn da niemand ist, auch gern in der Kirche oder im Pfarrbüro.«

Lisa nickte. Sie wirkte blass und verschlossen. Es gab einen Pakt zwischen ihr und Oprak. Der Ausgangspunkt schien Krohnhorsts Wohnung zu sein. Irgendetwas musste dort vorgefallen sein.

Sylke betrachtete die beiden jungen Kommissare. Dass Philipp gegen sie agierte, konnte sie inzwischen ertragen. Das war ein mehr oder weniger offener Kampf, den sie bis zum Ende ausfechten würde. Aber dass auch Lisa sie hinterging, war eine echte Enttäuschung.

32

Als sie auf der Bundesstraße 109 über Anklam nach Ueckermünde fuhr, konnte Lisa die Tränen nicht länger zurückhalten. Sie wischte sie weg, um die Straße wenigstens einigermaßen klar erkennen zu können. Warum nur hatte sie
in dieser schwachen Sekunde geglaubt, sie könne mit einem
Griff in Krohnhorsts Schublade irgendwelche Probleme lösen? Und warum ließ dieser Idiot so viel Bargeld herumlie-
gen? Die Frage nach dem Warum quälte sie seit Tagen, aber
am Ende würde sich niemand dafür interessieren. Am Ende
würde nur zählen, dass Viktor Oprak sie dabei beobachtet
hatte, wie sie eine Handvoll Geldscheine in ihre Hosenta-
sche steckte. Und dass er sie, am Boden liegend, inmitten
der Geldscheine fotografiert hatte. Man würde sie als billige
kleine Diebin betrachten, die einmal in die Kasse greift und
dann wegrennt. Wie hatte sie nur so dumm sein können?
Sie hatte Viktor versprochen, dass sie ihn aus den Ermittlungen heraushalten würde. Dafür hatte er ihr die Abzüge
der Reifenstecherfotos gegeben. Auch das Bild, das er von
ihr angefertigt hatte, das Bild mit den Geldscheinen, hatte
er vor ihren Augen von seinem Handy gelöscht, aber sie war
sicher, dass irgendwo in seiner verkommenen Wohnung
noch ein Stick mit einer Kopie lag und in irgendeiner ver-
fluchten Cloud eine weitere Kopie herumgeisterte. Jetzt saß
er auf dem Polizeirevier und wurde von Philipp und Sylke
in die Mangel genommen. Der Gedanke war unerträglich.

Sylke war längst misstrauisch geworden, das hatte Lisa ge-spürt. Sie würde nicht lockerlassen, bis sie wusste, was los war. Und warum sollte Viktor jetzt noch Rücksicht nehmen?

Als sie Ueckermünde erreichte, war sie fertig mit Heulen und in einer Stimmung dumpfer Verzweiflung. Es war ihr beinahe egal, ob sie Tanja Grundler antreffen würde oder nicht. Sie kam sich vor wie ein ermittelnder Roboter, der an den hübschen Häusern am Hafen entlang stapfte, ohne jede Empfindung. Sie blieb vor einem dieser Häuser stehen, über-prüfte die blassgelbe Fassade und drückte auf die Klingel-taste. Sie wartete, klingelte ein zweites Mal, wartete wieder. Nach einer halben Minute drehte sie sich einmal um sich selbst, überblickte ohne jede Emotion den still da liegenden Hafen, die wenigen Angler, die plumpe Hansekogge UCRA ein dunkler Bote aus einer vergangenen Zeit.

Um zu Kirche und Pfarramt zu gelangen, umrundete Lisa, innerlich noch immer unbeteiligt, den Häuserblock und kam auf einen Fahrweg, der den großspurigen Namen Schlossallee trug. Er führte an der rückwärtigen Seite der Hafengrundstücke entlang. Sie hielt es für unwahrschein-lich, den Pastor oder seine Frau in ihrem Garten anzutref-fen, aber sie öffnete trotzdem das Tor, durch das man das Grundstück von hinten betreten konnte. Alles wirkte ver-lassen, die Beete waren gepflegt und schon für den Winter vorbereitet. An der Grundstücksgrenze stand ein hölzer-ner Geräteschuppen. Sie glaubte, eine Bewegung wahrzu-nehmen, und ging näher heran. Etwas zuckte hinter einer Scheibe und verschwand wieder. Dann sah sie es deutlicher:

Es war ein Vogel, der wohl durch das gekippte Fenster ins Innere des Schuppens gelangt war und nicht mehr herausfand. Lisa drückte die Klinke der hölzernen Tür hinunter, aber sie war abgeschlossen. Erst später wurde ihr klar, dass es diese kleine Blaumeise war, die ihre eigenen Lebensgeister wachrief. Sie konnte es nicht ertragen, diesem verzweifelt hin und her flatternden Vogel zuzusehen. Sie musste etwas tun. Vorsichtig griff sie durch den Spalt des gekippten Fensters und versuchte, den Griff zu erreichen, aber der Durchlass war zu eng. Sie presste ihre Hand noch weiter in den Spalt, sie spürte, wie die Fensterkante in ihren Unterarm schnitt. Es ging nicht. Der Vogel geriet durch die Befreiungsbemühungen endgültig in Panik. Er prallte gegen eine Wand, stürzte ab, war aber schon nach wenigen Sekunden wieder in der Luft. Lisa wurde wütend. Sie musste diesen Vogel befreien. Es war nicht nur der Vogel. Sie musste etwas befreien, sie musste wieder atmen können. Es war wie ein Zwang. Sie hatte schon einen Stein in der Hand, um die Scheibe einzuschlagen, entschied sich dann aber dafür, es zunächst mit der Tür zu versuchen. Die Beschläge waren schon alt, sie gaben etwas nach, als sie gegen die Tür drückte. Sie blickte sich um. Niemand war zu sehen. Nicht eine Sekunde lang dachte sie darüber nach, ob es in ihrem Aufgabenbereich lag, in ein Gartenhaus einzubrechen, um eine Blaumeise zu befreien. Sie trat drei Schritte zurück und warf sich dann mit Anlauf gegen die Tür. Mit einem überraschend lauten Scheppern sprang die hölzerne Pforte auf, Teile der Verriegelung flogen ins Innere der Hütte. Im gleichen Moment spürte sie ein Kratzen an der Schläfe. Die Blaumeise raste mit aller Macht ins Helle und streifte dabei Lisas Kopf. Sie wandte sich um und sah ein hektisch durch die Luft wirbelndes Lebewesen, das in heller Freude über die wiedergewonnene Freiheit in die Höhe stieg und über dem Nachbargrundstück verschwand.

Der Lärm der aufspringenden Tür hatte offenbar niemanden aufgeschreckt. Lisa warf einen letzten Blick ins Innere der Hütte und zog dann vorsichtig die Tür hinter sich zu. Das aufgesprengte Schloss war ein weiteres Zeugnis ihrer eigenwilligen Art, den Polizeidienst zu versehen. Aber es war ihr so egal, wie ihr selten etwas egal gewesen war. Etwas anderes war wichtig: Sie spürte wieder etwas, sie hatte Teil an dem winzigen Glück eines Vogels, der seine Freiheit wiedergewonnen hatte.

Sie hatte die Tür des Gartenhauses schon wieder geschlossen, als sie doch noch einmal umkehrte. Da stand vor einem Regal mit Blumentöpfen und Werkzeug ein Paar verdreckter Gummistiefel. Eigentlich nichts Ungewöhnliches. Der Boden in diesem Garten war lehmig, an einigen Stellen stand Wasser. Stiefel waren da sicher sehr hilfreich. Lisa ging dennoch zurück, nahm die Stiefel und holte sie aus der Dämmerung der Hütte ans Licht. An den Sohlen und am Schaft klebte einiges von diesem hellen Lehmboden aus dem Garten, darüber gab es aber noch andere, neuere Schmutzspuren. Und die waren dunkel, fast schwarz, wie der Boden im Wald oder in einem Moor. Nirgendwo auf den Beeten dieses Gartens gab es diese Art von Erde. Das musste nichts heißen. Vielleicht ging der Pastor zum Angeln und war mit den Stiefeln draußen an der Uecker über solch einen Untergrund gelaufen. Und doch spürte Lisa eine Unruhe, ein leichtes Vibrieren, das von weit her zu kommen schien. Die schwarze Erde erinnerte sie an etwas. Mariawerth. Vor dem Haus mit dem toten Biologen gab es einen Streifen tiefschwarzer Erde.

Unschlüssig drehte sie die Stiefel in ihrer Hand und blickte sich um. War da nicht eine Bewegung am Haus? Das Zucken einer Gardine, oben in der ersten Etage? Sie wartete einen Moment. Dann hörte sie das Schlagen einer Tür, auf der Vorderseite des Hauses. Da ging ein Ruck durch ihren Körper. Sie nahm die Stiefel unter den Arm und rannte los, wieselflink und geschmeidig, zurück auf dem Weg, auf dem sie gekommen war. Zwischen den Häusern hindurch gelangte sie wieder zum Hafen. Auf den ersten Blick war nichts zu sehen. Dann löste sich weiter vorn ein Fahrzeug aus einer Reihe geparkter Autos. Es war ein silberner Kombi, der auf die Ueckerstraße einbog, den Fluss überquerte und in südlicher Richtung davonfuhr. Lisa konnte kein Nummernschild erkennen, die Entfernung war zu groß. Aber ihr Herz schlug jetzt schneller. Sie wählte eine Nummer im Polizeirevier. Wenige Augenblicke später wusste sie, dass Pastor Johannes Grundler einen silbernen Kombi besaß. Sorgfältig packte sie die Stiefel in eine Plastiktüte und machte sich auf den Rückweg nach Greifswald.

33

Philipp knallte eine Klarsichthülle mit Fotos auf den Tisch. Er beugte seinen stämmigen Körper nach vorn und stützte sich mit beiden Händen ab. ›So hätte den Nachwuchskommissar nicht einmal ein Orkan umwehen können‹, dachte Sylke. Allerdings standen seine Behauptungen, die er mit fester Stimme vorbrachte, auf äußerst wackeligen Füßen. »Wir wissen, dass du diese Fotos entwendet hast. Du hast auch eine Kollegin niedergeschlagen. All das können wir beweisen. Es gibt Spuren von dir in der Wohnung. Wir brauchen deine Aussage nicht, um dich in den Bau zu bringen. Aber du könntest hier und jetzt noch etwas Nachlass rausholen. Hast du verstanden, was ich sage?«

Viktor starrte auf die Fotos und schwieg. Sylke war sich sicher, dass er die maßlos übertriebene Darstellung der Beweislage durchschaute. Sie hatte in einer Ecke des Vernehmungsraumes gestanden. Jetzt trat sie vor und setzte sich neben Philipp. Viktors Augen schienen zu flackern. Der junge Mann tat ihr beinahe leid. Aber nur beinahe. Es war der richtige Moment für einen zweiten, etwas sanfteren Impuls.

»Viktor, es ist uns vollkommen klar, dass du von Dr. Krohnhorst ausgenutzt worden bist. Ich bin mir sicher, dass du eigentlich ein guter Kerl bist. Du bist da in etwas reingeraten und es würde uns helfen, wenn du erzählst, wie das war. Das wird auch dir helfen. Du weißt, dass am Ende ein Gericht darüber entscheidet, wie du bestraft wirst, aber das, was du jetzt sagst, wird einen Einfluss haben auf die Strafe.«

Sie spürte, dass Philipp schon wieder mit den Hufen scharrte. Aber er hielt sich zurück. Zum Glück. Der junge Ukrainer begann zu reden. Er sprach leise und stockend, aber verständlich. Er sei regelmäßig bei Krohnhorst gewesen, oft auch über Nacht. Vor zwei Monaten habe er beobachtet, wie Malte Naujock die Reifen an Krohnhorsts Wagen zerstach, und ihn dabei fotografiert. Naujock habe das bemerkt und sei auf ihn zugekommen. Er habe Viktor Geld angeboten, wenn er die Fotos lösche. Sie hätten einige Male telefoniert, aber Malte habe das vereinbarte Treffen immer wieder verschoben. Irgendwann sei die Telefonnummer nicht mehr erreichbar gewesen.

»Warum warst du dann vor vier Tagen in der Wohnung von Krohnhorst?«, fragte Sylke.

»Ich habe von Naujock nichts bekommen. Da habe ich die Fotos ausgedruckt und Roland gegeben. Er hat mir Geld dafür versprochen. Aber er hat sein Versprechen nicht gehalten, wie Malte. Er war ein geiziger alter Mann. Er hat mir oft mehr versprochen, als er mir gegeben hat. Immer musste ich da sein, wenn er mich sehen wollte.«

»Und dann bist du in die Wohnung gegangen, um dir das Geld zu holen?«

»Nein, ich wollte nur die Fotos. Und ein paar Sachen von mir. Ich habe Rolands Gesicht im Internet gesehen. Er war tot. Ich habe Angst bekommen. Ich wusste, wo Roland einen Schlüssel für die Wohnung versteckt hat. Den habe ich mir geholt. Aber ich habe die Fotos nicht sofort gefunden.

Und dann kam die Polizistin. Ich habe mich im Badezimmer versteckt. Als sie auf der Dachterrasse war, wollte ich abhauen, aber im gleichen Augenblick kam sie zurück. Da musste ich wieder ins Bad. Ich hatte Angst. Ich wollte sie nicht verletzen. Es tut mir leid.«

Er sprach wie ein Schüler, den man beim Spicken erwischt hatte. Sylke schob den Gedanken, dass es irgendwo auf der Welt eine Mutter gab, die sich Sorgen um ihren Jungen machte, vehement beiseite. Sie durfte sich nicht täuschen lassen. Er war ein Krimineller.

»Hast du mit der Polizistin geredet?«

»Nein.«

»Du bist weggelaufen. Hast du gesehen, dass die Polizistin dir gefolgt ist?«

»Ich habe mich in der großen Kirche versteckt. Die Polizistin ist vielleicht weitergelaufen. Ich weiß es nicht.«

»Hast du sie später noch einmal getroffen?«

Viktor blickte auf und sah Sylke mit dem treuherzigsten Blick an, den man sich vorstellen konnte. »Nein. Wieso fragen Sie das?«

Auch von Philipp kam ein irritierter Seitenblick.

»Du hast die Fotos an sie geschickt«, sagte Sylke. »Mit ihrem Namen auf dem Umschlag.«

»Sie hatte einen Rucksack dabei, in Krohnhorsts Wohnung. Als sie auf dem Boden lag, habe ich mir ihren Ausweis angeguckt. Ich wollte wissen, wie sie heißt, mich später entschuldigen. Ich habe nichts gestohlen. Wirklich nicht.«

Sylke raffte alle Unterlagen zusammen und wollte aufstehen. Aber Philipp stellte eine weitere Frage. »Wo warst du heute vor sechs Tagen? Ich will wissen, was du am Morgen gemacht hast und in der Nacht davor.«

Der junge Mann blickte auf den Tisch, während er versuchte, sich zu erinnern. Er zählte mit den Fingern die Tage zurück. »Ich war an dem Abend bei Krohnhorst. Aber nur bis zehn Uhr ungefähr. Dann bin ich nach Hause gegangen. Auch am nächsten Morgen war ich zu Hause.«

»Du warst also die ganze Nacht zu Hause?«

Er nickte.

»Gibt es Zeugen dafür?«

Viktor schüttelte den Kopf.

»Du hast an dem Abend davor mit Malte Naujock telefoniert. Worum ging es bei diesem Gespräch?«

»Um die Fotos. Aber ich habe nicht mehr geglaubt, dass Naujock etwas bezahlen würde.«

Während Sylke bereits den Raum verließ, sah Philipp den jungen Ukrainer feindselig an. Dann folgte er ihr auf den Flur. »Was sollte denn die Frage, ob er Lisa noch mal getroffen hat? Wie kommst du darauf?«

Sylke zuckte mit den Schultern. »Keine Ahnung, war so eine Idee. Glaubst du ernsthaft, dass er für Krohnhorsts Tod verantwortlich ist?«

»Ich weiß es nicht. Er konnte zumindest wissen, dass Krohnhorst in dieser Nacht draußen am Prägelbach war. Und irgendetwas stimmt nicht mit ihm. Diese Fotos hätten ihn doch nicht wirklich in Bedrängnis gebracht.«

»Er wollte einfach nicht da reingezogen werden. Er hat Angst, das sieht man doch.«

Philipp gab ein schnaufendes Geräusch von sich, beinahe wie ein Walross, das es mit viel Mühe auf eine Sandbank geschafft hat. »So oder so reicht es für eine Anklage. Einbruch, Körperverletzung. Er hat ja einiges zugegeben.«

Sylke musste lächeln. Es war erstaunlich und verwirrend, dass Philipp und sie nach ihrem Streit wieder mehr oder weniger professionell zusammenarbeiten konnten. Sie drückte ihm die Mappe in die Hand. »Dann schreib das mal alles ordentlich auf. In einer Stunde sehen wir uns bei mir im Büro. Ich hoffe, dass Lisa bis dahin zurück ist. Dann besprechen wir die nächsten Schritte.«

34

Die Kopfschmerzen waren ungewöhnlich. Sie saßen nicht hinter der Stirn, sondern irgendwo am Hinterkopf. Es kam Tom so vor, als würde ihn etwas von hinten angreifen und aushöhlen. Er war abgestumpft und teilnahmslos und fand aus diesem Zustand lange nicht heraus. Frank, der Tischler, kam vorbei, und setzte seine Arbeit fort. Alles lief wie geplant, bis am Ende doch eine Abschlussleiste fehlte, die er neu anfertigen musste. »Ich werde das heute nicht schaffen«, sagte er zerknirscht. »Morgen kann ich vorbeikommen, aber wohl erst am Nachmittag.«

Tom war nicht glücklich darüber, so lange warten zu müssen. Er war fest entschlossen, schnellstmöglich aus Greifswald zu verschwinden. Wenn er sich bis zum nächsten Nachmittag gedulden musste, war es zu spät, um noch bei Tageslicht wenigstens bis nach Stralsund zu gelangen. Es war zwar auch kein allzu großes Problem, dort bei Dunkelheit anzulegen, aber er mochte die nächtlichen Fahrten nicht.

Vorläufig musste er ohnehin noch einiges erledigen. Das erste war der GPS-Tracker, der noch immer an Jagels Porsche hing. Diese Spur seines unrühmlichen Einsatzes wollte Tom unbedingt beseitigen. Danach konnte er den Mietwagen abgeben. Das einzige, was er in dieser Stadt zurücklassen würde, war eine Duftmarke, der Geruch nach Gülle, der noch immer durch den Innenraum des geliehenen Autos waberte. Tom badete in diesem traurigen Gedanken, bis er sich an seinem Selbstmitleid satt gefressen hatte.

Er traute sich nicht, Tanja anzurufen. Sie musste längst wissen, dass Malte tot war. Es kam in allen Nachrichten und die Angaben, mit denen die Polizei seine Person beschrieb – *der 42-jährige Biologe Malte N.* – würden Tanja in einen Abgrund stürzen lassen. Malte war ihr emotionaler Anker gewesen, der Fixpunkt ihrer Hoffnungen. Tom wollte sich nicht ausmalen, wie es ihr ging. Und noch weniger wollte er sich ausmalen, was sie ihm gegenüber empfand, wenn sie erfuhr, dass ausgerechnet er, den sie aus Sorge um Malte engagiert hatte, dessen Tod hätte verhindern können. Warum? Warum hatte er gezögert, sein Wissen preiszugeben? Diese Frage steckte in ihm wie ein Giftpfeil mit Widerhaken. Es interessierte ihn gar nicht so sehr, ob er sich strafbar gemacht hatte. Es war einfach quälend zu wissen, dass er diesen Fehler nicht mehr korrigieren konnte.

Irgendwann würde er mit Tanja sprechen müssen, aber er wusste im Augenblick nicht, wie er es anfangen sollte. So ein Gespräch hatte er noch nicht geführt. Vielleicht war es besser, wenn sie mit jemand anders über die Situation redete als ausgerechnet mit demjenigen, den sie vergeblich um Unterstützung gebeten hatte. Wollte er sich mit diesem Gedanken nur aus der Verantwortung stehlen? Und mit wem konnte sie schon sprechen? Es gab niemanden.

In düsterer Stimmung machte er sich am Nachmittag auf den Weg nach Anklam. Der Himmel war grau, die Luft durchsetzt mit Nieselregen, jeder der entgegenkommenden Lastwagen schleuderte eine Tröpfchenwolke gegen die Windschutzscheibe des Mietwagens. Wie beim ersten Mal überquerte er von Norden kommend die Peenebrücke, sah links die Backsteintürme der Altstadt, wurde in einer geschwungenen Ausfahrt auf die zentrale Verkehrsachse gelotst. Als die Autos für kurze Zeit zum Stehen kamen, fiel ihm die hoch aufragende Steinfigur in der Mitte des Kreisels auf: eine Neptun-Gestalt mit Dreizack und einem Schiff auf dem Helm. Umzingelt von Autos wirkte er auf Tom wie ein exotischer Kämpfer, der noch immer nicht gemerkt hatte, dass Jahrhunderte über ihn hinweggegangen waren. Auf eigenartige Weise fühlte sich Tom ihm verbunden.

Es war alles anders als bei seinem ersten Besuch in Anklam, fünf Tage zuvor. Da war er mit Goldrandbrille und Jackett lässig durch die Straßen geschlendert. Jetzt trug er Jeans und Pullover, fühlte sich nackt und wie ausgepresst. Er wollte nur noch raus aus diesem Stück, das nicht einmal mehr eine schlechte Komödie war, er wollte seinen GPS-Tracker holen, alle Spuren beseitigen und zurückkehren in sein marodes Haus in Zingst.

Er parkte in der Nähe des Bürogebäudes, in dem die Starkwind AG ihren Sitz hatte, und wartete. Es war kurz nach fünf, das Grau des Nieselregens ging langsam über in eine frühe Dämmerung.

Je dunkler es wurde, umso besser war es für sein Vorhaben. Nach den bisherigen Aufzeichnungen verließ Jagel meist gegen achtzehn Uhr sein Büro. Um halb sechs stieg Tom aus, und schlenderte über den Parkplatz. Jagels Porsche stand etwa in der Mitte des Areals und hing an einem La-dekabel. Gerade kam ein Grüppchen Angestellter aus dem Gebäude, die Frauen und Männer verteilten sich auf dem Platz und strebten zu ihren Fahrzeugen. Tom zog sich zu-rück und wartete unter einer Kastanie, die ihr Laub be-reits zu großen Teilen abgeworfen hatte. Als der Parkplatz wieder leer war, startete er den zweiten Versuch, aber die-ses Mal kam ihm ein einzelner Mann entgegen. Es war Ja-gel. Sofort drehte Tom ab und verschwand in der Einfahrt zum Parkplatz.

Jetzt ging auch das noch schief! Er verpasste die ver-mutlich letzte Gelegenheit, an diesem Tag noch an den GPS-Tracker zu kommen. Jede Handlung, jeder Moment fühlte sich an wie eine Niederlage. Seine einzige Chance bestand darin, dass Jagel noch irgendwo einen Zwischen-stopp einlegte. Zügig ging Tom zu seinem Wagen, gerade rechtzeitig, um sich noch an die Rücklichter der blauen Edelkarosse zu hängen.

Er hatte am Morgen ein letztes Mal die Bewegungsdaten überprüft, aber es gab nichts Auffälliges an Jagels Fahrten. Auch in den letzten zwei Tagen war der Geschäftsführer im Wesentlichen zwischen der Arbeitsstelle und seiner Heimat-stadt gependelt. Es gab keine Anhaltspunkte für irgendeine Art von Verstrickung in Maltes Tod. Tom zweifelte daran, ob der Geschäftsführer so weit gegangen war, einen Mör-der loszuschicken. Und wenn doch – dann stand es nicht in seiner Macht, ihm das nachzuweisen. So schmerzlich es war, er musste sich aus der Sache zurückziehen.

Jagel fuhr bis zum Kreisel am Neuen Markt und bog dann auf die Friedländer Straße ein, die Ausfallstraße nach Süden. Der Geschäftsführer der Starkwind AG benutzte diese Route meistens, wenn er nach Hause fuhr. Tom beschloss, dem Porsche noch bis zum Ortsausgang zu folgen. Wenn er bis dahin nirgendwo angehalten hatte, würde er den Versuch, an den GPS-Tracker zu kommen, aufgeben. Er würde erneut nach Anklam fahren müssen.

Eingetrübt vom Nieseldunst rutschten die Bilder dieser Fahrt durch Toms Kopf wie alte Fotografien: das aufwändig restaurierte Polizeigebäude, ein Eckhaus mit rostigen Balkongeländern, das irgendwie südländisch wirkte. Ein mächtiges gelb verklinkertes Bauwerk, das leer stand und von Bauzäunen umgeben war.

Tom schreckte hoch, als der Wagen vor ihm nach rechts abbog. Er schaffte es gerade noch, die gleiche Abzweigung zu nehmen, fuhr dann aber weiter, als Jagels Porsche aufs Gelände einer Tankstelle rollte. An der nächsten Kreuzung wendete Tom und hielt dann auf dem Parkplatz eines benachbarten Supermarktes. Ein Blick auf die Tracking-App zeigte ihm, dass es sich bei der Tankstelle um genau diejenige handelte, an der Jagel schon zweimal seinen Akku aufgeladen hatte. Tom wunderte sich über den Stopp – bei der Starkwind AG hatte das Auto ja bereits an der Ladestation gestanden. Er umrundete das schmale Grundstück zu Fuß. Es gab ein paar Zapfsäulen, eine recht kleine Autowaschanlage und ein noch kleineres Gebäude mit Shop und Toiletten. Ein Ladepunkt existierte nicht. Es musste ein Fehler auf der Online-Karte sein. Trotzdem hatte Jagel hier in den letzten Tagen zweimal gestoppt und war jedes Mal länger als zehn Minuten geblieben. Was wollte er hier?

Von der Friedländer Landstraße aus schlich sich Tom näher an die Tankstelle heran. Es war mittlerweile beinahe dunkel. In einem Winkel hinter dem Kassengebäude stand ein schwarzer Geländewagen. Tom dachte an den turbulenten Abend, als er mit Pölzner auf der Friedländer Großen Wiese gewesen war – da war ihnen am Ende ein Geländewagen vor der Nase weggefahren. Ob es derselbe gewesen war? Tom spürte plötzlich wieder etwas. Da war noch ein Rest von Leben in seinen Adern. War diese Tankstelle das Verbindungsstück zwischen Jagel und seinem Mann fürs Grobe? Starteten von hier die Ausflüge mit dem Baumkletterer, der die Nester von Greifvögeln zerstörte? Tom schlich sich an der fensterlosen Seitenwand des Tankstellenshops entlang, bis er unmittelbar neben der Eingangstür stand. Weil es draußen bereits dunkel war, konnte er einigermaßen gefahrlos einen Blick ins Innere werfen.

Jagel und ein stämmiger Mann mit Schnauzbart standen neben dem Kaffeeautomaten und unterhielten sich. Außer den beiden war niemand im Raum. Der Schnauzbart trug eine graue Arbeitsjacke und gestikulierte heftig. Er schien nicht besonders gut auf Jagel zu sprechen zu sein. Der hatte seine Hand beschwichtigend erhoben und versuchte, den anderen zu beruhigen.

Auf der Friedländer Großen Wiese hatte Tom nur den Baumkletterer gesehen, nicht aber den Fahrer des Geländewagens. Trotzdem fand er, dass es passte. Es passte zu gut. Und dann durchfuhr ihn dieser Gedanke, den er vom gleichen Moment an nicht mehr wegschieben konnte: War es denkbar, dass dieser Mann in der grauen Arbeitsjacke auch Malte getötet hatte? Dessen Versteck lag ja nicht weit entfernt von der Stelle, an der sie den Baumkletterer und seinen Kompagnon angetroffen hatten. Vielleicht waren diese finsteren Gestalten bei einer ähnlichen Gelegenheit mit Malte zusammengetroffen und ihm dann bis in sein Quartier gefolgt.

Während er seine Gedanken sortierte, tat sich etwas im Tankstellenshop. Jagel warf seinen Kaffeebecher in einen Mülleimer, klopfte dem Mann in der Arbeitsjacke auf die Schulter und wandte sich zum Gehen. Schnell zog sich Tom zurück, hinter die Gebäudeecke. Er konnte Jagels Schritte auf dem feuchten Asphalt hören. Sie wurden leiser, verstummten. Eine Autotür schloss sich. Wenig später surrte der Porsche vorbei und verschwand in südlicher Richtung.

Tom kehrte zu dem Parkplatz zurück, auf dem sein Mietwagen stand. Nicht weit davon ragte eine sonderbare Holzskulptur in den Abendhimmel auf. Er betrachtete sie genauer – es war ein Bücherschrank, verziert mit Schnitzereien. Daran schloss sich eine Bank an, an deren Ende eine ebenfalls geschnitzte Figur kauerte und las. Hier draußen, zwischen Gewerbeflächen und Supermärkten, wirkte diese Holzskulptur sonderbar deplatziert und doch genau richtig. Tom hätte sich gern einfach in den Nieselregen gesetzt und ein Buch gelesen, am besten eine Geschichte von einem

Aufbruch in ein fernes, sonniges Land. Aber es ging jetzt nicht. Er musste überlegen, ob seine eigene Geschichte, deren Bruchstücke sich in diesem feuchtkalten Herbst schon beinahe aufgelöst hatten, doch noch weitergehen konnte. An anderen Tagen hätte er sich den Tankstellenmann sofort vorgeknöpft, aber an diesem Abend fühlte er sich gehemmt von dem schweren Schlag, den er eingesteckt hatte. Malte war tot – das war der Satz, der ihn runterdrückte bis auf den nassen Asphalt. Der sich auf ihn legte wie Mehltau.

Und dann gab es diesen zweiten Satz, der so glühend heiß war, dass man ihn kaum aussprechen konnte: Vielleicht hatte der Mann an der Tankstelle Malte getötet. Dieser Satz hätte Tom eigentlich elektrisieren müssen. Aber es reichte nur für ein Zittern. Tom erkannte sich in diesem Moment nicht wieder. Er schüttelte sich und strich sich die feuchten Haare aus der Stirn.

Dann ging er los.

Er fuhr den Mietwagen neben eine Zapfsäule und tankte ein paar Liter Benzin. Auf dem Weg zum Shop schnaubte er wie ein Stier. Er war wieder im Spiel, er durfte es jetzt nicht vergeigen. Mit gesenktem Kopf, scheinbar gelangweilt, trat er dem Tankstellenmann gegenüber, zahlte mit Bargeld und fragte, fast schon im Rausgehen, nach der Toilette. Es war ein sonderbares und unheimliches Gefühl, mit diesem Backenbart-Mann zu sprechen. Der zögerte keine Sekunde und reichte ihm einen Schlüssel.

»Einmal um das Gebäude. Und hinterher Abschließen nicht vergessen.« Tom nickte und sichtete den Schauplatz für das bevorstehende Gespräch. Dann kehrte er um und steckte den Kopf in den Verkaufsraum. »Können Sie mal kommen? Auf der Toilette ist das Licht defekt. Wahrscheinlich die Sicherung.«

Die Graujacke blickte Tom vorwurfsvoll an. »Kann gar nicht sein.«

»Ja, sorry, da müssten Sie sich bitte drum kümmern.«

Missmutig verschloss der Mann seine Kasse. Sie umrundeten das Gebäude. Tom öffnete die Tür und ließ den anderen vorausgehen. Als er auf der Schwelle war und nach dem Lichtschalter griff, bekam der Tankstellenmann einen so kräftigen Stoß, dass er donnernd gegen eine Trennwand schlug.

Tom folgte ihm eilig und schloss die Tür. Ein grünes Notfalllicht mühte sich redlich, im Klovorraum eine gespenstische Atmosphäre zu verbreiten. Der Tankstellenmann fuhr herum und rieb sich den Schädel. »Sag mal, bist du bescheuert?! Ich werd dir zeigen, wo es …« Seine Wutrede brach ab, als er auf den Pistolenlauf in Toms leicht vorgestreckter Hand blickte. Der Ton kippte augenblicklich ins Besorgt-Panische. »Komm, mach keinen Scheiß, ja? Ich weiß nicht, was du … Es ist nicht viel Geld in der Kasse, aber du kannst natürlich alles haben.«

Tom beobachtete den Mann in der grauen Jacke, sagte aber nichts. Der Kerl war maximal irritiert. Er hatte seine Hände auf Brusthöhe gehoben. Sie zitterten. »Wieso hast du mich hierher … ich meine, ist es wegen der Videoüberwachung?«

Tom antwortete nicht.

»Vorn im Laden ist keine Kamera. Nur bei den Zapfsäulen. Ich kann das alles ausschalten. Kein Problem.«

»Musst du nicht.«

Wieder zwang sich Tom, zu warten. Sein Gegner stand ihm mit äffchenartig erhobenen Händen gegenüber, die Irritation steigerte sich ins Unermessliche. Wer irritiert ist, sehnt sich irgendwann nach Klarheit und Wahrheit. »Deine Kasse interessiert mich nicht«, sagte Tom schließlich. »Ich will wissen, was du mit René Jagel zu tun hast. Und ich sage dir gleich: Red keinen Mist. Ich bin nicht so geduldig, wie ich aussehe.«

Die grüne Notfallbeleuchtung wirkte sich nicht sehr vorteilhaft auf die Gesichtsfarbe der Graujacke aus und Tom fiel es schwer, in diesem Gesicht irgendetwas anderes als eine diffuse Angst zu erkennen. Der Mann schluckte, bevor er zu einer Erklärung ansetzte. »René, also der Jagel, der fragt mich manchmal, ob ich Sachen für ihn erledige, also nichts Großes, so … Aufträge halt.«

»Greifvögel töten?«

»Nein, das … wir töten die nicht, wirklich nicht. Es geht nur um die Nester von den Viechern, die müssen wir, also ich klettere auch nicht selbst da hoch, das macht ein anderer, der …«

»Was ist mit Malte Naujock?«

»Naujock? Kenne ich nicht.«

Tom hob seinen Arm und ging auf den Tankstellenmann zu. Er zielte genau auf seine Stirn. »Ich hab das mit der Geduld nicht aus Spaß gesagt.«

»Wir haben ihn vor ein paar Wochen beim Joggen abgefangen und ihm etwas Druck gemacht. Das ist alles.«

»Ihr habt ihm einen Finger gebrochen.«

»Ja, kann sein.«

»Das hat aber nichts geholfen. Naujock hat nicht nachgegeben. Da habt ihr ihn in seinem Versteck aufgespürt. In Mariawerth. Ihr habt ihn weiter unter Druck gesetzt. Er wollte nicht unterschreiben. Am Ende ist er die Treppe runtergeflogen und war tot.«

Die Graujacke schüttelte den Kopf. »Nein, das stimmt nicht. Mit seinem Tod habe ich nichts zu tun.«

Tom spürte noch, wie etwas durch seinen Körper fuhr. Etwas wie eine heiße Welle. Sie erfasste ihn so plötzlich, dass er nichts mehr dagegen tun konnte. Er versuchte später zu verstehen, was sie ausgelöst hatte. Vielleicht die Tatsache, dass dieser Mann in der grauen Jacke von Maltes Tod sprach. Es fühlte sich an wie eine tiefe Beleidigung und Tom spürte dann nur noch diese Welle. Sie spülte ihn weg, nach vorn zu diesem Typen hin, der es wagte, von Maltes Tod zu reden wie von etwas, was ihn gar nichts anging. Er hob die Waffe, ohne dass ihm klar war, worauf diese Bewegung hinauslief. Seine rechte Hand schlug den Griff der Schreckschusspistole auf den Schädel seines Gegners, einmal, zweimal, dreimal. Er spürte etwas Heißes am kleinen Finger und der Tankstellenmann fiel in sich zusammen wie eine leere Einkaufstasche. Tom hielt inne. Er musste langsam atmen. Was tat er da? War das noch das, was er gewollt hatte? Das Rinnsal, das über die Schläfe des Mannes lief, sah in der magischen

Beleuchtung beinahe schwarz aus. Tom ruckelte am Körper des Mannes. Er war vollkommen schlaff und regte sich nicht. Unendlich lange musste er nach seiner Halsschlagader tasten, bis er den Puls fühlte. Erleichtert trat er einen Schritt zurück. Er wusste nicht weiter. Was war über ihn gekommen? Da war eine Staumauer in ihm gebrochen. Er hatte es einfach nicht vorhergesehen. Sein Oberkörper war klatschnass, die Zunge klebte am Gaumen. Er taumelte aus dem Toilettenraum und schloss die Tür.

Dann ging er nochmal rein zu dem Tankstellenmann. In der Innentasche seiner grauen Jacke fand er das Portemonnaie. Er fotografierte den Ausweis ab. Noch einmal tastete er nach dem Puls. Dieses Mal fand er ihn sofort. Er schüttete dem Mann mit den Händen etwas Wasser ins Gesicht. Als er anfing, sich zu bewegen, verließ Tom den Toilettenraum. Im Hinausgehen schaltete er das Licht an. Brutal und von kaltem Weiß war dieses Licht. Es setzte die geschundene Gestalt auf den weißen Bodenfliesen in ihrem ganzen Elend in Szene. Vor allem aber hatte Tom das Gefühl, dass es sein eigenes schwarzes Gemüt bis in den letzten Winkel ausleuchtete.

Er fuhr ein Stück aus der Stadt raus und rief Sylke an. Sie war sofort dran und hatte ganz offensichtlich seine Nummer auf ihrem Display erkannt.

»Tom, ich will auf keinen Fall, dass du mich anrufst. Ich habe hier große Schwierigkeiten und wenn ...«

»Hör mir nur einen Augenblick lang zu«, unterbrach er sie. Sein rauer Ton ließ sie verstummen. Es reichte für die wesentlichen Erklärungen. »Ich habe mir den Typen vorgenommen, der Malte Naujock den Finger gebrochen hat. Er hat es zugegeben. Er arbeitet im Auftrag von René Jagel. Das ist der Geschäftsführer der Starkwind AG. Ich habe die beiden zusammen gesehen. Der Typ heißt Timo Strang. Ich schicke dir ein Bild von seinem Ausweis. Ich bin mir außerdem sicher, dass er derjenige ist, der Malte umgebracht hat. Er muss es gewesen sein. Niemand sonst kann ...«

Dieses Mal war es Sylke, die ihn unterbrach. Ihre Wut knallte so ungefiltert in sein Ohr, dass es wehtat. »Stopp! Und Ruhe jetzt!« Sofort wurde ihre Stimme wieder leiser, sie schrumpfte zu einem Zischen. »Du machst mich wahnsinnig. Ich werde dir jetzt etwas sagen, das du für dich behältst. Wir haben vor einer halben Stunde Pastor Johannes Grundler festgenommen. Er saß in seinem Auto, auf einem Autobahnparkplatz bei Eberswalde, vollkommen neben sich, kaum ansprechbar. Meine Kollegin hat in seinem Gartenhaus Gummistiefel gefunden. Das Profil passt zu Spuren, die wir in Mariawerth gefunden haben. Wir wissen noch nicht, wie er das Versteck von Naujock finden konnte, aber er muss da gewesen sein. Ich denke, wir werden ihn zum Reden bringen. Wir machen das, nicht du! Verstanden? Du verschwindest jetzt am besten aus dieser Stadt, so schnell wie möglich. Ich möchte nicht mehr, dass du dich in diesen Fall einmischst. Es ist mir ernst.«

Sie beendete das Gespräch. Tom ließ die Hand mit dem Telefon auf den Beifahrersitz sinken. Johannes Grundler. Der Pastor. Wie konnte er ...? Plötzlich war da wieder dieses Bild: Der Hafen von Ueckermünde, das Haus mit der blassgelben Fassade. Dann der Pastor, der vor die Tür trat, scheinbar absichtslos. Wie sich ihre Blicke trafen. Wie er, Tom, sich dann abwandte und zum Wagen ging. Wenig später war er nach Mariawerth gefahren. Er hatte niemanden gesehen, der ihm gefolgt war. Aber irgendwie musste er es geschafft haben. Wenn es stimmte, dass Johannes Grundler Malte Naujock getötet hatte, dann war er selbst, Tom Brauer, derjenige, der den Mörder zu seinem Opfer geführt hatte.

35

Um kurz nach zehn sagte Sylke diesen Satz, der in ihren Augen den Vormittag zusammenfasste: Die Gespenster geben sich zu erkennen. Sie hatten noch viel zu tun, aber es zeichnete sich eine Geschichte ab. Eigentlich waren es zwei Geschichten: Die vom zornigen Biologen Malte Naujock, der den pensionierten Regierungsrat niederschlug und in einem Bachbett liegen ließ, in dem wenig später der Wasserstand anstieg, sodass der Mann ertrank. Und die zweite Geschichte handelte vom eifersüchtigen Pastor Johannes Grundler, der seiner Frau auf die Spur gekommen war. Und irgendwie hatte er herausgefunden, wo sich ihr Geliebter versteckt hielt.

Bei einer ersten Befragung am frühen Morgen hatte Grundler jede Aussage verweigert. Aber Sylke war sich sicher, dass sie die letzten Geheimnisse noch lüften würde. Sie würde den Greifswalder Gespenstern die Maske vom Gesicht reißen. Nebenbei und wenn es sich unterbringen ließ, versuchte sie, weiter an den internen Problemen zu arbeiten, vor allem an der mysteriösen Verbindung zwischen Lisa und Viktor Oprak. Am Morgen hatte sie Lisa auf dem Weg zum Kopiergerät abgefangen.

»Wir beide«, hatte sie gesagt, »wir müssen auch noch mal miteinander reden.«

Die junge Kollegin war einen Schritt zurückgewichen. »Jaja«, hatte sie geantwortet und sich dabei an die Kehle gefasst, als wolle sie vermeiden, dass man ihr einen Strick um den Hals legt. Aber zuerst, sagte sie nervös, müsse sie noch einmal dringend zur Universität. Sylke fand das nicht mehr so wichtig, es war ein Auftrag aus der Zeit, als sie noch nach Naujock gesucht hatten. Lisa widersprach. Sie wolle sich mit Naujocks Tochter Jenny treffen und erhoffe sich davon einige Einblicke, die sonst niemand liefern könne. Dieses Mal blieb Sylke hartnäckig. Zwar rechnete sie es Lisa hoch an, dass sie die Verhaftung Grundlers ausgelöst hatte, dennoch wollte sie sich nicht mehr auf die Instinkte der jungen Kollegin verlassen. Sylkes Vertrauen zu ihr hatte einen Riss bekommen. Sie wies sie an, das Treffen mit Jenny auf später zu verschieben und stattdessen zunächst die Durchsuchung im Wohnhaus der Grundlers und in seinem Büro im Pfarramt zu koordinieren.

Zum ersten Mal seit Tagen hatte sie wieder das Gefühl, dass sie die Sache unter Kontrolle bekam. Sie hatten einen dringend Tatverdächtigen und sogar Philipp verhielt sich mehr oder weniger unauffällig. Und dann gab es noch Timo Strang, den Sylke am Vormittag aufs Revier hatte bringen lassen. Der Mann sah schlimm aus. Auf seiner kahlen Stirn waren großflächige Hämatome und eine Platzwunde, die mit Pflastern notdürftig abgedeckt war. Sylke schickte ihn in Begleitung zweier Polizisten ins Krankenhaus, wo die Wunde versorgt wurde.

Philipp war über das Erscheinen des Tankstellenmitarbeiters aus Anklam erstaunt.

»Was willst du denn mit dem?«

»Er hat angeblich zugegeben, Naujocks Finger gebrochen zu haben.«

»Angeblich? Haben wir nicht Wichtigeres zu tun, als anonymen Anschuldigungen nachzugehen?«

»Es war Tom Brauer, der diese Aussage zu Protokoll gegeben hat.«

Philipp rollte mit den Augen, als Toms Name fiel. »Für den Typen wird demnächst bestimmt eine Planstelle in unserer Abteilung eingerichtet«, sagte er grummelnd. »Und diese Fingerverletzung ist ja nun schon älter, sie hat doch mit dem Tod Naujocks nichts zu tun.«

Sylke war kurz davor, Philipp recht zu geben. Wenn Strang in dem Verfahren gar nicht auftauchte, gab es für Tom und damit auch für sie selbst ein Problem weniger. Aber schon im nächsten Moment erschrak sie über den Gedanken. Wie selbstverständlich hatte sie begonnen, nicht mehr die Wahrheitsfindung an die oberste Stelle zu setzen, sondern das geringstmögliche Risiko für sich selbst. Das durfte nicht so weitergehen. »Wenn Pastor Grundler nichts zugibt, dann werden wir uns auf Indizien stützen müssen«, erklärte sie. »Für das Verfahren ist es dann wichtig, dass wir andere mögliche Täter ausschließen.« Philipp nickte anerkennend. Sie gab ihm den Auftrag, sich um eine Überprüfung der Standortdaten von Strangs Smartphone zu kümmern.

Das Ergebnis kam kurz nach Mittag und enthielt eine Überraschung: Strangs Telefon befand sich zum Zeitpunkt, als Malte starb, in weiter Ferne, aber in der Nacht, in der Roland Krohnhorst zu Tode gekommen war, hatte es sich an einem Sendemast eingeloggt, der sich in der Nähe des Tatortes befand.

Philipp war ratlos. »Ich verstehe nicht, was er da gemacht hat. Es gibt doch überhaupt keine Verbindung zwischen Strang und Krohnhorst. Welches Motiv sollte Strang haben, Krohnhorst eins über den Schädel zu geben?«

»Das verstehe ich auch nicht«, sagte Sylke. »Und wenn er es war, wer hat dann den Biberdamm geöffnet?«

Der lädierte Tankstellenmitarbeiter war nach seiner Rückkehr aus dem Krankenhaus nicht besonders gesprächig. Immerhin gab er zu, Malte Naujock vor zwei Wochen körperlich zugesetzt zu haben. Es habe einen zufälligen Streit in einem Park gegeben, in dessen Verlauf er wohl auch Naujocks Finger hart angefasst habe. Den Verdacht, mit dem Tod des Biologen irgendetwas zu tun zu haben, wies Strang lautstark zurück. Sylke wunderte sich über diesen Ausbruch – sie hatte einen solchen Vorwurf gar nicht ausgesprochen. Es musste etwas mit der Begegnung mit Tom zu tun haben. Sie wollte gar nicht wissen, wie genau diese Begegnung verlaufen war, und sie war froh, dass Philipp sich nicht allzu sehr dafür zu interessieren schien. Strang weigerte sich, über die Herkunft seiner eigenen Verletzungen etwas zu sagen, und wollte auch keine Anzeige deswegen erstatten.

Als sie ihn mit den Smartphonedaten konfrontierten, kratzte er sich am Schädel, geriet dabei in die Nähe seiner Verletzung und musste erst einmal wieder seine Blutung stillen. Er druckste herum und gab schließlich zu, in der Nacht am Prägelbach gewesen zu sein und Krohnhorst mit einem Baseballschläger umgehauen zu haben.

»Aber ich bin mir sicher, dass er noch gelebt hat. Ich meine, ich weiß doch, was passiert, wenn man jemandem mit so einem Ding eins auf die Rübe gibt.«

Damit war die Überraschung perfekt. Sie hatten ein Geständnis, das sie nicht haben wollten.

»Herr Strang, warum haben Sie Krohnhorst zusammengeschlagen?«, fragte Sylke energisch. »Woher hatten Sie überhaupt die Information, dass er sich mitten in der Nacht an dieser Stelle aufhält? Sagen Sie nicht, das sei Zufall gewesen. Ich glaube Ihnen auch nicht, dass Sie nachts da draußen spazieren gehen und Tiere beobachten.«

Der Mann mit dem Schnauzbart grinste und wurde von einem Augenblick zum nächsten sehr schweigsam. Er verweigerte jede weitere Aussage zur Sache.

Später brachte Philipp eine Zeitung mit in Sylkes Büro. »Dieses Anzeigenblatt wird in Anklam und Umgebung verteilt. Ich habe darin einen interessanten Artikel gefunden.«

Er reichte Sylke die aufgeschlagene Zeitung und sie blickte auf ein Foto mit drei Männern, die auf einer Wiese standen und Sand in eine Grube schaufelten. »Der Windpark kann gebaut werden«, sagte Philipp. Seine Stimme war nicht ganz frei von Spott.

»Hattest du nicht gesagt, dass diese Starkwind AG Malte Naujock so sehr unter Druck gesetzt hat?«

Sylke nickte. »Die Sache mit dem gebrochenen Finger ist doch ganz offensichtlich – da hat jemand Strang beauftragt,

Angst und Schrecken zu verbreiten. Und dieser Jemand könnte René Jagel sein. Aber wenn Strang über seine Auftraggeber nichts sagt, werden wir das nur schwer nachweisen können.«

»Diese Zeitung ist von gestern«, erläuterte Philipp. »Und bereits vorgestern haben die Herren ihr Millionenprojekt gefeiert. Bevor es dazu kommen konnte, mussten die Verträge doch geprüft werden. Und dann erst konnten sie die Gemeindevertreter einladen. Das ist keine Sache von Stunden, sondern mindestens von Tagen. Verstehst du, was ich sagen will?«

Sylke verstand es sehr genau, aber sie wartete, bis Philipp seine großartige Erkenntnis ausgesprochen hatte.

»Es gab zu dem Zeitpunkt, als Naujock starb, für die Starkwind AG keinen Grund mehr, ihn zu bedrohen oder gar umzubringen. Da waren die Verträge längst fertig.«

»Ich hab's kapiert«, sagte Sylke säuerlich.

Philipp war noch nicht fertig.

»Ich habe mal bei dem Unternehmen angerufen und ganz höflich gefragt, seit wann denn das in trockenen Tüchern ist, dieses Geschäft. Jagel war sehr kooperativ. Er hat mir versichert, dass der Pachtvertrag mit Naujock bereits vor einigen Tagen eingetroffen ist, per Post und ordnungsgemäß unterschrieben. Freundlicherweise haben sie den Umschlag und den Vertrag eingescannt und mir die Daten zugeschickt. Die Angaben stimmen. Der Brief von Naujock wurde in Greifswald abgestempelt. Es sieht alles sehr ordentlich aus.«

»Du siehst einer Unterschrift doch nicht an, ob sie erzwungen ist.«

»Und wenn sie es wäre – warum sollten die Typen ihn Tage später umbringen? Sie haben doch die Unterschrift.«

»Ja, das ist ein Punkt«, sagte Sylke nachdenklich, »es stellt sich dann tatsächlich auch die Frage, warum Naujock sich eigentlich noch versteckt gehalten hat.«

»Ist doch klar – er hatte Angst vor dem Pastor. Naujock wollte mit seiner Geliebten verschwinden und wusste, dass mit ihrem Mann nicht zu spaßen ist.«

»Und den müssen wir jetzt zum Reden bringen«, sagte Sylke. Sie warf einen Blick auf ihr Smartphone. »Außerdem würde ich zu gern wissen, wohin seine Frau verschwunden ist. Sie ist nicht zu erreichen, ihr Telefon scheint abgeschaltet zu sein. Gab es bei der Durchsuchung in Ueckermünde Anhaltspunkte?«

»Lisa und die Kollegen sind noch lange nicht fertig«, sagte Philipp mit einer Betonung, die Lisa wohl in ein schlechtes Licht rücken sollte. »Aber einige Daten haben sie schon übermittelt. Es gibt einen Eintrag im Terminkalender von Pastor Grundler. Demnach war seine Frau vor drei Tagen bei einer Glockengießerei in Berlin. Das Unternehmen hat mir das bestätigt. Sie sei am frühen Nachmittag wieder zurückgefahren, hieß es. Am nächsten Tag hat sie dann einige Sachen im Gemeindebüro erledigt und eine alte Frau besucht. Alles normal. Für gestern haben wir keine Einträge und keine Zeugenaussagen.«

»Fehlen Sachen aus dem Kleiderschrank? Ein Koffer?«

»Wie gesagt: Die Kollegen sind dran. Sie scheint in der letzten Nacht jedenfalls nicht zu Hause gewesen zu sein.« Er beugte sich vor und sah Sylke aufmerksam an. Seine Stimme klang beinahe bittend. »Was ist mit Tom Brauer? Er hatte mit Tanja Grundler zu tun und hat mit Naujock noch einen Tag vor seinem Tod gesprochen. Vielleicht kann er uns noch Hinweise geben.«

Sylke seufzte. Sie konnte eigentlich zufrieden damit sein, wie handzahm sich Philipp verhielt. Wenn er gefordert hätte, Tom auf der Stelle aufs Revier zu zitieren, hätte sie das nicht ablehnen können. Und war es nicht wirklich sinnvoll, ihn ganz offiziell zu vernehmen? Sie schüttelte sich innerlich. »Ich würde ihn im Augenblick ungern hier haben«, sagte sie mit schwacher Stimme und sah Philipp dabei tief in die Augen. »Aber ich verspreche dir, dass wir ihm, wenn es etwas Konkretes gibt, sofort auf den Zahn fühlen. Ist das vorerst okay für dich?«

Philipp legte den Kopf zurück. Seine Lippen zuckten etwas und deuteten dann ein Lächeln an. War es spöttisch gemeint? Oder zeigte er am Ende doch eine Spur von Mitgefühl? »Ich denke, wir können es so machen«, sagte er gedehnt. Seine Stimme senkte sich bis auf den Grund der Ostsee. »Und ja, ich habe auch den Eindruck, dass wir inzwischen wieder ganz gut zusammenarbeiten. Oder siehst du das anders? Ich meine, wenn du den augenblicklichen Zustand betrachtest, würdest du es dann für ausgeschlossen halten, dass du, wenn das hier alles vorbei ist, mich als zukünftigen Dienstgruppenleiter empfehlen würdest?«

So lief also der Hase! Sylke unterdrückte eine herablassende Bemerkung. Sie wollte sich die Möglichkeit, Philipp bei Laune zu halten, nicht kaputtmachen. »Ich denke, du überschätzt meinen Einfluss hier. Letztendlich müssen das die in den oberen Etagen entscheiden.« Sie stand auf, um die Erörterung dieses Themas zu beenden, fügte aber dann doch noch einen Satz hinzu. »Ich denke darüber nach.«

36

Dr. Berthold Russ war klein, von untersetzter Gestalt und hatte eine Halbglatze. Er stellte sich als Johannes Grundlers Anwalt vor und eilte sogleich zu seinem Mandanten. Auf Sylke wirkte er nicht unfreundlich, hatte aber etwas Lauerndes, so, als warte er nur darauf, dass irgendjemand irgendeinen Fehler machte. Seine Stimme erinnerte Sylke an das Quaken einer Ente.

»Ich kann Sie gleich vorwarnen«, verkündete er, als er ein erstes Gespräch mit seinem Mandanten geführt hatte. »Pastor Grundler wird sich nicht zur Sache einlassen.«

Bevor Sylke antworten konnte, mischte sich Philipp ein. »Dann stellen wir ihm eben Fragen zum Wetter.«

Dr. Russ ignorierte den Einwurf. »Und außerdem ist Pastor Grundler in einer schlechten psychischen Verfassung. Er ist noch nie verhaftet worden. Für einen ordnungsliebenden Menschen wie ihn ist so ein Erlebnis erschütternd. Ich werde, sobald es mir geboten erscheint, die Vernehmung abbrechen.«

Sylke lächelte dem Anwalt freundlich zu.

»Wir werden die Situation Ihres Mandanten berücksichtigen.«

Es fiel ihr schwer, ihre innere Anspannung zu überspielen. Gern hätte sie bei diesem Gespräch Lisa an ihrer Seite gehabt, aber zu Sylkes Ärger trieb sie sich noch immer an der Uni herum, um dort Naujocks Tochter zu treffen – ein klarer Verstoß gegen die dienstliche Anweisung.

Dr. Russ blieb bei seinem lauernden Gesichtsausdruck. Vielleicht konnte er einfach nicht anders.

»Na gut«, sagte er, als habe er Almosen zu verteilen. »Versuchen Sie Ihr Glück.«

Grundler saß regungslos wie eine Statue auf seinem Platz. Er hob den Kopf nicht einmal in dem Moment, als die drei den Raum betraten und sich an den Tischen verteilten. Sylke begann das Gespräch und bemühte sich um einen neutralen, aber nicht unfreundlichen Ton. »Herr Grundler, eine Polizeistreife hat Sie gestern Abend auf einem Rastplatz an der Autobahn 11 angetroffen. Der Motor ihres Wagens lief, die Scheinwerfer waren eingeschaltet. Auf die Kollegen haben Sie einen verwirrten Eindruck gemacht. Können Sie uns sagen, was Sie vorhatten?«

Grundler zuckte kurz mit den Schultern und schwieg.

»Wollten Sie das Land verlassen? Weiter nördlich sind mehrere Grenzübergänge, die Sie schneller hätten erreichen können. Oder wollten Sie nach Berlin?«

Weiterhin Schweigen.

»Sie werden von Ihren Gemeindemitgliedern als sehr zugewandt, zuvorkommend und aufopferungsvoll beschrieben. Als meine Kollegin an Ihrer Tür geklingelt hat, haben Sie nicht geöffnet. Das ist sonst überhaupt nicht Ihre Art. Erst als die Kollegin in Ihrer Gartenlaube herumgestöbert hat, haben Sie das Haus fluchtartig verlassen. Warum?«

Keine Antwort.

»An den Gummistiefeln aus Ihrer Gartenlaube klebt Erde. Sie stammt höchstwahrscheinlich von dem Ort, an dem sich

der Biologe Malte Naujock versteckt gehalten hat. Ein Fuß-
abdruck stimmt mit Ihren Stiefeln überein. Naujock ist seit
zwei Tagen tot.«

Der Geistliche schien gegen derartige weltliche Befunde
immun zu sein.

»Können Sie uns etwas darüber sagen, wann Sie erfahren
haben, dass Ihre Frau ein Verhältnis mit Naujock hatte? Haben Sie mit ihr darüber gesprochen?«

Dr. Russ räusperte sich. »Ich glaube, das hat so keinen
Sinn. Sie sehen doch, dass mein Mandant ...«

»Warten Sie bitte noch«, unterbrach Sylke ihn. Philipp
erhob sich mit einer energischen Bewegung und stellte
sich neben Grundler. Sylke fürchtete, dass er die minimale
Chance auf irgendeine Art von Gespräch endgültig zerstören würde, aber sie hatte im Augenblick auch keine Idee, wie
man an den verschlossenen Pastor herankommen konnte.
Philipp beugte sich vor und sprach ihn von der Seite an, ganz
nah an seinem Gesicht. »Ich denke, ich weiß, was in Ihnen
vorgegangen ist, Herr Pastor. Sie sind nicht nur besonders
engagiert, die Kirchengemeinde ist Ihr ganzer Lebensinhalt.
Rund um die Uhr sind Sie für die Menschen da. Sie lassen
sich etwas einfallen, Sie können mit Ihren Predigten Menschen mitreißen. Sie haben in Ueckermünde eine lebendige
Gemeinde aufgebaut. Das ist heute keine Selbstverständlichkeit. Und dann passiert etwas, das alles ins Wanken bringt.
Ihre Frau, ausgerechnet Ihre Frau, fällt aus der Rolle. Ein
Pastor, dessen Frau fremdgeht. Die ihn vielleicht verlassen
wird. Sicher, heute wird so etwas in der Kirche nicht mehr

so streng gehandhabt. Geistliche sind auch Menschen. Aber in einer Kleinstadtgemeinde ist das dann doch zu viel. Wie wollen Sie in Zukunft jungen Paaren noch den Segen geben? Jeder kennt Sie doch. Von einem Augenblick auf den anderen ist Ihr Lebenswerk infrage gestellt – und das ausgerechnet durch Ihre Ehefrau, die Ihnen immer zur Seite gestanden hat. Das wirft einen aus der Bahn, oder?«

Philipp hatte zuletzt immer lauter gesprochen. Der Anwalt registrierte das mit wachsendem Missvergnügen, Grundler blickte weiterhin ungerührt geradeaus. In seinem Gesicht war als einzige Regung ein leichtes Zucken seiner Augenbrauen zu erkennen. Aber dann wandte er sich plötzlich Philipp zu. Er lächelte. Ein freundliches Lächeln, unverstellt, ganz ohne Häme. »Sie haben eine Begabung für das Predigen«, sagte er leise. »Das ist auch keine Selbstverständlichkeit.«

»Konnten Sie mir folgen, Herr Pastor?«

Grundler wandte sich wieder ab. Für eine unangenehm lange Zeit sagte niemand etwas. Dann öffnete sich die Tür zum Vernehmungsraum, eine Kollegin aus der Kriminaltechnik winkte Sylke zu. Draußen auf dem Flur wurde ihr ein Plastikbeutel mit einem weißen Kleidungsstück in die Hand gedrückt. Es war großflächig mit rostroten Flecken bedeckt. Sylke musste schlucken. Etwas kribbelte tief in ihrem Inneren.

»Eindeutig Blut«, sagte die Kollegin. »Das Hemd lag in einem Wäschesack, ganz unten. Und der Wäschesack befand sich in einem Abstellraum im Haus des Verdächtigen. Eine

Probe davon ist zur weiteren Untersuchung unterwegs ins Landeskriminalamt.«

Sylke drehte den Plastikbeutel hin und her, dann kehrte sie zurück in den Vernehmungsraum. Die Luft kam ihr drückend vor. Mit einer langsamen und nachdrücklichen Bewegung legte sie den Plastikbeutel vor Grundler auf den Tisch und setzte sich ihm gegenüber, genau in seine Blickachse. »Das haben wir in Ihrem Haus gefunden, Herr Grundler. Ein Damenunterhemd, würde ich sagen. Die Blutflecken befinden sich auf Höhe des Bauches. Wollen Sie dazu etwas sagen?«

Die Stille war unerträglich. Sie zehrte an den Nerven, fraß sich ins Innere der Seele. Es war eine mörderische Stille. Als sie Philipp Luft holen hörte, schüttelte Sylke kurz, aber heftig mit dem Kopf und brach seine Einmischung noch vor dem ersten Wort ab.

»Herr Grundler«, sagte sie mit ruhiger Stimme, »Sie können jetzt oder später sprechen. Aus Ihrer eigenen Erfahrung wissen Sie sicher, dass es guttut, wenn man spricht. Man muss sich die schweren Dinge irgendwann von der Seele reden. Jeder braucht das. Auch Sie. Wir sind hier. Wir hören Ihnen zu. Wir machen uns Sorgen um Ihre Frau. Wo ist sie? Ist sie verletzt? Oder tot? Ich kenne mich mit Sündenvergebung nicht aus und maße mir nicht an, darüber zu sprechen. Aber ich finde den Gedanken schön, dass man immer, zu jedem Zeitpunkt, eine Kehrtwende machen kann. Auch dann, wenn es eigentlich zu spät ist. Man darf sich umdrehen und sagen: ›Das habe ich getan. Das ist es, was ich jetzt loswerden möchte.‹ Vielleicht stehen wir vor einer Situation, in der wir noch ein Menschenleben retten können. Vielleicht können Sie uns aber auch einfach damit helfen, dass Sie erzählen, was passiert ist. Ich wäre Ihnen dafür sehr dankbar.«

Wieder war es lange Zeit still im Raum. Der Anwalt schob fast lautlos einen dünnen Stapel Papiere zwischen seinen Fingern hin und her. Die Luft hing wie Blei im Raum. Irgendwann räusperte sich Grundler. Seine Stimme klang rau.

»Ich ... würde gern etwas sagen. Aber bitte, können Sie dieses ... dieses Ding wieder wegbringen?« Er deutete mit einer knappen Geste auf den Beutel mit dem blutigen Hemd. Zuvor hatte er es vermieden, mit seinen Blicken das Kleidungsstück auch nur zu streifen. Sylke nickte Philipp zu, der den Beutel lässig vom Tisch nahm und der Kollegin übergab, die draußen auf dem Flur wartete.

»Ich wusste schon seit einiger Zeit«, sagte Grundler, »dass meine Frau ein Verhältnis ...« Er wurde unterbrochen. Dr. Russ beugte sich zu seinem Mandanten und flüsterte ihm etwas zu, das Sylke nicht verstehen konnte. Grundler schüttelte den Kopf. Der Anwalt legte seine Hand auf den Arm des Pastors und versuchte noch einmal, auf ihn einzuwirken, aber Grundler zog seinen Arm zurück und richtete seinen Blick auf Sylke.

»Also, ich wusste, dass meine Frau ein Verhältnis mit einem anderen Mann hatte. Ein treues Gemeindemitglied hat mich auf die Spur gebracht. Dieser Mann war Patient der Universitätsmedizin und hat Tanja, nachdem sie ihn besucht hatte, von einem Fenster aus vor der Klinik mit einem Mann beobachtet. Er hielt es für seine Pflicht, mich später über diese Beobachtung zu informieren. Da unser Gemeindemitglied im vorigen Jahr in der Kirche war, als Naujock dort eine Laienpredigt hielt, konnte er recht sicher sagen, dass es sich bei dem Mann vor der Klinik um eben diesen Biologen handelte. Ich hatte damals schon so ein leises Unbehagen verspürt, weil meine Frau von Naujock schwärmte und von seinen idealistischen Vorstellungen sehr eingenommen war. Allerdings hatte ich keinen konkreten Verdacht und auch keinen Grund, Tanja zu misstrauen. Aber als der Patient mir von seiner Beobachtung erzählte, da wurde mir klar, dass mein anfängliches Unbehagen eine Ursache hatte.«

Grundler machte eine kurze Pause. Er schien seine Gedanken sortieren zu müssen.

»Die Nachricht, das wird jeder verstehen, war für mich ein Schock. Ich habe nichts gesagt. Ich brauchte Zeit. Ich musste das einordnen. Aber von Anfang an war mir klar, dass ich in dem Moment, in dem ich offen darauf reagieren würde, wissen musste, was ich wollte. Und dass ich keine Kompromisse machen würde. Das ist nicht meine Art.«

Er brach wieder ab. Dr. Russ hatte sich auf seinem Stuhl weit zurückgelehnt und verfolgte die Erzählung seines Mandanten mit einem säuerlichen Gesichtsausdruck.

»Ich habe meine Frau genau beobachtet«, berichtete Pastor Grundler. »Ich habe in den letzten Wochen gemerkt, dass sich etwas veränderte. Ihre Stimmungen schwankten. Sie sah mich oft eigenartig an, sie fuhr immer wieder nach

Greifswald. Ich hatte aber auch das Gefühl, dass sie etwas bedrückte. So wuchs auch bei mir die Nervosität. Ich las vom Tod des pensionierten Regierungsrates, von diesem Fundort am Prägelbach. Es war auch von Bibern die Rede. Mir fiel ein, dass Naujock von diesem Naturschutzgebiet gesprochen hatte und auch von der Intelligenz von Bibern. Irgendwie schien das eine mit dem anderen zusammenhängen. Und dann war da vor einigen Tagen dieser Mann vor unserem Haus. Ich sah ihn dort stehen, er betrachtete das Haus, als ob er auf etwas wartet oder sich nicht entscheiden kann, ob er zur Tür gehen und klingeln soll. Ohne ihn zunächst zu beachten, trat ich vors Haus. Ich tat so, als wollte ich ein wenig frische Luft schnappen. Dieser Kerl starrte mich so lange an, bis mir klar war, dass er da nicht rein zufällig stand. Ich hatte das Gefühl, dass er nach etwas suchte, aber nicht wusste, was es war. Als er zu seinem Auto ging, habe ich mir schnell die Jacke übergezogen und ihn dann beobachtet. Er saß noch eine Weile in seinem Auto, bevor er losfuhr. Ich bin ihm mit meinem Wagen gefolgt, bis nach Mariawerth, bis zu diesem Haus.«

Sylke nutzte das erneute Innehalten, um einen Blick in die Runde zu werfen. Dr. Russ saß weiterhin buddhahaft auf seinem Platz, Philipp biss sich vor Ungeduld auf die Lippen. Pastor Grundler sprach gefasst, nur ein leichtes Zittern in seiner Stimme verriet etwas von dem Sturm, der in seinem Innern toben musste. Er strich sich über den gepflegten Bart und zupfte an seinem Hemdkragen, bevor er fortfuhr.

»Ich habe an dem Abend nichts mehr unternommen, ich habe mich nur unauffällig zurückgezogen. Aber das alles nagte an mir, es brachte mich um den Verstand. Meine Gebete um Gelassenheit verhallten wie die Stimme eines Gefangenen im tiefsten Kerker. Ich wusste, dass ich etwas tun musste. Ich konnte nicht länger akzeptieren, dass meine Frau mich auf diese Weise hinterging. Natürlich wusste ich nicht genau, welche Rolle der Mann spielte, der mich unfreiwillig zu dem Haus in Mariawerth führte, aber es war letztendlich auch egal. In der folgenden Nacht bin ich wieder dorthin gefahren. Ich habe dann tatsächlich diesen Biologen angetroffen. Er hockte in einer muffigen Stube vor einer Kerze, wie ein versprengter Rebell, der sich vor seinen Feinden versteckt. Ich bin sonst immer klar in meinen Anliegen, ich kann gut mit Menschen umgehen, die sich in einer Krise befinden. Aber dieses Mal war es anders, ich selbst war betroffen. Es gelang mir nicht, die Beherrschung zu bewahren. Ich wollte normal mit ihm reden, aber ich spürte, wie die Wut von mir Besitz ergriff, und dann brüllte ich Naujock an, er solle seine Finger von meiner Frau lassen und aus unserem Leben verschwinden. Immerhin war das, was Tanja und dieser Naujock trieben, nichts anderes als die Zerstörung meiner Existenz. Ich weiß nicht, was ich von meinem Auftritt erwartete, ich hätte zumindest etwas Verständnis erwartet. Aber dieser Biologe schickte mich einfach weg. Einfach so! Er sagte, er wolle nicht mit mir reden. Damit konnte ich gar nicht umgehen. Ich wandte mich ab, kehrte wieder zurück, dann wurde Naujock ungehalten, er schubste mich aus dem Zimmer zur Treppe. Es kam zu einer Rangelei und dann stürzte der Mann diese Treppe hinunter.«

Mit dem letzten Satz nahm die Spannung im Raum endlich spürbar ab. Philipp atmete hörbar ein und aus, dann lehnte er sich zurück und legte seine kräftigen Arme vor seinem Bauch zusammen. »Würden Sie sagen, dass Sie Naujock gestoßen haben? Oder ist er nach Ihrer Erinnerung eher abgerutscht oder gestolpert?«

Grundler schüttelte den Kopf. Zum ersten Mal wirkte er wirklich erschüttert. »Ich … ich weiß es nicht. Ich weiß nur, dass ich das nicht wollte. Ich wollte ihn nicht töten. Aber es ist passiert. Es sind die Wege des Herrn, die unerforschlicher sind als das Weltall. Ich denke, Sie haben jetzt gehört, was Sie hören wollten. Ich bin erschöpft. Darf ich wieder in meine Zelle?«

Sylke sah ihn aufmerksam an. »Ihre Frau, Herr Grundler. Können Sie uns etwas zu Ihrer Frau sagen?«

Der Pastor wich ihrem Blick aus.

»Sie haben sich etwas von der Seele geredet. Jetzt müssen wir noch wissen, wo wir Ihre Frau finden. Dann wird es Ihnen besser gehen.«

»Ich kann nicht. Nein, das kann ich nicht.«

37

Lisa schlenderte durch die Lange Straße. Sie war noch etwas zu früh und beobachtete die Leute, die sich auf der Hauptachse durch die Greifswalder Altstadt bewegten, viele plaudernd oder die Schaufenster beäugend, manche auch eilig irgendeinem Ziel zustrebend. Die Herbstsonne, die sich zuletzt nicht sehr oft gezeigt hatte, kippte von Westen her ein warmes Nachmittagslicht durch die Straße und ließ hinter Menschen und Werbeaufstellern lange Schatten wachsen. Es lag ein Hauch von Urlaubsstimmung über der Fußgängerzone und Lisa hatte sich vorgenommen, ihrer komplizierten Situation zum Trotz, jede Sekunde zu genießen.

Es war nicht einfach gewesen, diese Verabredung mit Jenny zu treffen. Während sie die Durchsuchung im Haus der Grundlers überwachte, hatte sie mehrmals versucht, Naujocks Tochter anzurufen. Erst hatte sie nicht reagiert, schließlich nahm sie doch ein Gespräch an, aber sie wirkte misstrauisch und wenig kooperativ. Lisa hatte großes Verständnis für die junge Frau, die zwei Tage zuvor die Nachricht erhalten hatte, dass ihr Vater nicht mehr lebte. Und nun musste sie damit klarkommen, dass ausgerechnet ein Pastor für seinen Tod verantwortlich war. Jenny wollte keine Hilfe annehmen, aber Lisa hatte gute Gründe, mit ihr zu sprechen. Schließlich verabredeten sie sich im Café Küstenkind, einem bei Studierenden beliebten Lokal.

Pünktlich um fünf Uhr tauchte sie zwischen den anderen Passanten auf. Sie trug eine Jeansjacke, über einer Schulter hing ein schwarzer Lederrucksack. Ihre langen, dunkelblonden Haare waren zu einem Pferdeschwanz zusammengebunden, eine ganz normale Studentin, wie es schien. Im Café saßen mehrere von der Sorte, sie hockten zusammen, redeten, eine Frau mit Rastazöpfen hatte die Füße auf eine Bank gelegt. Lisa ging zum einzigen freien Tisch, direkt neben der aus Holzpaletten zusammengezimmerten Theke. Lässig ließ Jenny den Rucksack zu Boden gleiten. Man merkte, dass sie oft hier war, aber schon im nächsten Augenblick saß sie gerade und steif auf ihrem Stuhl und blickte die Beamtin, die nur wenige Jahre älter war als sie, trotzig an.

»Ich bin Lisa«, sagte sie, ganz gegen ihre Gewohnheit in einem Beste-Freundinnen-Ton. »Ist es okay, wenn ich du sage?«

Jenny nickte. Eine Atmosphäre des Vertrauens schaffen, das hatte Lisa in einem Buch über Gesprächsführung gelesen. Aber sie hatte keine Ahnung, wie das in der Praxis funktionieren konnte. »Es tut mir sehr leid, dass ich jetzt in dieser schwierigen Zeit mit dir sprechen muss.«

»Schon okay.«

»Es ist sicher nicht leicht für dich. Dein Verhältnis zu deinem Vater war nicht mehr so gut, seit er von zu Hause ausgezogen ist, oder? Und vielleicht ist es nicht das, wie du ihn in Erinnerung behalten solltest.«

Die Bedienung kam an ihren Tisch, um die Bestellung aufzunehmen. Zweimal schwarzer Tee.

»Verstehe ich nicht«, sagte Jenny. »Wie meinst du das?«
Sie legte ihren Kopf auf die Handballen, so, wie es beleidigte
Teenager tun, wenn sie keine Lust mehr haben, sich unbe-
queme Wahrheiten anzuhören.

»Meine Mutter lebt auch schon seit vielen Jahren nicht
mehr«, erzählte Lisa. »Sie starb, als ich fünfzehn war, und
ich war in der Zeit total gegen meine Eltern eingestellt. Ich
würde sagen, ich habe sie gehasst. Und dann bekam meine
Mutter diese Krankheit, es ging alles total schnell. Nach wenigen Wochen war sie tot. Ich war vollkommen verwirrt,
wütend auf alles, am meisten auf mich selbst. Wir hatten
während ihrer Krankheit nicht mehr offen miteinander geredet, über all das, was in der Zeit davor schiefgelaufen war.
Es war einfach nicht möglich in der Situation. Ich habe lange
gebraucht, bis ich akzeptieren konnte, dass da etwas offengeblieben ist. Irgendwann habe ich beschlossen, dass für
mich vor allem die schönen Zeiten zählen, die ich mit meiner Mutter verbracht habe. Die Jahre, bevor es abwärts ging
in unserer Familie.«

Sie brach ab und beobachtete Jenny, die von der Geschichte wenig beeindruckt zu sein schien. »Warum erzählst
du mir das? Willst du nicht irgendwelche Sachen über meinen Vater wissen? Mit wem er so zu tun hatte zuletzt? Ihr
habt doch gestern Abend diesen Pastor festgenommen.«

Lisa lächelte gequält. »Ja, sicher. Aber das ist ja alles noch
unklar. Wir müssen auch weitere Ermittlungen führen. Und
ich verstehe meinen Job nicht so, dass ich einfach nur die
wesentlichen Punkte abfrage und dann wieder gehe. Mir ist

es wichtig, dass ich denen, die von einem Verbrechen betroffen sind, zu helfen versuche. Sorry, wenn das jetzt nicht der richtige Weg war.«

Sie zog eines der beiden Teegläser, die inzwischen auf ihrem Tisch standen, zu sich heran und nahm den Beutel heraus. Sie war sich tatsächlich nicht sicher, ob sie den richtigen Ton traf. Ihre Sätze kamen ihr formelhaft vor. Trotzdem machte sie weiter. »War es nicht so, dass du ein recht kompliziertes Verhältnis zu deinem Vater hattest? Ich denke mir: Du erfährst, dass er nicht mehr lebt. Und vielleicht fragst du dich, ob zwischen euch etwas hätte anders laufen können.«

»Was könnte das sein?«

»Du hast monatelang nicht mit ihm geredet, als er zu Hause ausgezogen ist. Hat uns jedenfalls deine Mutter erzählt.«

»So, hat sie das?«

Jenny schien verunsichert zu sein. Sie fragte sich wohl, welches Ziel Lisa eigentlich verfolgte. Dabei wusste diese es selbst nicht genau.

»Ja, das hat sie gesagt. Aber auch, dass es früher für dich das Größte war, mit deinem Vater durch den Wald zu laufen, Tiere zu beobachten. Auch nachts, bei Regen und Sturm.«

Die Spur eines Lächelns erschien auf Jennys Gesicht.

»Ich dachte, es muss für dich sehr schwierig sein, wenn du ... na ja, wenn du dich von deinem Vater nicht einmal verabschieden konntest. Und deswegen habe ich dir diese Geschichte von meiner Mutter erzählt.«

Sie fragte sich, was sie hier eigentlich tat. Hatten ihre Worte irgendeine Wirkung? Außer einer notorischen Unlust, mit einer Polizistin zu sprechen, konnte Lisa an Jenny wenig wahrnehmen. Die Studentin zuckte mit den Schultern. Sie blickte zur Wand über der Theke. Die war in der Tat bemerkenswert. Sie wirkte so, als habe man beim Renovieren Reste einer alten Tapete entdeckt und spontan beschlossen, alles in diesem halbfertigen Zustand zwischen Neu und Alt zu lassen. Vielleicht hatten sie auch einfach kein Geld mehr für die Renovierung gehabt, dachte Lisa. Jenny sah sie an, die Augen voller Trotz und Trauer. »Hat meine Mutter sonst noch etwas gesagt?«

»Nein. Hätte sie?«

Kopfschütteln. Jenny trank einen Schluck Tee. »Ich denke, meine Mutter weiß nicht viel über mich.«

Jetzt musste Lisa lächeln. »Das kann ich verstehen. Du hast wahrscheinlich das Gefühl, dass sie in einer anderen Welt lebt.«

»Sie hat ihren Job, ein paar komische Freunde, meist sitzt sie da draußen in Neubrandenburg herum. Es ist so öde. Wahrscheinlich geht es so weiter, bis sie steinalt ist und sich irgendwann fragt, ob das jetzt alles war.«

»Hm«, sagte Lisa. Sie zögerte ihre nächste Frage etwas hinaus. »Und du? Du willst irgendwie anders leben? Etwas Spektakuläres machen? Zum Mond fliegen?«

»Nein, bestimmt nicht. Ich weiß es nicht. Ich suche noch. Aber es stimmt. Mir ist es wichtig, mal rauszukommen. So richtig weg von allem. Später kann ich immer noch irgendwo hängenbleiben und versauern. Eigentlich will ich nirgendwo länger leben als fünf Jahre.«

Lisa hielt den Zeitpunkt für gekommen, um eine Schlinge auszulegen. Sie fuhr im gleichen Plauderton fort. »Was ist mit deinem Studium?«

»Was soll damit sein?«

»Du studierst Geografie, glaube ich. Das klingt schon so, als könnte man damit ein wenig in der Welt herumkommen.«

»Vielleicht.«

»Wie läuft es?«

»Ist nicht sehr aufregend, aber es läuft.«

Lisa hatte das Tempo etwas angezogen. Sie spürte, dass Jenny verunsichert war. Die Augen der jungen Frau waren unruhig geworden.

»Jenny, ich war vorgestern in der Universitätsverwaltung, um mich nach deinem Vater zu erkundigen, nach Art und Umfang seiner Tätigkeit und ob es irgendwelche Auffälligkeiten gab. Ganz normale Polizeiarbeit. Dabei habe ich nebenbei erfahren, dass du dich für den Rest des Semesters hast beurlauben lassen. Deine Mutter hat das nicht erwähnt, sie scheint davon gar nichts zu wissen. Das ist doch sehr ungewöhnlich.«

Selten zuvor hatte Lisa so deutlich gesehen, wie ein Gesicht Farbe bekam. Im Grunde genommen tat es Jennys blassem Teint gut. Aber für sie selbst war der Moment wohl nicht so angenehm. »Wie kommst du …?« Sie brach den Satz ab. Wahrscheinlich war ihr schon nach dem dritten Wort klar geworden, dass Empörung ihr hier nicht weiterhalf. Und dass es auch keine Option war, schimpfend das Lokal zu verlassen. Sie kauerte sich auf ihrem Stuhl zusammen und griff sich mit der Hand an die Stirn.

»Es tut mir leid, Jenny«, sagte Lisa. Ihr Mitgefühl war nicht im mindesten gespielt. »Wirklich. Ich kann dir versprechen, dass ich deiner Mutter nichts erzähle. Da wirst du selbst einen Weg finden. Aber ich muss zwei Dinge wissen und bitte dich um eine ehrliche Antwort: Wusstest du, wo sich dein Vater versteckt hält? Und gibt es irgendetwas zwischen dir und deinem Vater, das ganz anders ist, als ich es mir vorstelle?«

Lange musste sie auf eine Antwort warten, aber dann begann Jenny zu erzählen. Und das, was sie sagte, ging weit über Lisas Erwartungen hinaus.

38

Tom hatte das Vorhaben aufgegeben, den GPS-Tracker von Jagels Fahrzeug zu entfernen. Irgendwann würde der Manager das kleine Gerät entdecken, vielleicht bei einer Reparatur oder wenn er die Sportfelgen polierte. Falls er überhaupt begriff, worum es sich handelte, würde er sich fragen, wer sich an seine Spuren geheftet hatte. Den Tracker würde er zerstören und wegwerfen. Jagel war keiner, der zur Polizei ging. Der ganz bestimmt nicht.

Am Morgen hatte Tom den Mietwagen zurückgegeben. Die Dame am Autoverleih hatte darauf verzichtet, das Fahrzeug von innen zu inspizieren. Ein Hauch von Gülle in Kombination mit einer Spur Kölnisch Wasser mochte die Fantasie des nächsten Kunden auf sonderbare Wege führen – es war Tom egal.

In den Nachrichtenportalen war die Verhaftung von Pastor Johannes G. ein großes Thema. Auch wenn der Name nur unvollständig genannt wurde, war vollkommen klar, um wen es sich handelte. Damit bestätigte sich, was Sylke Tom am Telefon bereits mitgeteilt hatte. Mit Timo Strang als mutmaßlichem Täter hatte er vollkommen falsch gelegen. Auf der Grundlage einer spontanen Eingebung hatte er auf Strang eingeprügelt. So etwas durfte nicht passieren. Es zeigte Tom vor allem eines: wie angeschlagen er war. Er konnte es nicht ertragen, dass er sich durch sein Zögern selbst einen Anteil an Maltes Tod zurechnen musste.

Und dann war da noch die unerträgliche Möglichkeit, dass er derjenige war, der Johannes Grundler auf die Spur von Malte gebracht hatte – die Krönung eines Fiaskos. Ein Tiefpunkt.

Er hatte die MATHILDA zur Abreise vorbereitet und sehnte sich danach, die Stadt zu verlassen. Aber er musste noch auf den letzten Auftritt des Tischlers und damit auf den Nachmittag warten. In trüber Stimmung saß er auf dem Vordeck und blickte hinüber zum anderen Ufer des Ryck, wo die Traditionssegler lagen, dahinter erhoben sich die edlen neuen Wohnanlagen des Quartiers am Hafen. Irgendwo dort hatte, wie er inzwischen wusste, der pensionierte Regierungsrat Krohnhorst gewohnt. Greifswald. Er hatte die Stadt anfangs als sympathisch und etwas verschlafen empfunden, nun sah er die mondänen Wohnhäuser, die restaurierten Kaianlagen und kam sich vor wie in einer überdimensionierten Modellbaulandschaft. Auch den alten Speicher am Südufer des Ryck hatten sie abgerissen. Das Gebäude war sicher keine architektonische Kostbarkeit gewesen, aber es hatte mit seinem hohen Giebel die Silhouette der Stadt geprägt. Das Eigenwillige, Querstehende wurde ausgemerzt.

Nichts erschien Tom an diesem Tag echt, er fühlte sich verloren, so, als hätte er sich in einer Filmkulisse verirrt. Es war beinahe schon eine Verzweiflungstat, dass er sich am frühen Nachmittag zu einem Besuch im Pommerschen Landesmuseum entschloss. Durch die beinahe menschenleeren Innenräume zu schlendern tat ihm gut. Es gab eine interessant aufbereitete Ausstellung über die Historie der Region, vor allem aber blieb Tom bei den Gemälden hängen. Da waren sie, die romantischen Abend- und Nachtbilder, von denen Tanja geschwärmt hatte.

Ruine Eldena mit Hütte im Mondschein, Greifswalder Hafen um 1840, Swinemünde bei Mondschein, Das Feuer von Louis Douzette. Alle diese Gemälde feierten das Zwielicht und den magischen Schein von Mond und nächtlichen Flammen. Natürlich musste Tom an Tanja denken, die in einem Zwielicht heimlicher Sehnsucht zu leben schien. Er glaubte in diesem Moment zum ersten Mal, ihre innere Zerrissenheit zu verstehen. Lange blieb er vor einem Gemälde stehen, das ihn sofort für sich einnahm: *Ostseeküste auf der Insel Vilm* von Friedrich Preller dem Jüngeren. Ein tief einfallendes, umwölktes Licht gab der Küstenlandschaft etwas Magisches, die wild schäumende Brandung setzte einen dramatischen Akzent, über dem offenen Meer hingen dunkle Wolken. Unter dieser düsteren Decke sah man ein Segelschiff in dynamischer Fahrt, das braune Trapez des Großsegels ragte kühn über die Wogen.

Und dann war da noch eine einzelne Figur: eine Frau, die in der Nähe des Ufers stehengeblieben war und ihren Blick an windschiefen Birken vorbei auf das weit draußen vorbeieilende Segelschiff richtete. Sie trug eine Kiepe mit Brennholz, das sie vermutlich im Küstenwald gesammelt hatte. Tom stand lange vor diesem Bild und betrachtete die Frau, deren Blick dem Schiff nachzuhängen schien, während ihr Körper sich schon wieder dem Land zuwendete, nach Hause zum warmen Ofen.

Als Tom auf die MATHILDA zurückkehrte, fühlte er sich, als habe er ein starkes Beruhigungsmittel genommen. Die Last seines Misserfolgs war nicht weg, aber sie trug sich leichter als noch am Vormittag. Die Spannung der letzten Tage war von ihm abgefallen, er fühlte sich erschöpft und nahm alles um sich herum gedämpft war. Die Sonne stand bereits tief, das Licht, leicht getrübt von Schleierwolken am westlichen Himmel, gleißte über dem gekräuselten Wasser des Ryck. Er war in diesem Moment beinahe so weit, die Niederlage zu akzeptieren, die er in dieser Stadt eingesteckt hatte.

Es war also vorbei. Aber irgendwie auch nicht. Tom versuchte sich vorzustellen, wie Johannes Grundler, dieser kontrolliert wirkende Mann mit dem sorgfältig gestutzten, rotblonden Bart, den von Einsamkeit und einer Verletzung gezeichneten Malte eine Treppe hinunterwarf. Es war, wie es immer ist: Man glaubt, dass es das nicht geben dürfe. Dass es nicht sein könne. Es fühlt sich an, als ob es ein einzigartiges und nie dagewesenes Verbrechen ist. Aber es ist wirklich passiert und wird auch nicht das letzte Verbrechen sein.

»Mann, Mann, Mann«, kommentierte Frank, der Tischler, die Nachricht des Tages. »Da denkst du nichts Böses und dann war's der Kirchenmann.« Frank hatte keine tieferen Erkenntnisse im Gepäck, aber immerhin die hölzerne Abschlussleiste, die auf den Millimeter genau in die Lücke passte, die noch offengeblieben war.

Tom wollte endlich los und begann mit ersten Vorbereitungen, während Frank noch sein Werkzeug zusammenpackte. Aber die Eile war vollkommen sinnlos. Er musste ohnehin bis zur letzten Öffnung der Wiecker Klappbrücke warten. Ungefähr zu diesem Zeitpunkt würde es dunkel werden. Das Timing war einigermaßen absurd, aber Tom war fest entschlossen, es genau so und nicht anders zu machen. Er würde die Stadt verlassen, indem er auf die nächtliche Ostsee hinausfuhr.

Vorsorglich prüfte er sämtliche Leuchten, über die die MATHILDA verfügte, und war erleichtert, dass alles funktionierte. Als er gerade dabei war, das Landstromkabel aufzuwickeln, bemerkte er aus den Augenwinkeln eine Gestalt auf dem Kai. Eine Frau in einer roten Daunenjacke, die ihm aus etwa zehn Metern Entfernung zusah. Tom hob den Blick und erkannte Tanja.

39

»Es stimmt, dass ich auf meinen Vater total sauer war«, erzählte Jenny, während sie mit beiden Händen das Teeglas umschlungen hielt, als wolle sie es beschützen. »Ich wusste, dass er die Trennung von meiner Mutter vorangetrieben hat. Aber ich bin ja nicht blöd und sehe, dass so etwas immer an beiden liegt, nie an einem allein. Die beiden haben einfach nicht zusammengepasst. Und es ist richtig, dass mein Vater für mich früher der mit Abstand wichtigste Mensch war, den ich hatte. Er war einfach so …« Ihre Stimme stockte. Lisa sah verlegen zur Seite und wartete.

»Er war einfach ein guter Mensch«, sagte Jenny, als sie sich wieder gefasst hatte. »Witzig, aber auch sehr ernst und sehr moralisch. Er konnte von seinen Prinzipien nicht abrücken, er konnte nicht zurückstecken, und das hat ihn kaputt gemacht.« Sie schien nach einem neuen Ansatzpunkt für ihre Geschichte zu suchen. Lisa wartete, bis die Studentin ihre Gedanken geordnet hatte. »Es stimmt auch, dass ich eine Weile nicht mit ihm geredet habe. Aber es war nicht so, wie meine Mutter denkt. Ich war nie diese beleidigte Dreizehnjährige, für die sie mich noch immer hält. Ich glaube, wir beide, mein Vater und ich, haben einfach etwas Zeit gebraucht. Etwas Abstand. Vor vier Monaten, im Sommer, hatte ich einen Job als Nachtwache in einem Altenheim. An einem Morgen hat er mich von der Arbeit abgeholt und wir haben einen Ausflug gemacht. Einfach so. Wir sind rüber nach Usedom gefahren, sind am Achterwasser spazieren gegangen, haben zu Mittag gegessen und viel geredet. Er hat davon erzählt, warum das alles für ihn nicht mehr ging, mit meiner Mutter und mit seinem Job. Es war kein Klagelied, es war ganz nüchtern, so, dass ich es besser verstehen konnte. Und ich habe ihm erzählt, was ich vorhabe, mit der Uni, die ich ja jetzt seit einem guten Jahr besuche und dass ich da ziemlich unglücklich bin.«

»Warum eigentlich?«, fragte Lisa.

Jenny schien über diese einfache Frage nachdenken zu müssen. »Ja, warum eigentlich? Ich kann es am besten mit dem Gebäude erklären. Kennst du das Physik-Institut, das Haus, in dem oben die Sternwarte ist?«

»In der Altstadt, an der Rubenowstraße?«

»Genau. Es ist ein ehrwürdiges Backsteingebäude und in die Wand sind Tafeln eingelassen, auf denen wichtige Forscher gewürdigt werden, Professoren, die irgendeine bedeutende Erfindung gemacht haben. Es ist alles so groß und schön und würdevoll. Aber wenn du dann studierst, wird die Wissenschaft plötzlich kleinlich und kompliziert. Man muss lauter Methoden lernen, es ist viel Mathematik dabei, Wirtschaftstheorie. Ich will aber etwas Konkretes machen, ich möchte mit Menschen und mit Landschaften zu tun haben. Ich weiß einfach nicht mehr, ob diese Wissenschaft nicht in die völlig falsche Richtung führt. Und an diesem Tag, als ich mit meinem Vater am Achterwasser war, kam er mit einer Idee, die mich nicht mehr losgelassen hat.«

»Was für eine Idee?«

Jenny atmete tief ein und griff sich an die Stirn, als müsse sie ihren Kopf vor dem Platzen bewahren. Es dauerte einen Moment, dann sprach sie weiter. Sie presste die Worte aus sich heraus, als würde sie ein Geständnis ablegen. »Er hat mir von diesem völlig verrückten Plan erzählt, nach Kanada auszuwandern, irgendwo im Wald eine Hütte zu kaufen und da eine Weile zu leben. Ja, das war's. Das war so irre.« Sie musste lächeln. »Ich habe das zuerst nicht ganz ernst genommen. Es war wie ein Spiel. Wir haben herumgealbert, was denn die anderen alle für Augen machen würden, wie sie uns suchen würden. Kennst du diese Stelle aus *Die Abenteuer von Tom Saywer*, wo Tom und Huck ein paar Tage auf einer Insel verbringen und alle denken, dass sie ertrunken sind? Und dann platzen die beiden mitten in ihre eigene Trauerfeier. So haben wir uns auch gefühlt, mein Vater und ich. Es war herrlich.«

Sie machte eine Pause und sah versonnen auf das Glas mit dem Tee, in dem sich der Lichtschein einer nackten Glühbirne spiegelte. Seit die Sonne nicht mehr in die Lange Straße fiel, war es draußen innerhalb weniger Minuten deutlich dunkler geworden. Lisa fiel wieder ein, dass sie nach der Absprache mit Sylke längst wieder auf dem Revier sein sollte. Aber das war ihr jetzt egal. Sie hatte das Telefon stummgeschaltet. Dies hier war wichtiger.

»Wusstest du, dass dein Vater eine Freundin hatte?«

Jenny lächelte. »Er hat so etwas angedeutet. Aber ich habe mich nicht getraut nachzufragen. Zu wissen, dass es eine andere Frau gibt, die ihm so nah ist – das hat mich verwirrt und, ja, auch verletzt. Wir haben uns nach diesem Tag auf Usedom öfter getroffen, meist irgendwo außerhalb von Greifswald. Es hatte etwas Konspiratives, vollkommen unsinnig, immerhin ist er mein Vater. Aber ich habe weder mit meiner Mutter noch mit sonst jemandem darüber gesprochen. Und auch über Kanada haben wir eine Zeit lang nicht mehr geredet.«

»Und dann war plötzlich alles anders.«

Jenny sah erschrocken auf, so, als ob eine schlimme Erinnerung zurückkehrte, die sie gerade erst vergessen hatte. »Ja, dann spitzte sich die Sache mit dem Windpark zu. Mein Vater bekam Drohungen. Ich merkte, wie er sich veränderte. Seine Fröhlichkeit, die ich immer so gemocht hatte, war irgendwie eingetrübt, als wäre da ein Vorhang. Ich wusste, dass es nicht gut war, was passierte. Und plötzlich wurde diese Sache mit Kanada sehr akut. Als wir darüber noch Scherze gemacht hatten, stand er schon kurz vor dem Kauf einer Hütte. Vor einigen Wochen erzählte er mir dann, dass er so bald wie möglich aufbrechen wolle. Und er hat mich gefragt, ob ich nicht mitkommen will. Das war … das war irre.«

Sie schüttelte den Kopf, als könne sie diese Wendung noch immer nicht verstehen. »Ich habe eine ganze Nacht lang nicht geschlafen. Ich dachte wieder an unseren Ausflug nach Usedom. Wie glücklich ich an diesem Tag war. Und dann habe ich gesagt, dass ich mitkomme. Ich weiß nicht, ob ich es mehr für mich oder mehr für meinen Vater getan habe – aber doch, es war beides. Ich wollte auch mit meiner Mutter darüber sprechen, aber er war strikt dagegen. Ich habe erst nicht verstanden, warum … und das war dann schon etwas schwierig.«

Lisa nickte nachdenklich. Sie sprach ihre Gedanken aus und sie fügten sich in Jennys Erzählung, als wären sie ein Teil von ihr. »Er hatte diesen Kanadaplan parallel auch mit seiner Freundin gefasst. Aber er konnte unmöglich mit euch beiden nach Kanada fliegen. Er musste sich entscheiden. Und am Ende war das der Grund, warum er sich in Mariawerth versteckt hat …«

»Nein!«, rief Jenny, beinahe etwas zu laut. »So war es nicht. Er wurde überfallen und verletzt. Die wollten ihn wirklich fertigmachen. Er rief mich an dem Tag von einer Telefonzelle aus an und beschrieb mir, wo ich hinkommen sollte. Das Haus in Mariawerth. Er hatte Angst vor diesen Typen. Und er hat mit sich gerungen, was er tun sollte. Und dann hat er zwei der schwierigsten Entscheidungen getroffen, die er jemals treffen musste. Er hat seinen Widerstand gegen diese Windmafia aufgegeben und den Pachtvertrag unterschrieben. Und danach hat er sich entschieden, sich von Tanja zu trennen und mit mir nach Kanada zu gehen. Aber er war zu diesem Zeitpunkt ganz schön am Ende. Er hielt nicht mehr viel aus. Ich habe mir große Sorgen um ihn gemacht, auch wegen dem gebrochenen Finger. Er wollte nur noch weg. Ich habe mich um die Einreisegenehmigung gekümmert und die Tickets. Wir haben gemeinsam beschlossen, dass er bis zum letzten Tag vor dem Abflug in Mariawerth bleibt und wir dann bei Nacht und Nebel türmen. Ja, es war wie eine Flucht aus seinem Leben und auch aus meinem. Das war …« Sie musste plötzlich lachen, aber das Lachen ging in ein Schluchzen über und sie brachte die letzten Worte kaum noch heraus. »Das wäre die größte Republikflucht seit dem Ende der DDR gewesen.«

40

Langsam kam Tanja näher. Sie trug eine Reisetasche aus braunem Leder in der rechten Hand. Erst unmittelbar neben der MATHILDA blieb sie stehen. Tom hatte das Kabel, das er eigentlich aufrollen wollte, ungeordnet zu Boden gleiten lassen. Er sah Tanja an und brachte kein Wort heraus. Es war unerträglich, ihrem Blick zu begegnen, aber es gab keine andere Möglichkeit, als diesen Blick auszuhalten. Die Ereignisse der letzten Tage hatten sich in ihr Gesicht geschrieben. Es kam Tom älter vor, maskenhaft. Sie war blass, unter einer dunklen Wollmütze sahen ein paar Haare hervor. War es wirklich erst sieben Tage her, dass sie zusammen über den Alten Friedhof gegangen waren?

Tanja stellte ihre Tasche ab.

»Du fährst los? Heute Abend?«

Tom nickte.

»Dann nimm mich mit.« Ihre Stimme klang eigenartig teilnahmslos, so, als hätte jemand das Leben herausgesaugt.

»Aber … ich fahre nach Stralsund. Ich weiß ja gar nicht, wo du hinwillst.«

Ihr gelang ein schiefes Lächeln. »Ich will hier weg. Das ist das Wichtigste. Stralsund ist in Ordnung. Unser Auto ist ja nicht da, wahrscheinlich noch bei der Polizei. Und ich habe doch gesagt, dass ich irgendwann mal mit dir bei Nacht über den Greifswalder Bodden fahren will.«

Was für ein merkwürdiger Wunsch, ausgerechnet zu diesem Zeitpunkt, dachte Tom. Der Gedanke, mit Tanja mehrere Stunden auf der MATHILDA zu verbringen, war ihm unheimlich. Er fürchtete ihre Nähe. Noch mehr fürchtete er, mit ihr über das sprechen zu müssen, was passiert war. Aber Tanja schien sich nicht aufhalten lassen zu wollen. »Ich denke, du solltest mir diese Bitte nicht abschlagen. Nach allem, was passiert ist. Es ist definitiv meine letzte Bitte an dich.«

Tom schluckte. Er trat einen Schritt zur Seite. Es war so unwirklich. Bevor sie an Bord kam, zog sie einen Umschlag aus ihrer Reisetasche, den sie ihm reichte. »Auch wenn du für Malte nichts tun konntest – ich habe dich beauftragt und werde dich bezahlen. Lass uns bitte nicht darüber diskutieren.«

Er legte den Umschlag am Steuerstand ab. Selbstverständlich würde er dieses Geld nicht behalten. Er würde es spenden oder ins Meer werfen.

»Hast du mit der Polizei gesprochen?«, fragte Tom. »Alle möglichen Leute suchen nach dir. Sie machen sich Sorgen.«

»Ich konnte mit niemandem sprechen. Ich habe mich vergraben und mich gefragt, was aus mir werden soll.« Sie seufzte. »Jetzt kommt es auf eine Nacht mehr oder weniger nicht mehr an. Morgen. Morgen werde ich ihnen erzählen, dass ich noch lebe.«

Sie brachte ihre Tasche unter Deck und Tom räumte endlich das Kabel weg. Dann setzte er seine Arbeit fort, so als wäre dieses Ablegemanöver nichts Besonderes. Motor star-

ten, Öldruck und Kühlung überprüfen, Beleuchtung ein-
schalten. Vorleine lösen, Heckleine vorbereiten. Alles wie
immer und doch ganz anders. In der nächsten Viertelstunde
war er froh, dass er sich mit dem Boot beschäftigen konnte.
Langsam glitt die MATHILDA zwischen Stegen und schilfbe-
wachsenen Ufern hindurch, folgte dem Ryck durch die weit
geschwungenen Schleifen, schwebte gemächlich brummend
der Dunkelheit entgegen. Tanja hatte sich im Heck der Barkasse niedergelassen. Sie beobachtete alles und schien die
Fahrt über sich ergehen zu lassen wie eine unvermeidbare
Prüfung.

Vor der Wiecker Klappbrücke mussten sie einige Minuten warten. Es war die letzte Brückenöffnung an diesem Tag.
Es war auch der letzte Kontakt zu dieser Stadt, die Durch-
querung des malerischen Fischerdorfes. Hier waren sie sich
zum ersten Mal begegnet, Tanja und er, und Tom fragte
sich, wieso er an diesem ersten Abend nicht auf seine innere
Stimme gehört hatte. Sie hatte ihm relativ deutlich mitgeteilt,
dass es besser war, die Finger von diesem Auftrag zu lassen.

Sie passierten die Brücke, anschließend das Sperrwerk,
dann ging es zwischen den steinernen Molen hindurch hinaus in die dänische Wiek. Auch draußen in der Bucht war
das Wasser kaum bewegt, die Wellen plätscherten gefällig
gegen Bug und Seitenwände der MATHILDA.

Tanja war aufgestanden und hatte sich neben Tom gestellt.
Sie beobachtete die vor ihnen liegende Wasserfläche und
den eingetrübten Abendhimmel, der von der bereits nicht
mehr sichtbaren Sonne einen rötlich-violetten Anstrich be-

kommen hatte. Weit draußen war schon das weiße Gleich-
taktfeuer der Ansteuerungstonne zu erkennen, nach und
nach trat es deutlicher aus dem um sich greifenden Dunkel
hervor. Tom hatte mit dem Steuern des Bootes jetzt nicht
mehr viel Arbeit. Es gab keinen Grund mehr, weiterhin zu
schweigen.

»Es tut mir wahnsinnig leid«, sagte er in das nölende
Brummen des Dieselmotors hinein. »Ich wollte dich eigentlich anrufen, ich wollte dir sagen, dass … aber irgendwie konnte ich es nicht.« Er wartete, um nach den passenden Worten zu suchen. »Ich kann verstehen, wenn du mich
verachtest. Ich kann das wirklich verstehen. Ich habe einen
Riesenfehler gemacht, als ich …«

»Lass gut sein, Tom«, unterbrach sie ihn. »Du bist der kleinere Teil der Katastrophe.«

Sie schien nicht über die Ereignisse sprechen zu wollen.
Er war erleichtert darüber, wunderte sich aber auch. Sie war
so vollkommen anders als bei ihren ersten beiden Treffen,
als sie geschwärmt hatte von dem Aufbruch, von einem anderen Leben. Es war ja klar, dass die Erlebnisse der letzten
Tage sie aus der Bahn geworfen hatten. Vielleicht, dachte er,
stand sie noch immer unter Schock, handelte automatisiert,
weil sie zu nichts anderem in der Lage ist. Was hatte er denn
erwartet? Dass sie schluchzend oder lamentierend vor ihm
stehen und ihn der Beihilfe zum Mord bezichtigen würde?

Meter für Meter näherten sie sich der blinkenden Tonne.
Dort würden sie auf einen nordwestlichen Kurs umschwen-
ken und das Naturschutzgebiet rund um die Insel Koos links

liegen lassen. Tom fand es immer wieder erstaunlich, wie dicht das Meer besetzt war mit Markierungen und Orientierungspunkten. Es gibt Wege, Kreuzungen, Ausweichstellen für große Schiffe. Als wäre auch das Meer nichts anderes als ein Spielfeld für das menschliche Verkehrswesen. Man kann dabei vergessen, dass der Mensch nur einen kleinen Teil vom Meer sieht und kennt, eigentlich fast gar nichts.

»Ich war heute Vormittag im Museum«, sagte er.

Und dann erzählte er ihr von dem Bild mit dem Segelschiff und der Frau, die aufs Wasser blickt. Tanja wusste genau, von welchem Gemälde er sprach. Sie kannte es wie alle anderen bis ins Detail.

»Ich habe mich gefragt, was in dieser Frau vorgeht«, sagte Tom. »Sie ist zwar nur eine winzige Figur in einer gewaltigen Landschaft, aber doch scheint sie für mich das Zentrum des Bildes zu sein. Ihr Blick zu dem Segelschiff zeigt ihre Sehnsucht nach Aufbruch und Freiheit. Sie trägt diese schwere Kiepe mit Brennholz. Das drückt sie runter, aber das Holz steht auch für die Geborgenheit einer warmen Fischerstube. Sie muss mit diesem Zwiespalt irgendwie umgehen.«

Er hatte den Blick nach vorn gerichtet, spürte aber, dass Tanja ihn beobachtete. »Ich hätte nicht gedacht, dass du dich jetzt doch noch so intensiv mit der Interpretation von Bildern beschäftigst. Bei unserer ersten Begegnung hatte ich beinahe das Gefühl, dass du ein Kunstverächter bist.« Eine Spur von Spott lag in ihrer Stimme.

»An dem Tag war ich müde und durchgefroren«, sagte er. »Das ist keine gute Voraussetzung für Gespräche über Kunst.«

»Aber jetzt geht es? Was glaubst du, was die Frau auf dem Bild tun wird? Ist sie entschlossen, mit diesem Schiff zu fahren? Wie soll sie es erreichen?«

»Sie könnte zum Hafen laufen und hoffen, dass sie es dort noch antrifft.« Er führte den Satz in Gedanken weiter: So wie du mich heute kurz vor dem Ablegen noch angetroffen hast. Es war ein merkwürdiger Zufall, dass Tanja genau in dem Moment aufgetaucht war. Aber vielleicht war es ja kein Zufall.

»Ihre Entscheidung wird davon abhängen, wie stark ihre Willenskraft ist«, sagte er. »Aber diese Kraft ist vielleicht weniger stark, als es scheint, wie ein Feuer, das erlöschen muss, wenn es keine neue Nahrung bekommt.«

Tanja atmete aus. »Ja, alles sehr interessant. Willst du mir damit irgendetwas sagen?«

»Du hast mich selbst auf die Idee gebracht, mir die Gemälde im Pommerschen Landesmuseum anzusehen. Und als ich vor all diesen Bildern stand, habe ich mich gefragt, wie du die letzte Zeit erlebt hast. Du hast anfangs auf mich so entschlossen gewirkt. Du warst erfüllt von deinen Zielen. Aber ich habe mir einfach nicht erklären können, dass Malte, der doch mit dir zusammen in ein neues Leben aufbrechen wollte, sich für eine so lange Zeit versteckt hält und nicht einmal dir verrät, wo er sich befindet.«

»Er hat es aus Angst getan. Aus Angst und Vorsicht.«

»Angst vor wem?«

»Das weißt du doch. Vor den Leuten, die die Starkwind AG auf ihn gehetzt hat.«

»Vielleicht auch vor deinem Mann?«

»Dazu hatte er keinen Grund. Wir waren uns sicher, dass Johannes nichts von uns wusste. Ein schrecklicher Irrtum.«

Tom nickte. Der Himmel hatte sich inzwischen so sehr verdunkelt, dass er mit dem Meer zu einer grauschwarzen Wand verschmolzen war. Das Boot schwankte kaum merklich nach links und rechts. Vom gleichförmigen Blinken der Ansteuerungstonne ging eine beinahe hypnotische Wirkung aus. Erneut setzte Tom zum Sprechen an. Sein Gedankengang trieb auf einen Punkt zu, den er selbst noch nicht genau kannte. »Malte hat auf mich gewirkt, als wäre etwas in ihm zerbrochen. Ich war erschrocken darüber. Ich habe von dieser Leidenschaft für die Natur wenig wiedergefunden. Und auch nicht von seinen Gefühlen für dich. Ich glaube, es war noch etwas da, aber es war überlagert von düsteren Gedanken.«

»Das kann man doch verstehen, nach zwei Wochen in so einer Gruft.«

»Vielleicht war ja alles nicht mehr so klar.«

»Was war nicht mehr klar? Was meinst du?«

»Das mit dir und Malte. Wie auf dem Bild – die Frau, die zwischen zwei Polen steht. Das Segelschiff, Ferne, Freiheit, Abenteuer. Aber eben auch das Brennholz auf ihrem Rücken. Stabilität, Wärme, Sicherheit.«

»Tom, worauf willst du hinaus?«

»Ich habe in dem Museum zuerst gedacht, dass diese Frau unbedingt auf dieses Schiff will. Aber beim zweiten Blick kamen mir Zweifel. Wie soll sie es überhaupt erreichen? Ist es nicht viel zu weit weg? Ist dieses kleine, schwankende Boot wirklich das Richtige für sie? Und in diesem Augenblick habe ich auch nicht mehr daran geglaubt, dass ihr beide nach Kanada gehen würdet. Die ganze Geschichte erschien mir brüchig. Und dann kamen diese Nachrichten: Dein Mann wurde verhaftet, irgendwo auf einer Autobahnraststätte. Es gibt Indizien für seine Täterschaft. Damit scheint es sich zu bestätigen. Seine Verhaftung hat die Erzählung von der gro-ßen Flucht- und Liebesgeschichte zwischen dir und Malte wieder hergestellt.«

Sie stand neben ihm und schwieg. Es war ein sonderba-rer Augenblick. Er war beinahe sicher gewesen, dass sie ihm energisch widersprechen würde. Dass sie die Geschichte von der großen Liebe schützen und in Ehren halten würde, gerade auch deshalb, weil Malte nicht mehr lebte. Aber ihr Einspruch blieb aus.

Eine Weile passierte nichts. Dann bemerkte er, wie sich ihr Arm bewegte. Sie ergriff sein linkes Handgelenk. Nicht sanft, aber auch nicht grob. Es war eine sachliche Berührung, die ihn verwirrte. Als ob sie sich an ihm festhalten wollte. Erst als er etwas Kaltes an der Haut spürte, wurde ihm klar, dass er in eine Falle getappt war. Aber es war zu spät. Die Hand-schellen klickten und schlossen sich beinahe gleichzeitig um sein Handgelenk und das Steuerrad.

41

Nach den Nachrichten kam eine Dokumentation über Wilderei in Südafrika. Irgendwann war Sylke vor dem Fernseher eingeschlafen, das Bild eines verendeten Elefanten, der groß und grau zwischen vertrockneten Büschen lag, spukte durch ihren Kopf. Es war noch immer da, als ihr Telefon klingelte. Für einen Augenblick glaubte sie, einen Anruf aus Südafrika zu bekommen. Sie wusste auch schon, worum es ging: Man wollte sie engagieren, um eine Reihe von brutalen Morden an Elefanten aufzuklären. Sie überlegte noch, wie sie dieses Ansinnen abwiegeln konnte, als sie bereits das Telefon in der Hand hielt. Es war dann doch nicht die südafrikanische Buschpolizei, sondern die junge Kollegin Lisa.

»Entschuldige, dass ich so spät noch anrufe«, sagte sie. »Mein Gespräch mit Jenny hat doch etwas länger gedauert und danach musste ich mich noch um meinen Vater kümmern.«

»Schon gut. Was gibt's?«

Sylke spürte, dass sie keine Kraft mehr hatte, über den Fall zu sprechen. Nach der Vernehmung von Johannes Grundler hatte sie sich ausgehöhlt und erschöpft gefühlt. Und die Ungewissheit über den Verbleib seiner Frau quälte sie. Noch am frühen Abend hatten sie eine öffentliche Fahndung auf den Weg gebracht. Mehr konnten sie für den Augenblick nicht tun.

Lisa erzählte von ihrem Gespräch mit Jenny. »Ich weiß einfach nicht, was ich davon halten soll, dass Naujock schon seit einiger Zeit nicht mehr vorhatte, mit seiner Freundin wegzugehen, sondern mit seiner Tochter. Damit hätte der Pastor doch gar kein Motiv mehr.«

Sylke schüttelte den Kopf und merkte erst danach, dass Lisa am anderen Ende der Telefonverbindung davon nichts mitbekam. »Das würde ich so nicht sagen. Es gab die Affäre zwischen den beiden. So, wie er die Situation beschrieben hat, ist er damit überhaupt nicht klargekommen. Als er Naujock gegenüberstand, ist seine Wut und Hilflosigkeit hochgekommen. Es ging weniger um die Zukunft als um die Tatsache, dass es diese Affäre überhaupt gab. Es ging um ihn, sein gekränktes Ego.«

Sylke hatte den Lautsprecher des Fernsehers abgeschaltet. Die Südafrika-Doku lief noch immer. Gerade wurden drei Männer in Handschellen in einen alten Polizeitransporter verfrachtet

»Ja«, hörte sie Lisa sagen, »das könnte natürlich sein. Und warum sollte der Pastor ein Geständnis ablegen, wenn er die Tat nicht begangen hat? Das würde nun niemand mehr verstehen.«

»Es gibt ja noch das blutige Hemd seiner Frau.«

»Verstehe. Nein, da bin ich wohl auf einen Holzweg geraten. Ich wusste ja auch gar nicht, wo dieser Weg hinführen würde.«

Sylke nickte. Aber sie meinte dieses Mal wohl nicht Lisa, sondern vor allem sich selbst. Sie wollte sich darin bestärken, dass alles, was sie hier besprachen, genau so und nicht anders war. »Gut. Trotzdem danke, dass du noch angerufen hast.«

Sie saß noch eine Weile regungslos vor dem Fernseher. Die Doku war zu Ende, Sylke schaltete ab. Dann nahm sie das Telefon zur Hand und rief Tom an. Sie wusste nicht genau, was sie ihn eigentlich fragen wollte, sie hatte nur das Gefühl, dass er derjenige war, der in diesem Moment noch irgendetwas zum Aufenthaltsort von Tanja sagen konnte. Vielleicht hatte er eine Idee, wo sie sich aufhielt. Und ob es ihr zuzutrauen war, dass sie sich trotz ihrer mutmaßlichen Verletzungen irgendwohin geflüchtet hatte und sich dort versteckte. Und abgesehen davon wollte sie von Tom wissen, wie es ihm ging, einfach so. Sie ließ sein Telefon zweimal so lange klingeln, bis sich die Mailbox einschaltete. Beim zweiten Mal bat sie ihn um einen Rückruf. Inzwischen war sie wieder wach genug, um den Weg ins Bad zu schaffen.

42

»Was soll der Mist?! Mach das Ding wieder ab!« Tom blickte auf den silbern schimmernden Metallring um sein Handgelenk. Klassische Handschellen, wie man sie aus alten Filmen kannte, nicht diese neumodischen Kunststoffbinder. Was dachte sich Tanja?

Die Instrumentenbeleuchtung strahlte ihr Gesicht von unten an. Trotz, Bitterkeit und Entschlossenheit waren hineingezeichnet. Sie hatte einen Plan, das spürte er. Nachdem sie ihn ans Steuerrad gefesselt hatte, ging sie zwei Schritte zur Seite, vielleicht aus Furcht vor einem Überraschungsangriff. Immerhin hatte er noch einen freien Arm. Sie beobachtete ihn. Sie kontrollierte, ob er versuchte, irgendetwas am Boot zu manipulieren.

»Du warst schon auf dem richtigen Weg, Tom. Gedanklich, meine ich. Aber du hast deine Gedanken nicht zu Ende geführt. Du hättest noch etwas anders denken müssen. Jetzt müssen wir leider den Kurs ändern.«

Er schüttelte wütend den Kopf. Was redete sie da? Sie zog einen Notizzettel aus ihrer Jackentasche und hielt ihn in den Widerschein der elektronischen Seekarte.

»An der Tonne gehst du auf einen Kurs von 70 Grad. Nicht nordwestlich, sondern eher östlich. Du hältst auf die Einfahrt in den Peenestrom zu. Danach sage ich dir, wie es weitergeht.«

»Ich kann nachts nicht in den Peenestrom reinfahren. Da sind Flachstellen.«

»Es ist alles befeuert. Du weißt das genau.«

Ihre Stimme hatte sich verändert. Sie sprach leise und eindringlich, hatte ihre Teilnahmslosigkeit abgelegt wie ein altes Hemd. Was hatte sie vor? »Ich hab das bei Dunkelheit noch nie gemacht. Es ist schwierig.«

»Du schaffst das.«

Er fror und schwitzte zugleich. Warum hatte er sich nur darauf eingelassen, sie mitzunehmen? Unauffällig sah er sich um. Mit einer Hand war er ans Steuerrad gekettet. Was konnte er mit der anderen Hand machen? Vielleicht würde es ihm gelingen, Tanja zu packen und über Bord zu schleudern? Oder ihr einen Handkantenschlag zu versetzen?

Seine Gedanken schienen so offen herumzuliegen wie ein zerknitterter Fahrplan. »Du solltest dich aufs Steuern konzentrieren, Tom.« Sie zog einen länglichen Gegenstand aus ihrem Stiefel. Die Klinge schimmerte silbrig. »Deine Küche ist gut ausgestattet. Ich habe mir dieses Messer ausgesucht. Wenn du auf die Idee kommen solltest, das Boot auf Grund zu setzen oder sonst irgendeinen Unfug zu veranstalten, dann stoße ich dir die Klinge in den Oberschenkel. Hast du verstanden?«

Er nickte widerwillig. Noch immer konnte er nicht glauben, dass das, was er gerade erlebte, wirklich passierte. Es kam ihm vor wie eine Parallelgeschichte zur Realität. Eine Piratenfarce. War sie, gestresst durch ihre komplizierte Lebenssituation, endgültig durchgedreht? Tom hoffte, dass sie das Spiel abbrach. Aber zugleich hatte ein Teil von ihm bereits verstanden, dass sie das nicht tun würde. Ihre Entschlossenheit war echt. Er musste begreifen, dass es kein Spiel war.

»Du wirst genau das tun, was ich dir sage«, verkündete sie. »Dann kommst du unbeschadet aus der Sache raus.«

Er hatte keine Idee, was sie im Peenestrom wollte. Durchfahren bis auf die polnische Seite? Bei Nacht ein waghalsiges Unterfangen für jeden, der sich da nicht auskannte. Außerdem gab es ein Hindernis, von dem sie vermutlich nichts wusste. »Wir müssen zwei Klappbrücken passieren. Möglicherweise passt die MATHILDA durch, wenn sie geschlossen sind – ich weiß es nicht, weil ich mich nicht damit beschäftigt habe. Wenn die Höhe nicht ausreicht, können wir erst morgen früh weiter.«

»Keine Sorge«, sagte sie gelassen, »so weit musst du nicht fahren.«

Mittlerweile lag der Greifswalder Bodden in vollkommener Dunkelheit. Sie fuhren durch eine Nacht, die genauso ungewiss war, wie sie aussah. Weit draußen waren die Lichter eines Schiffes zu erkennen, vermutlich ein Fischerboot. Bis zur Einfahrt in den Peenestrom hatten sie noch eine Stunde Zeit. Er musste diese Zeit nutzen, um besser zu verstehen, was Tanja vorhatte.

»Hast du dir das alles ausgedacht? Willst du abhauen?« Sie antwortete nicht.

»Wenn Malte nicht mit dir nach Kanada gehen wollte und es vorbei war zwischen euch, dann hatte dein Mann doch keinen Grund, ihn umzubringen. War es doch ein Unfall?« Keine Antwort.

»Aber es stimmt, dass Johannes mir gefolgt ist, an dem Abend, an dem ich vor eurem Haus stand? Irgendwie muss er ja das Versteck in Mariawerth gefunden haben. Ich kann es mir nicht anders erklären. Du würdest mir sehr helfen, wenn du dazu etwas sagst. Wenigstens das könntest du tun!«

Er wartete.

Tanja stand versunken an der Reling der MATHILDA. Sie blickte nach vorn, wo der Bug mit stoischem Gleichmut das schwarze Boddenwasser teilte. Es rauschte, der Diesel dröhnte. Der Gleichklang war zur Qual geworden. Eine dumpfe, seelenlose Musik, eingespielt in eine Folterkammer. Viele Minuten vergingen, dann begann sie zu sprechen.

»Die Polizei wird vorläufig dem Geständnis meines Mannes glauben. Es war nicht leicht für ihn, es abzulegen. Als Geistlicher ist er damit für immer eine Unperson. Er wird nie wieder als Pastor arbeiten können. Und das Bild, das sich die Öffentlichkeit von ihm gemacht hat, wird an ihm kleben bleiben wie ein riesiges hässliches Tattoo – bis zum Ende seines Lebens. Ich bewundere ihn für diese Tat. Sie zeigt mir, dass er alles für mich tut. Dass er mich wirklich liebt.«

Toms Verwirrung war ungefähr so groß wie seine Empörung. Sie hatte sich also tatsächlich von Malte losgesagt. Sie war zurückgekehrt in die Arme ihres Mannes.

»Er hat ein falsches Geständnis abgelegt? Um dich zu schützen? Du musst mir sagen, was mit Malte passiert ist!«

Sie sah ihn von der Seite an. Als wolle sie prüfen, ob er ihr gefährlich werden konnte. »Ich werde dir sagen, wie es war. Es scheint dir ja keine Ruhe zu lassen. Und ich denke, du kannst mir mit deinem Wissen nicht mehr schaden.« Sie lächelte ihn herablassend an und zum ersten Mal hatte Tom das Gefühl, dass ihre Worte so gemeint waren, wie sie sie aussprach, ohne doppelten Boden. Und das machte ihm Angst.

»Als du in Ueckermünde warst und mein Mann vor das Haus trat, war deine ganze Aufmerksamkeit auf ihn gerichtet. Du konntest nicht bemerken, dass ich auch in der Nähe war. Ich stand oben am Fenster, das Zimmerlicht war ausgeschaltet. Nicht mein Mann ist dir gefolgt, sondern ich. Aber er hat gesehen, dass ich dir gefolgt bin. Er ist nicht doof. Er ist sehr intelligent. Er ist immer einen Schritt weiter als alle anderen. Das macht es manchmal schwer, mit ihm zusammenzuleben. Seine Freundlichkeit ist ein Teil seiner Überlegenheit. Wie auch immer: Ich bin dir bis kurz vor Mariawerth gefolgt, mit ausgeschalteten Scheinwerfern. Die Gegend kenne ich ganz gut, manchmal gehe ich da spazieren, es herrscht da eine ganz eigene Atmosphäre. Ich habe gesehen, wie du in dieses Haus gegangen bist. Da war mir klar, dass du Malte gefunden hattest. Ich war wütend. Erst auf dich, dann auf Malte und schließlich auf euch beide. Ich hatte dich beauftragt, ihn zu finden, aber anstatt mich zu informieren, hast du ihn unterstützt. Ihr habt mich ausgeschlossen. Am folgenden Tag war ich in Berlin, und als ich abends zurückkam, bin ich nach Mariawerth gefahren. Ich habe mit Malte gesprochen, er hat mir gesagt, dass Schluss ist. Einfach so ins Gesicht hat er mir das gesagt. Dass er nach Kanada auswandern wolle, aber ohne mich. Ich war so enttäuscht, so bitter enttäuscht. Er hat versucht, mir zu erklären, wie es zu dieser Kehrtwende gekommen war. Sein Erlebnis mit dem gebrochenen Finger, die Einsamkeit in diesem Haus, das habe ihn zum Nachdenken gebracht. Er müsse sein Leben neu sortieren, hat er gesagt, er habe sich verrannt. Unsere Liebe, das war für ihn ein Irrtum. Oder nein: Es sagte nicht ›Irrtum‹, er sagte: Es sei eine ›Phase‹ gewesen. Wir hätten uns beide gegenseitig aus dem Sumpf gezogen. Das habe uns zusammengeführt, nicht unsere wirklichen Gefühle. Er hat gesagt, er wisse nicht mehr, was richtig sei und was falsch. Er müsse zurück zu seinen Ursprüngen, zu seiner einzig wahren Liebe, der Liebe zur Natur. Auch seinen Widerstand gegen den Windpark hat er in Frage gestellt. Er hatte bereits einen Pachtvertrag unterschrieben. Also hat er sich zu diesem Zeitpunkt tatsächlich nicht mehr vor der Starkwind AG versteckt, sondern vor mir. Vor mir! Das war so demütigend. Und deprimierend. Ich habe viel für ihn getan, ich habe ihn bewundert für seinen Mut und seine Widerstandsfähigkeit. Und dann ist alles in sich zusammengefallen. Ein Mensch als Kartenhaus, ich habe das nicht für möglich gehalten. Und irgendwann hat er gesagt, dass es besser wäre, wenn ich jetzt ginge. Ich bin dann tatsächlich gegangen, aber nur bis zur Treppe, dann bin ich umgekehrt. Ich habe ihm gesagt, es könne so nicht enden. Ich habe ihn auf Knien angefleht, sich das alles noch einmal zu überlegen. Er kam auf mich zu, er wollte mich vom Boden hochziehen und wegschicken. Da habe ich ihn am

Kragen gepackt, ich habe ihn geschüttelt. So wütend war ich. Er hat sich gewehrt, aber er war geschwächt. Vielleicht wollte er sich auch nicht wirklich wehren. Wir sind gestolpert und dann ist er die Treppe runtergestürzt.«

Tom starrte geradeaus. Sie hatte Malte getötet, ausgerechnet sie! Und er, Tom, hatte ihr den Weg gezeigt. Jetzt brachte er sie irgendwohin, wo sie glaubte, in Sicherheit zu sein. Er schüttelte den Kopf. Es grenzte an Irrsinn. Aber der Irrsinn wollte nicht aufhören. Die nächste befeuerte Tonne war schon gut zu erkennen. Seine Stimme klang rau. »Wolltest du, dass er da runterstürzt?«

Tanja schwieg. Sie war jetzt nicht mehr die hartherzige Piratin. Die Erinnerung an die Nacht, in der Malte starb, schien sie ins Wanken zu bringen.

»Sag schon: Wolltest du, dass er da runterstürzt?«

»Ich … ich weiß es nicht mehr«, stammelte sie. »Ich weiß es wirklich nicht mehr. Ich kann mich nur erinnern, wie er da lag, so komisch verdreht. Ich bin weggerannt, nach Hause gefahren.«

»Und dein Mann? Was hast du ihm erzählt?«

»Er hat mich erwartet. Wie gesagt, er beobachtet alles sehr genau und denkt schnell. Er hat mir einen Becher Kaffee in die Hand gedrückt und gesagt, ich müsse ihm alles erzählen. Und es klang so, als wüsste er längst alles. Zuerst war ich erschrocken, aber ich kenne ihn ja. Ich wusste, dass ich nicht mehr an ihm vorbeikomme, wenn er auch nur eine ungefähre Vorstellung hat von dem, was passiert ist. Ich habe ihm alles gesagt. Auch, dass ich mich der Polizei stellen würde.«

»Aber das hast du nicht getan.«

Tanja sah ihn mit einem trüben, traurigen Blick an. »Da war etwas, womit ich nicht gerechnet hatte. Johannes hat gesagt, er könne ohne mich nicht leben. Er könne es nicht ertragen, wenn ich ins Gefängnis ginge. Sein Leben sei ohnehin zerstört, er müsse alles, was er in Ueckermünde aufgebaut habe, zurücklassen. Ich habe geheult und mich noch mehr geschämt, als ich mich zuvor geschämt hatte, für diese Untat. Aber Johannes war schon längst wieder weiter. Er hatte einen Plan. Er hat nicht einen Moment gezögert. Es lief darauf hinaus, dass er sich für mich opfern würde. Es ist wirklich ein großes Opfer, das er bringt. Er zerstört sein Leben, um meines zu retten. Kommt dir das irgendwie bekannt vor? Es ist das Zeichen wirklicher Liebe.«

»Wie will er dich denn retten?«, fragte Tom heiser.

»Es dauerte zwei Tage, bis er etwas arrangiert hatte. Und bis dahin brauchten wir starke Indizien dafür, dass er es war, nicht ich. Das erste waren die Stiefel. Seine Stiefel. Ich hatte sie mitgenommen nach Mariawerth, weil es geregnet hatte und ich wusste, dass es dort matschig ist.«

»An so etwas kann in so einer Situation nur eine Frau denken«, murmelte Tom, aber Tanja hörte nicht zu.

»Das zweite Indiz, das die Polizei beschäftigt, ist ein blutiges Unterhemd. Ich habe mir mit einem Messer den Unterarm aufgeschnitten und mit dem Blut das Hemd getränkt. Dann haben wir es in den Wäschekorb gelegt, ganz nach unten.«

»Aber wie will dein Mann dich denn retten? Irgendwann wird doch alles ans Licht kommen. Ich weiß es jetzt ja auch.«

Tanja blickte nach vorn. Ihr Gesicht war zur Maske erstarrt. »Das wirst du dann schon sehen.«

»Du solltest nicht auf deinen Mann hören. Du kommst da nicht raus. Es wäre besser, wenn du das tust, was du im ersten Moment tun wolltest: zur Polizei gehen.«

Sie nickte besserwisserisch. Ihr Mund hatte plötzlich etwas Gemeines und Gefährliches. »Sag das nicht noch einmal, Tom. Halt dich da raus. Ich habe dir gesagt, wie es war, und damit ist es gut. Ich brauche deine Einmischung nicht.«

»Es ist aber die Wahrheit. Ich denke, dein Mann ist nicht ganz klar im Kopf, wenn er dir verspricht, dich zu retten. Er hat einfach nur Angst, dich zu verlieren.«

Mit einer schnellen Bewegung holte sie das Messer aus ihrem Stiefelschaft und war mit zwei Schritten bei ihm. Sie hielt die Klinge vor seine Brust. »Ich sage, du sollst jetzt den Mund halten! Es wird gehen. Es muss gehen. Ich kann doch das Gefängnis, in dem ich jahrelang gelebt habe, nicht mit einem neuen Gefängnis vertauschen, mit einer Justizvollzugsanstalt. Ich muss hier raus. Ich brauche Freiheit. Und Johannes hat einen Weg gefunden. Er wird nachkommen, sobald die Polizei begriffen hat, dass sein Geständnis falsch war. Wir werden ein neues Leben anfangen, wir beide. Ich weiß jetzt, dass er nicht der kluge, überlegene Ehemann und Lebensmanager ist, für den ich ihn in den letzten Jahren gehalten habe. Er liebt mich. Er gibt alles auf – für mich!«

Sie zog sich wieder zurück. »So, jetzt weißt du Bescheid. Und ich glaube, du musst bald den Kurs wechseln. Da vorne ist die Tonne. Da gehst du auf siebzig Grad. Das ist der Weg in den Peenestrom. Dann bis zur Tonne elf, da biegst du ab und fährst in den Hafen von Peenemünde Nord.«

»Nach Peenemünde? Die Zufahrt ist nicht befeuert, soweit ich weiß. Da kann ich nicht rein.«

»Sag nicht immer, dass du etwas nicht kannst. Ich weiß genau, dass du das kannst.«

43

Sylke hatte gerade angefangen, sich die Zähne zu putzen. Dabei hatte sie sich in dem fensterlosen Hotelbadezimmer umgesehen und plötzlich war die Erinnerung wieder da. An den Abend auf Toms Seelenverkäufer. Die Unordnung, die Enge, die Werkzeuge, die überall im Weg lagen und an denen sie sich beinahe die nackten Füße aufgerissen hatte. Sie erinnerte sich an den Abend und die Nacht, die sie zusammen verbracht hatten. Es war die Nacht, in der alles gekippt war, in der sie von ganz oben abgestürzt war in ein tiefes Loch voller Probleme. Und trotzdem wollte sie diese Nacht nicht vergessen.

Sie legte die Zahnbürste beiseite und kehrte zurück in das Zimmer mit dem Doppelbett und den altmodischen Hotelmöbeln. Noch einmal – es war wohl der fünfte Versuch – wählte sie Toms Nummer. Wieder ohne Erfolg. Irgendetwas stimmte nicht. Sylke war nicht der Typ einer Polizistin, die ihren Eingebungen und Gefühlen folgte. Jedenfalls nicht unter normalen Umständen. Aber waren diese Umstände noch normal? Sie vertraute zum ersten Mal in ihrer Laufbahn einem vagen Unbehagen, das durch ihr Inneres zog, eine dunkelgraue Schauerwolke.

Kurz vor Mitternacht erreichte sie das Polizeihauptrevier in der Brinkstraße. Wenig später traf Lisa ein. Sylke hatte sie benachrichtigt, weil sie glaubte, dass Lisa die einzige war, die ihr in dieser Situation helfen konnte. Philipp hätte sie wohl nur ausgelacht oder hätte auf eine weitere Chance spekuliert, sie zu erpressen.

»Ich würde mir als Erstes gern diesen Text ansehen, den Naujock kurz vor seinem Tod verfasst hat«, sagte sie. Zu ihrem Erstaunen zeigte sich Lisa nicht im Mindesten verwundert. Sie ging motiviert wie an ihrem ersten Arbeitstag in den Archivraum und holte das handgeschriebene Blatt aus der Box, in der sie die Beweismittel aus Mariawerth aufbewahrten. Dann legte sie es auf einen freigeräumten und gut beleuchteten Tisch.

»Diese Stellen, in denen es um die Biber geht, sind nicht interessant«, sagte Sylke. »Aber am Ende, da war eine Passage, die ich mich irritiert hat.« Sie entzifferte den Text und las ihn vor wie eine Grundschülerin.

»*Ich werde von diesem Gefängnis aus mein Leben neu beginnen. Ich schwanke zwischen Angst und Hoffnung. Alles muss anders werden. Aber die Konsequenz daraus ist schlimm. Vor IHR habe ich Angst. Sehr menschlich, sehr schwach. Sie wird mich zermalmen.*«

»Was verstehst du daran nicht?«, fragte Lisa. »Er will sein Leben ändern, damit unterläuft er viele Erwartungen, zum Beispiel an der Uni. Diese Konsequenzen fürchtet er.«

»So habe ich es auch gelesen«, sagte Sylke. »Aber das ist doch nicht stimmig: Er spricht nur von einer Konsequenz, nicht unbestimmt von mehreren, wie du das jetzt getan hast. Und dann ist das Wort ,IHR' in Großbuchstaben geschrieben. Warum? Ich dachte zuerst auch, es bezieht sich auf ›Konsequenz‹, genau wie das ›Sie‹ im letzten Satz.«

Lisa kniff die Augen zusammen. Sie sah müde aus, aber war doch hoch konzentriert. »Du meinst, es bezieht sich auf eine Person? Auf Tanja Grundler?«

Sylke nickte. »Schon seit einiger Zeit hegt er den Plan, mit seiner Tochter nach Kanada zu gehen und nicht mit Tanja. Er hat Angst, ihr das zu sagen. Er weiß, dass sie ungeheuer hohe Erwartungen hat. Sie steht unter Druck. Sie will unbedingt raus aus Ueckermünde, zusammen mit ihm. Deshalb bleibt er bis unmittelbar vor der Abreise in seinem Versteck.«

»Und das Wort ›zermalmen‹ ist ganz schön heftig – es hat so was Biblisches, oder?«

Sylke stand auf und drehte eine Runde durch den Raum. »Ich versuche seit Stunden, Tom Brauer zu erreichen, aber er reagiert nicht auf meine Anrufe. Ich habe das Gefühl, dass da irgendetwas nicht stimmt.«

Lisas Blicke hatten etwas Mehrdeutiges. Wusste sie von ihr und Tom? Hatte Philipp etwas ausgeplaudert?

»Du kannst doch dieses Programm bedienen, mit dem man Telefone orten kann.«

Lisa verzog den Mund. »Dafür bräuchten wir …«

»… einen stichhaltigen Grund, ich weiß. Ich nehme das auf meine Kappe.«

Von einem Augenblick zum nächsten ließ Lisas Arbeitseifer nach. »Das ist jetzt sehr vage, ich weiß nicht, ob ich das machen möchte.«

Sylke setzte sich auf den Stuhl neben ihr und sah sie an. »Wir haben vielleicht nicht viel Zeit. Das ist jetzt das Entscheidende. Und abgesehen davon …«

»Ja?«

» … wollte ich ja auch noch mit dir über Viktor Oprak reden.«

Lisas Wangen wurden so unvermittelt rot wie die Öldruckanzeige in Sylkes altem Kleinwagen. Sie kam sich schäbig vor.

»Bitte, wir können ja … versteh das nicht als Erpressung oder so … Aber ich weiß, dass du Oprak nach der Begegnung in Krohnhorsts Wohnung noch einmal getroffen haben musst. Er hat das zwar geleugnet, aber …«

Die junge Polizistin warf ihr von der Seite einen bösen Blick zu, dann setzte sie sich wortlos an ihren Arbeitsplatz und startete das Programm für die Handyortung.

»Was Viktor in Krohnhorsts Wohnung gemacht hat, war nicht in Ordnung«, sagte sie, während der Rechner Daten lud, »aber er ist im Prinzip ein guter Kerl.«

Sylke fühlte sich elend. Sie diktierte Toms Telefonnummer.

»Die hast du immer bei dir, was?«, murmelte Lisa, während sie die Parameter setzte, die sie benötigte.

»Lass das, bitte.«

Sie blickten auf den Monitor. Viktor Oprak war vergessen. Und Sylke erwähnte ihn auch nicht mehr. Auf dem Bildschirm blinkte ein gelber Punkt in der Mitte einer blaugrauen Fläche.

»Nanu«, sagte Lisa, »das Telefon bewegt sich durchs Wasser. Es ist im Peenestrom und schwimmt ostwärts. Was will es da, mitten in der Nacht?«

Sylke fuhr sich mit der Hand über die trockenen Lippen. Sie hatte kein gutes Gefühl. Tom hatte mal erwähnt, dass er nicht gern nachts auf dem Wasser unterwegs war, schon allein deswegen, weil der Motor der MATHILDA nicht besonders zuverlässig war.

»Peenestrom, was gibt's denn da so?«, sagte sie, laut nachdenkend.

Lisa assoziierte drauflos. »Ein Original-U-Boot der Rotbannerflotte, ein paar Fischbrötchenbuden, die haben aber jetzt sicher schon geschlossen. Dann ein tolles Restaurant auf einem alten Schiff – ich war da mal mit meinem Ex-Freund.«

»Und weiter, Richtung Wolgast? Man kann da durchfahren bis Polen, oder?«

»Erst kommt Usedom, das Achterwasser. Ich liebe diese verschwiegenen Buchten. Aber in Peenemünde ist ja auch noch einiges: Da hat das Nazi-Regime die V 2 entwickelt, es gibt eine Gedenkstätte, ein Museum, einen Flugplatz, ein …«

»Stopp – ein Flugplatz?«

»Ja, so ein kleiner. War früher wohl militärisch genutzt, jetzt landen da Kleinflugzeuge und so.«

»Auch nachts?«

»Keine Ahnung, aber man könnte es sicher rauskriegen …«

Lisa wandte sich wieder dem Bildschirm zu.

Das blinkende Symbol hatte seine Richtung gewechselt.

»Das Telefon biegt jetzt übrigens ab. Es ist sehr langsam geworden und fährt in einen Seitenarm, ein kleiner Hafen.

Peenemünde Nord. Von da ist es nur ein Katzensprung bis zum Flugplatz.«

»Scheiße. Wieso macht Tom das? Was will er da?«

»Vielleicht ist er nicht allein. Kann es sein, dass ...«

»Wir müssen dahin. Sofort!«

44

Langsam glitt die MATHILDA auf die Hafeneinfahrt zu. Laternenschein bündelte sich zu einer Lichtinsel im Meer der Nacht. Als sie näherkamen, konnte Tom einige wenige Boote an den Stegen erkennen, auf der linken Seite des Hafenbeckens Konturen von Ferienhäusern. Sie waren in einer Doppelreihe aufgestellt, als wollten sie demnächst losmarschieren. Tom starrte abwechselnd nach draußen und dann immer wieder auf die elektronische Seekarte, um zu überprüfen, ob sie sich noch im Fahrwasser befanden.

»Du stoppst gleich hier vorn«, sagte Tanja.

»Noch vor dem Hafenbecken. Ich springe vom Bug aus an Land.«

Sie hielt bereits ihre Reisetasche in der Hand und wartete nervös auf die Ankunft.

Tom hatte akzeptiert, dass diese merkwürdige Reise durch die Nacht so etwas wie eine Buße für seine Fehler war. Er hatte Maltes Tod nicht verhindern können und musste für seine Dummheit zahlen. Jetzt unternahm er einen letzten Versuch, den Gang der Dinge aufzuhalten.

»Du hast doch keine Chance, hier wegzukommen.«

»Kann sein, dass du dich mit Booten auskennst«, sagte Tanja beiläufig, »von Luftfahrt hast du zum Glück keine Ahnung.«

Das war also der Plan. Der Flugplatz.

Tom hatte tatsächlich keine Ahnung, ob und wie es möglich war, nachts und unerkannt durch die Luft zu verschwinden.

»Na dann«, sagte er in gespielter Resignation, »wohin geht denn die Reise?«

Tanja warf ihm einen abschätzigen Seitenblick zu und antwortete nicht. Sie hatte zwar ihre Tat geschildert, aber von ihren Plänen zu erzählen, schien ihr doch zu gefährlich zu sein. Noch einmal hielt sie das Küchenmesser drohend in die Luft und ging dann nach vorn. Tom fragte sich, ob er kurz vor dem Erreichen des Ziels abdrehen und versuchen sollte, mit voller Kraft bis ins Hafenbecken zu steuern. Ob jemand etwas mitbekommen würde? Unwahrscheinlich, dass um diese Jahreszeit Menschen auf den Booten übernachteten. Vielleicht waren noch einzelne Ferienhäuser besetzt, aber ob es gelingen würde, diese Späturlauber zu einem Kampf mit einer bewaffneten Frau zu überreden, die zu allem entschlossen war? Was Tom am meisten ärgerte: Tanja war noch rechtzeitig eingefallen, mit einigen kräftigen Hammerschlägen das Signalhorn der MATHILDA zu zertrümmern. Das Funkgerät hatte sie abgeschaltet, es war vom Steuerstand unerreichbar. Der Abschied kam dann schnell und war nicht besonders förmlich. Knirschend schob sich der Bug der Barkasse auf das Ufer. Tom fühlte ein raues Vibrieren im Rumpf. Irgendwo splitterte etwas. Immerhin musste er sich jetzt keine Gedanken darüber machen, wie er, mit einer Hand ans Steuerrad gefesselt, die MATHILDA festmachen sollte.

»Und was soll jetzt aus mir werden?«, fragte er etwas theatralisch nach vorn.

»Dir wird schon was einfallen«, rief Tanja zurück. Sie stieg über die Reling und sprang ans Ufer. Dann nahm sie ihre Reisetasche vom Rand des Bootes. Ihre schemenhafte Gestalt verschwand in der Dunkelheit. Aber war die Dunkelheit wirklich noch dunkel? Tom glaubte, ein zappelndes Licht am Ufer zu erkennen. Er begriff Sekunden später, was es war: Der Lichtschein eines Feuers, der aus der Bugkabine der MATHILDA kam. Tanja musste das Oberlicht eingeschlagen und vor ihrem Abgang etwas Brennendes hineingeworfen haben. Sie hatte alle Skrupel verloren.

Tom ging in die Hocke und robbte, die eine Hand noch immer ans Steuerrad gefesselt, zu einem Schubfach auf der anderen Seite des Niedergangs. Mit einiger Mühe konnte er es aufziehen. Er holte alles heraus, was er erwischte. Wenigstens daran hatte Tanja nicht gedacht. Die MATHILDA war zwar marode, aber ein vorschriftsmäßig ausgestattetes Boot, also auch mit allen vorgeschriebenen Signalmitteln an Bord.

Mit dem Rauchtopf konnte er nichts anfangen, die Leuchtfackel kam schon eher in Frage. Am wirkungsvollsten erschien ihm die Signalpistole. Er schlug eine Seitenscheibe mit dem Knauf der Pistole kaputt, steckte seine Hand so weit wie möglich hinaus und feuerte in Abständen dreimal durch die Fensterluke. Die Leuchtbälle stiegen bis über das Hafenbecken und senkten sich dann in einer sauberen Kurve ab. Dabei wurde die verlassene Hafenlandschaft in ein magisch rotes Licht getaucht. Maximale Aufmerksamkeit. Nach einer Minute feuerte Tom weitere drei Schüsse ab. Erst jetzt wurde ihm nach und nach klar, in welcher Lage er war. Die Flammen schlugen inzwischen einen guten Meter hoch aus der Bugkabine. Sie waren noch weit weg, aber wenn sie sich durch das Innere des Bootes fraßen, dann würde er nicht mehr lange zu leben haben. Er wartete. Sein Herz schlug mit jeder Minute schneller, er konnte kaum noch stehen, starrte aber wie gebannt auf die lodernden Flammen. Brandgeruch machte sich breit. Er hatte den Motor des Schiffs abgeschaltet und lauschte in die Dunkelheit. Das Feuer arbeitete sich voran, leise und beharrlich. Bis zum Hafengebiet mochten es hundert Meter sein.

Endlich hörte er Schritte. Ein hagerer Mann mit zerzausten, grauen Haaren erschien im Flackerlicht des Brandes. Er trug eine Regenjacke über seinem Jogginganzug. Ohne ein Wort lief er ins flache Wasser und zog sich seitlich an der Reling hoch.

»Was ist denn das für eine bekloppte Nummer?«

Tom war dankbar für seine unprätentiöse Art.

»Mein Boot wurde gekidnappt. Eine Frau, vermutlich eine Mörderin, ist auf der Flucht.«

Der Mann schüttelte ungläubig den Kopf. Er sah die Handschellen und folgte ohne zu zögern Toms Hinweis auf die Werkzeugkiste. Mit einer Kneifzange trennte er die Handschellen. Als er nach einem Feuerlöscher fragte, zog Tom ihn vom verrauchten Niedergang weg.

»Wir müssen hinterher. Hast du ein Auto?«

Der gesamte Bug der MATHILDA stand in Flammen. Sie sprangen seitlich von Bord ins hüfttiefe Wasser. Tom lief vor. »Ich hab noch an meinem Boot geschraubt«, sagte der Hagere, als müsse er irgendetwas erklären. »Du hast echt Glück gehabt, dass ich noch nicht wieder weg war.«

Im Dauerlauf erreichten sie die neu angelegte Mole, rannten am Hafenbecken entlang bis zu einem kleinen Parkplatz, wo ein in Würde gealterter Pickup stand. Der Grauhaarige holte auf dem Weg den Schlüssel vom Boot. Tom warf einen Blick zurück, wo die MATHILDA im Vollbrand stand.

Dann ging es endlich los. Der Wagen holperte vom Hafengelände, zwischen Büschen hindurch, dann scharf nach links, vorbei an einer Wiese. Tom erzählte in aller Kürze, worum es ging. Der Bootsschrauber hatte von dem Fall des getöteten Biologen gehört und schien seine neue Rolle als Gangsterjäger ohne große Umstände zu akzeptieren. »Wir fahren direkt zur Landebahn, das ist kürzer als über die offizielle Einfahrt. Aber im Ernst – ich glaube nicht, dass hier jemand mitten in der Nacht mit einem Flugzeug startet.«

Der schwere Wagen sprang ächzend über einen Absatz, dann rasten sie über eine endlos wirkende, asphaltierte Fläche, vorbei an einem großen Sandhaufen und einer alten Propellermaschine, deren plumpe Gestalt sich vom leicht aufgehellten Nachthimmel abhob. Die Wolkendecke hatte sich zersetzt und ein eingetrübter Mond warf sein Licht auf eine Landschaft, die von zerbröselnden Betonplatten und Flugzeugstraßen geprägt war.

»Da vorn!«, rief Tom. In etwa zweihundert Metern Entfernung hatte ein markantes Blinken eingesetzt, wenig später kam ein Scheinwerfer dazu.

»Mist!«, rief der Grauhaarige und trat gleichzeitig auf das Gaspedal. »Den kriegen wir nicht mehr.«

Das blinkende Gebilde hatte sich in Bewegung gesetzt. Sie fuhren auf einem schmalen Weg, der die Startbahn kreuzte, aber das Kleinflugzeug passierte den möglichen Treffpunkt knapp vor dem alten Pickup. Der Grauhaarige riss das Lenkrad herum und Tom glaubte für einen Augenblick, sie würden auf die Seite kippen, aber der Fahrer konnte das quietschende Gefährt abfangen. Sie waren dicht hinter dem Flugzeug, das nicht so recht in Gang zu kommen schien. Der Pickup setzte zum Überholen an, man konnte für einen Sekundenbruchteil die Umrisse des Piloten hinter der Cockpitscheibe sehen. Dann wurde die zweimotorige Maschine doch schneller.

»Wir schaffen es nicht!«, rief der Grauhaarige.

»Du musst sie rammen!«

»Bist du verrückt? Ich werde doch nicht …«

Tom war klar, dass es dem Mann schwerfiel, sein jahrzehntelang sorgsam gepflegtes Gefährt in ein anderes Fahrzeug zu lenken. Er entschloss sich kurzerhand, diese schwere Verantwortung zu übernehmen, griff ins Lenkrad und riss es entschlossen herum. Der Wagen fuhr einen scharfen Bogen, prallte in das Heck des startenden Flugzeugs, das zur Seite ausbrach. Tom verlor es für Augenblicke aus dem Blick, er musste sich darum kümmern, den schlingernden Pickup wieder auf Geradeausfahrt zu bringen, zudem spürte er die rechte Hand des fluchenden Grauhaarigen an seiner Schläfe. Der entsetzte Autobesitzer hatte ihm tatsächlich einen Faustschlag versetzt, während er mit der anderen Hand wieder die Kontrolle über das Lenkrad übernahm.

»Dich haben wohl alle guten Geister verlassen, du Idiot?!«, schimpfte er, als er den Pickup mit einer Vollbremsung zum Stehen gebracht hatte. Tom war da schon aus dem Auto gesprungen.

Dem Piloten war es nicht gelungen, sein Flugzeug zu stabilisieren, es musste sich um die eigene Achse gedreht haben und lag nun abseits der Piste schief nach vorn gekippt. Auch das aggressive Blinken änderte nichts an der hoffnungslosen Lage. Tom ging langsam näher. Eine Tür öffnete sich, ein Mann kletterte heraus und entfernte sich zügig, wobei er sich vor Schmerzen krümmte und einen Arm an den Körper drückte.

Dann kam Tanja. Sie rutschte halb, und fiel dann das letzte Stück zu Boden, rappelte sich auf und drehte sich verwirrt um die eigene Achse. Als sie Tom entdeckte, hielt sie inne und starrte ihn grimmig an. Er blieb stehen. Er dachte an das Messer aus seiner gut sortierten Küchenausstattung. Aber Tanja machte nicht den Eindruck, als wolle sie auf ihn losgehen.

Zudem raste vom Flughafengebäude her ein Fahrzeug mit einem einzelnen Blaulicht auf sie zu, ein Streifenwagen folgte in einigem Abstand. Tom fand es unerklärlich, dass die Polizei derart schnell eintreffen konnte, aber er war erleichtert, als er sah, dass Sylke aus dem ersten Fahrzeug stieg. Sie ging mit gezogener Waffe auf Tanja zu.

45

»Das ist nicht Ihr Ernst!« Polizeirat Klüver hielt das Blatt aus der Ermittlungsakte im größtmöglichen Abstand vor seine Augen. Sylke glaubte, dass das weniger mit seiner Altersweitsichtigkeit zu tun hatte als vielmehr damit, dass er mit dem Inhalt dieses Papiers nichts zu tun haben wollte. Es handelte sich um eine Kopie der Notizen, die Malte Naujock kurz vor seinem Tod angefertigt hatte. »Sie wollen doch nicht ernsthaft behaupten, dass …«

»Behaupten will ich gar nichts, aber immerhin besteht doch die Möglichkeit, dass es so gewesen sein könnte.«

Zwei Tage waren vergangen, seit sie Tanja Grundler auf dem Flugplatz in Peenemünde festgenommen hatten. Sie saß inzwischen im Untersuchungsgefängnis und hatte jede Aussage zur Sache verweigert. Gerade als Sylke ihre Ermittlungen beendet hatte, bat Polizeirat Klüver sie zu einer letzten Unterredung in sein Büro.

»Nein, diese Möglichkeit besteht nicht«, sagte Klüver entschieden. »Sie kennen die Staatsanwältin so gut wie ich. Das ist eine ganz patente Frau mit einem Sinn fürs Pragmatische. Sie wird die Akte in der Luft zerreißen. Und wenn ich erst an die Gerichtsverhandlung denke! Man wird uns für verrückt erklären, wenn wir diese Idee auch nur in Erwägung ziehen. BIBER ALS MÖRDER – ich sehe schon die Schlagzeile. Die ganze Republik wird über uns lachen.«

»Von Mord wird im Prozess sicher nicht die Rede sein«, sagte Sylke geduldig. »Naujock war Biologe und hat es mit den Begrifflichkeiten des deutschen Rechtssystems sicher nicht sehr genau genommen. Aber er listet einige erstaunliche Fähigkeiten von Bibern auf und widmet sich dann Fragen, die man zumindest mal stellen sollte.«

»Ich weigere mich, über diese Thesen auch nur nachzudenken.«

Mit einer raschen Bewegung nahm Sylke dem Polizeirat das Blatt aus der Hand und las vor:

Können Biber zu Mördern werden?
Eine absurde Frage, so scheint es. Wie komme ich dazu, sie trotzdem zu stellen? Biber sind geschickte Baumeister, sie können Dämme konstruieren, sie wissen dabei mit der Strömung des Wassers umzugehen, etwas, das vielen Kindern, die versuchen, einen Damm in einem Bach zu bauen, nicht gelingt. Biber bauen Dämme für bestimmte Zwecke: Fraßdämme erzeugen einen Stausee, durch den die Tiere ohne Gefahr in die Nähe ihrer Nahrungsquellen kommen. Ein Schutzdamm sorgt dafür, dass trotz schwankendem Wasserspiegel der Eingang zum Biberbau immer unter der Wasseroberfläche liegt. Das bedeutet: Biber wissen, dass durch den Damm das Wasser steigt, sie können die Auswirkungen ihres Handelns antizipieren.

Ich bin Naturwissenschaftler, aber ich stehe immer wieder fasziniert vor dem, was diese Tiere leisten und wie sie ihre Umgebung organisieren. Kollegen, die sich noch intensiver mit ihnen beschäftigt haben, bestätigen, dass Biber unterschiedliche Charaktere und Vorlieben haben. Sie weisen geradezu MENSCHLICHE Eigenschaften auf. Können Biber einen Menschen, der ihren Damm beschädigt hat, als Gegner betrachten? Und würden sie ihn, wenn er hilflos unterhalb eines Dammes liegt, durch Zerstören dieses Dammes mit Wasser überfluten? Auch wenn sie die tödliche Wirkung des Wassers in so einer Situation nicht im Detail verstehen, könnte es doch sein, dass die Flutung des Bachlaufs als ein instinktives Abwehrverhalten betrachtet werden kann.

Vielleicht hat Krohnhorst den Damm gar nicht so weit beschädigt, wie das am nächsten Tag aussah. Vielleicht haben die Biber den Damm eingerissen, als sie sahen, dass ihr schlimmster Gegner hilflos im Matsch lag. Und nein, ich will mit diesen Überlegungen nicht von meiner eigenen Verantwortung ablenken. Meine Verantwortung wird bis zum Ende meines Lebens bei mir bleiben.

Ich werde von diesem Gefängnis aus mein Leben neu beginnen. Ich schwanke zwischen Angst und Hoffnung. Alles muss anders werden. Aber die Konsequenz daraus ist schlimm. Vor IHR habe ich Angst. Sehr menschlich, sehr schwach. Sie wird mich zermalmen.

Klüver wiegte missmutig den Kopf. Sylkes Vortrag hatte seine Bedenken keineswegs ausgeräumt. »Ich will nicht, dass Sie der Staatsanwaltschaft diesen Floh ins Ohr setzen. Wir hatten schon genug schlechte Presse.«

»Mir geht es nicht um schlechte Presse, sondern um Gerechtigkeit.«

Klüver lachte. »Sollen die Biber vor Gericht erscheinen? Und vielleicht sogar ins Gefängnis gesteckt werden?«

Sylke rollte mit den Augen. »Sie wollen mich nicht verstehen, oder? Für Timo Strang geht es um die Frage, ob er wegen Körperverletzung mit Todesfolge verurteilt wird oder nur wegen Körperverletzung. Das könnte schon einen Unterschied ausmachen.«

Sie legte das Papier in die Mappe zurück und wartete, bis sich Klüver, der missmutig einen Kugelschreiber zwischen den Fingern drehte, zu einer Einschätzung durchrang. »Mir ist die These am liebsten, dass Krohnhorst den Biberdamm so destabilisiert hat, dass er wenig später ein Stück weit zerbrach und der aufgestaute See zum Teil ablaufen konnte. Krohnhorst hätte so gewissermaßen einen Beitrag zu seinem eigenen Tod geleistet. Sehr tragisch.«

»Ob die Staatsanwältin diese These für wahrscheinlich hält?«

»Dann lassen wir sie am besten selbst entscheiden. Ich bin ja nur froh, dass sich die Sache mit Krohnhorst und seinen angeblichen Beziehungen ins Strichermilieu nicht bestätigt hat. Der Herr Oberbürgermeister …«

»Ich muss diesen Eindruck leider korrigieren«, unterbrach ihn Sylke kühl lächelnd. »Wir konnten inzwischen nachweisen, was es mit den letzten beiden Telefongesprächen auf sich hat, die Malte Naujock geführt hat. Im ersten Gespräch informierte Oprak den Biologen darüber, dass Krohnhorst am späten Abend zum Prägelbach fuhr. Dieser wiederum gab die Information an Timo Strang weiter. Das war schwer nachzuweisen, weil Strang für dieses Gespräch eine alte SIM-Karte benutzte, die nicht registriert war.«

»Und das heißt?«, frage Klüver genervt.

»Oprak konnte über Krohnhorsts nächtliche Aktivitäten nur deshalb so genau Bescheid wissen, weil er sich bei ihm aufhielt. Und warum treibt sich ein junger Mann ohne Arbeit und Ausbildung spät abends mit einem pensionierten Regierungsrat herum? Abgesehen davon hat er ja zugegeben, dass Krohnhorst seine Dienste in Anspruch nahm.«

»Können wir das nicht vielleicht außen vor lassen?«

Sylke schüttelte mitleidig den Kopf. »Leider nein – aber wenn der Prozess beginnt, wird die posthume Ehrung Krohnhorsts schon lange zurückliegen. Vielleicht tröstet Sie das.«

»Und wie ist es mit dem Geschäftsführer der Starkwind AG? Konnten Sie da überhaupt nichts finden?«

Ein weiteres Mal musste Sylke verneinen. »Das bedaure ich sehr. Wir haben folgende Vermutung: Naujock hat den Pachtvertrag mit der Starkwind AG deshalb abgeschlossen, weil die im Gegenzug Timo Strang losgeschickt haben, um Krohnhorst eins auszuwischen. Das war der Handel. Krohnhorsts Tod war nicht der Plan und hat Naujock schockiert. Er dürfte auch ein Grund dafür gewesen sein, dass der Biologe sich weiterhin versteckt hielt. Immerhin hat er Strang die Information geliefert, wo er Krohnhorst treffen konnte. Um Jagels Rolle in diesem Netz nachzuweisen, bräuchten wir eine Aussage von Timo Strang. Aber der sagt zu seinem Motiv und möglichen Hintermännern keinen Ton. Die

Staatsanwältin hält die Verdachtsmomente für zu schwach, um weiter zu ermitteln.«

Der Polizeirat schob genervt die Akten zusammen, hielt dann aber plötzlich inne. »Ach ja – da gibt es eine Sache, die ich noch nicht verstanden habe.« Er grub sich noch einmal in die Papiere hinein, zog ein Blatt heraus und fuhr mit dem Finger über die Zeilen. »Am Prägelbach wurde ein Fernglas mit den Initialen Naujocks gefunden«, sagte er. »Sie vermuteten zunächst, dass der Biologe derjenige war, der Krohnhorst niedergeschlagen hat. Dann zeigte sich aber, dass es Timo Strang war. Wie kommt denn nun das Fernglas an den Tatort?«

Sylke lächelte. In diesem Punkt hatte Klüver die Akte sehr gründlich gelesen. »Naujock hat vor eineinhalb Jahren sein Amt als Naturschutzwart an Dirk Pölzner übergeben. Bei diesem Anlass hat er Pölzner, der nur über wenig Geld verfügt, das hochwertige Fernglas geschenkt. Der neue Naturschutzwart wiederum hat, als er die Leiche Krohnhorsts entdeckte, Angst bekommen, er könne verdächtigt werden. Er hat also das Fernglas, das ja die Initialen Naujocks trug, in das Gebüsch gelegt. So hätte er notfalls den Verdacht auf seinen Vorgänger lenken können.«

»Kein schöner Zug«, sagte Klüver.

»Unser junger Kollege hat Pölzner gestern noch einmal auf den Zahn gefühlt.« Sylke musste an den Moment denken, als Philipp ihr die Begegnung beschrieben hatte. Sie hatte sich lebhaft vorstellen können, wie dem Frührentner dabei der Schweiß ausgebrochen war. Irgendwie hatte Philipp den armen Mann noch immer auf dem Kieker. »Letztendlich konnten wir nie völlig ausschließen, dass Pölzner doch etwas mit dem Fall zu tun haben könnte«, sagte Sylke diplomatisch. »Aber wir haben ja ein Geständnis von Timo Strang und auch die Telefondaten.«

Der Polizeirat schloss die Akte – dieses Mal endgültig. »Gut«, sagte er mit fester, beinahe feierlicher Stimme. »Wo wir schon von den Kollegen sprechen: Wir müssen ja bald eine Entscheidung treffen, wer hier in Greifswald in Zukunft die kriminalpolizeilichen Ermittlungen leiten soll. Sie haben die beiden Nachwuchskräfte geschult und eng mit ihnen zusammengearbeitet. Es gab Komplikationen, wie ich mitbekommen habe. Mich interessieren die Details überhaupt nicht, aber ich würde gern von Ihnen eine Einschätzung haben: Wen von beiden würden Sie uns für die zukünftige Dienstgruppenleitung empfehlen?«

Sylke richtete sich auf ihrem Stuhl auf. Sie war auf Klüvers Frage vorbereitet, aber jetzt spürte sie doch wieder ein Ziehen im Bauch. In der Nacht zuvor war sie aufgewacht und hatte nicht mehr einschlafen können. Eine Stunde lang hatte sie am Hotelfenster gesessen und darüber nachgedacht, was sie in den vergangenen zwei Wochen mit Lisa und Philipp erlebt hatte. Sie sah Klüver mit festem und klarem Blick in die Augen und präsentierte ihm eine gut vorbereitete Einschätzung.

46

Die *Huschecke* war eine Eckkneipe, die man nach drei Flaschen Bier als urig bezeichnen konnte. Tom war nicht sicher, ob er diesen behaglichen Zustand überhaupt erreichen würde, aber vorläufig staunte er über die wilde Zusammenstellung des Interieurs. Vermutlich hatte man die meisten Dinge bei einem Kurzbesuch im Sperrmülllager gefunden. Die Wände waren mit Gemälden zugepflastert.

Er nahm eine der beiden Bierflaschen, die Sylke von der Theke mitbrachte.

»Ich weiß nicht, was du mir in dieser unheimlich heimeligen Umgebung erzählen willst, aber ich werde mich nicht manipulieren lassen.«

Sylke lachte. »Wer hat behauptet, dass ich dich manipulieren will? Entspann dich.«

Tom war notgedrungen noch einmal nach Greifswald zurückgekehrt. Am Vormittag hatte ihn die Staatsanwältin zwei Stunden lang befragt, am Ende war er schweißgebadet auf die Straße geschwankt. Irgendwie hatte er es geschafft, die heiklen Punkte zu umschiffen, aber er war sich keineswegs sicher, ob sie ihm die Geschichte so abkaufen würden, wie er sie erzählt hatte.

»Du hast hoffentlich nicht über die Sache zwischen uns beiden gesprochen?«, fragte Sylke. Tom schüttelte den Kopf. »Natürlich nicht. Und du ...«

»… ich habe darauf verzichtet, in meinem Bericht zu erwähnen, dass du über Maltes Versteck schon einen Tag früher Bescheid wusstest.«

»Danke«, sagte Tom. Er konnte und wollte über die Folgen seines Zögerns nicht sprechen und Sylke schien daran auch kein Interesse zu haben. »Was ist mit der Prügelei mit Timo Strang?«, fragte er.

Sylke verzog den Mund. »Zum Glück für dich hat er keine Anzeige erstattet. Wir haben das in den Berichten runtergespielt und behauptet, du hättest auch einiges abgekommen. Ein Ringkampf unter Männern halt.«

Der Gedanke an die Episode mit Timo Strang war Tom zutiefst unangenehm. Er hatte sich so sehr in die Idee hineingesteigert, dass der Kerl Malte umgebracht hatte. Erstaunlich fand er, dass Sylke nach wie vor versuchte, ihn zu schützen – obwohl er sie getäuscht hatte, als er sein Wissen für sich behielt. »Es bleibt so einiges übrig von dieser Geschichte«, sagte er nachdenklich. »Ich muss überlegen, was ich in Zukunft mache. Ob ich so weitermache wie bisher. Vielleicht wird es anders.«

»Ohne die MATHILDA bist du jedenfalls nur ein halber Mensch.«

Tom musste schlucken. In der Nacht, als Tanja die Barkasse in Brand gesteckt hatte, war er nicht mehr dort gewesen. Erst auf einem Foto der Wasserschutzpolizei hatte er den ausgebrannten Schiffskörper gesehen. Sämtliche Aufbauten waren vernichtet. Die MATHILDA war Geschichte.

»Was hast du jetzt vor?«, fragte Sylke.

»Morgen fahre ich nach Zingst. Clara hat geschrieben, dass sie in ein paar Tagen zurückkommt. Und bis dahin muss ich noch etwas aufräumen.«

Sylke lachte. »Oh, dann gib dir Mühe. War das so geplant?«

»Eigentlich wollte sie erst kurz vor Weihnachten kommen. Sie hat angedeutet, dass irgendetwas vorgefallen ist, über das sie mit mir reden will. Ich weiß aber nicht, was sie meint.«

»Na, dann …«

»Also das mit uns, das ist … ich denke, wir sollten …«

Sylke sah Tom mit schief gelegtem Kopf an. »Du musst nicht weiterreden. Lassen wir es einfach, wie es ist.«

»Du hast damit keine Probleme?«

Ihr Gesichtsausdruck wandelte sich ins Mitleidige. »Aus dem Alter bin ich raus. Obwohl …« Sie trank ihre Bierflasche aus und hielt sie kurz in die Luft, um sich die verzerrte Welt anzusehen, die der Blick durch das gebogene Glas hervorbrachte. »Wenn ich jetzt zügig weitertrinke, so nach der vierten Flasche, werde ich wahrscheinlich noch sentimental.«

»Das muss ja nicht sein.«

»Nein, wir haben auch noch eine wichtige Aufgabe.«

Tom sah sie fragend an, aber Sylke ging erstmal zur Theke, um Nachschub zu holen. »Ich erwarte gleich noch Gäste«, erklärte sie. »Und es wäre schön, wenn du bei dem Gespräch dabei wärst. Du musst nichts tun – einfach nur da sein.«

»Von welchen Gästen redest du?«

»Meine beiden jungen Kollegen.«

Tom stand auf. »Entschuldige, aber das ist mir nicht recht, wirklich.«

»Du warst an diesem Spiel beteiligt, Tom, von Anfang an. Ich habe dich so gut rausgehalten wie möglich. Und jetzt – nur heute – bräuchte ich dich hier. Bleib wenigstens noch, um ein Bier mit mir zu trinken.«

»Warum brauchst du mich hier?«

Sylke zuckte mit den Schultern. »War so eine Idee.« Sie blickte zum Eingang, von wo aus ein kühler Luftzug den Gastraum überflutete. »Da sind sie ja auch schon.«

Die Nachwuchspolizisten kamen gemeinsam und blieben gemeinsam mit halb offenem Mund stehen. Philipp fand als erster seine Sprache wieder. »Nee, das ist jetzt nicht wahr, oder?« Er hielt sich trotzig auf Distanz, während Lisa widerstrebend ihre Jacke abstreifte und sich neben Sylke auf das baufällige Sofa fallen ließ.

»Ich dachte, wir hätten hier ein Treffen unter Kollegen«, murrte Philipp aus der Tiefe des Raumes heraus.

»Setz dich«, lud Sylke ihn ein und wartete geduldig, bis Philipp einen Stuhl zurechtgerückt und umständlich Platz genommen hatte. Sie drückte ihm die vierte Bierflasche in die Hand. »Wir alle«, sagte sie feierlich, »haben etwas dazu beigetragen, dass zwei Tötungsdelikte – oder was immer es war – aufgeklärt werden konnten. Ich möchte mich bei euch nochmal bedanken und mit euch anstoßen.«

Sie ließ ihre Bierflasche mit denen ihrer Kollegen kollidieren und am Ende auch noch mit der von Tom. Dann wartete sie. Betont widerstrebend stießen die beiden Polizisten mit Tom an. Ihm war das alles peinlich, aber was blieb ihm übrig, als sich um eine freundliche Miene zu diesem bösen Spiel zu bemühen.

»Ja«, sagte Sylke mit einem gekünstelten Lachen in die unangenehme Stille hinein und deutete auf Tom. »Der wichtigste Zeuge – ich wollte, dass ihr ihn noch einmal trefft, bevor er wieder verschwindet.«

»Etwas früher wäre das vielleicht noch hilfreich gewesen«, gab Philipp zu Protokoll. Er blickte Tom grimmig an. »Was mich interessieren würde: Wie haben Sie eigentlich das Versteck von Malte Naujock gefunden? Gab es da Hinweise?«

Tom schüttelte den Kopf. Kam jetzt noch ein weiteres, verspätetes Verhör? »Eine komplizierte Geschichte. Ich war zufällig in der Nähe dieses verlassenen Hauses und mir fielen Trittspuren auf. Wenn ich nicht sowieso auf der Suche nach Malte gewesen wäre, dann hätte ich mich nicht weiter drum gekümmert.«

»Interessant«, warf Lisa ein. »die Aktion am Flughafen in Peenemünde war ja sehr gewagt. Das hätte ich Ihnen nicht unbedingt geraten.«

Tom nickte. »Der Besitzer des Pickups ist nicht gut auf mich zu sprechen. Aber ich denke, der Schaden an dem Auto wird sich in Grenzen halten.«

»Und das Flugzeug?«

Sylke mischte sich ein. »Das gehört einer Firma aus Minsk. Die werden Tom sicher nicht belangen. Im Übrigen war es wirklich die letzte Möglichkeit, die Flucht von Tanja Grundler zu stoppen. Sie wäre auf und davon gewesen.«

»Hätten die so einfach die Grenze überfliegen können?«

»Mit ein paar Tricks wäre es wohl gelungen. Sie wären wohl erst zu einem Flugplatz im Osten Polens geflogen. In der EU ist der Luftraum vollkommen frei. Dann hätten sie abgedreht und wären im Tiefflug über die Grenze nach Belarus gehuscht. Deswegen hätte wohl niemand Abfangjäger gestartet.«

»Und das hat alles Pastor Grundler eingefädelt?«, wollte Lisa wissen.

»Er war nach dem Studium wegen eines kirchlichen Projektes für ein Jahr in Belarus. Da hat er wohl einige Freunde gewonnen, die sich jetzt revanchiert haben. Möglicherweise waren auch staatliche Stellen beteiligt. Die Staatsmedien hätten das gern ausgeschlachtet – als Befreiung Tanjas aus den Fängen der grausamen westlichen Justiz.«

Lisa machte große Augen. »Verrückt. Und was wird jetzt aus Grundler?«

»Er wird behaupten, mit der Sache nichts zu tun gehabt zu haben. Man wird ihm wohl nichts nachweisen können. Und ich wette, dass er wenige Tage nach seiner Entlassung aus der Untersuchungshaft erstmal verschwunden sein wird.«

Philipp hatte sich auf seinem maroden Holzstuhl weit zurückgelehnt und war mit halb geschlossenen Lidern dem Gespräch gefolgt. Jetzt schien er plötzlich aufzuwachen. »Du sagst ‚man‘? Ist das nicht nach wie vor unsere Aufgabe?«

Tom sah, wie Sylkes Gesicht für einen Augenblick einzufrieren schien. Als wäre die Zeit einen Moment lang stehen geblieben. Dann fuhr sie fort, in einem etwas zu freundlichen Ton. »Ja, eigentlich schon, Philipp. Es wird aber einige Veränderungen hier in Greifswald geben.«

Der bärtige Kriminalbeamte beugte sich vor, die Bierflasche wie eine Streitaxt umklammernd. »Wieso? Was heißt das? Was hast du mit der oberen Etage besprochen?«

»Ich habe gar nichts besprochen. Das ist nicht meine Entscheidung.«

»Aber du hast mit denen geredet. Erzähl mir doch nichts. Was hast du denen gesagt?«

Tom spürte, wie die Luft zu knistern begann. Sollte er deshalb mit herkommen? Brauchte Sylke einen Zeugen, wenn Philipp auf sie losgehen sollte? Er hatte den stämmigen Hipster-Polizisten schon bei ihrer ersten Begegnung, in der Nähe des Prägelbachs, als aufbrausend wahrgenommen. Jetzt starrte er Sylke an, als wolle er sie zu Apfelschnitzen verarbeiten. Lisa sah eher aus wie ein Kind, das auf die ultimative Mitteilung wartet, das nächste Weihnachtsfest werde ausfallen. Sylke ließ sich keinerlei Furcht anmerken und sprach ganz beherrscht. »Sicher, Polizeirat Klüver hat mich nach meiner Meinung gefragt. Und ich habe ihm gesagt, was ich denke. So, wie ich das immer tue. Er wollte wissen, wen ich für die Dienstgruppenleitung vorschlagen würde. Und da habe ich ihm gesagt, dass ich im Augenblick keinen von euch empfehlen könne – auch in eurem eigenen Interesse. Ich denke einfach, es wäre für euch beide nicht der richtige Zeitpunkt. Ich weiß nicht, ob meine Meinung überhaupt eine Bedeutung hat. Aber ich habe inzwischen gehört, dass die Stelle der Leitung neu ausgeschrieben werden soll.«

»Das heißt«, sagte Philipp langsam, »sie setzen uns jetzt jemand anderen vor die Nase, nachdem sie seit Monaten davon reden, dass wir hier in Greifswald das junge und aufstrebende Team sind. Es hieß, du solltest uns fit machen für die Aufgabe. Stattdessen haben die dich nur geholt, um sich bestätigen zu lassen, wie unfähig wir sind. Die brauchten dich, weil sie selbst nicht den Arsch in der Hose haben, um das offen auszusprechen.« Er knallte die Bierflasche auf den Tisch, der bedenklich knarrte. »Und du, du lässt dich auf das Spiel ein! Das ist voll daneben. Wirklich. Es ist beschämend. Am Ende willst du selbst die Stelle haben. Ist das so?«

Sylke hatte mit zusammengekniffenen Lippen zugehört. Sie wiegte den Kopf hin und her wie eine Lehrerin, die sich ein reichlich verworrenes Schülerstatement anhören muss. »Ich glaube nicht, dass es solch einen Plan gab. Und in einem weiteren Punkt muss ich dich korrigieren. Wenn euch beiden eine Dienstgruppenleitung vor die Nase gesetzt würde, dann hieße das ja, es gäbe eine zusätzliche Stelle. Das ist aber nicht der Fall.«

»Wie meinst du das?«, fragte Lisa.

»Einer von euch wird gehen müssen. Versetzung in eine andere Stadt. Oder Streifendienst.«

Philipp sprang auf. »Was?! Das ist doch nicht wahr! Wir sollen dafür büßen, dass du diesen Fall beinahe in den Sand gesetzt hättest?! Das lasse ich mir nicht bieten. Es gibt so einiges, das ich denen erzählen werde.«

»Das solltest du dir gut überlegen, Philipp«, sagte Sylke trotzig. Sie musste sich zurücklehnen, um dem Heißsporn ins Gesicht sehen zu können. »Vielleicht ist bei dir ein falscher Eindruck entstanden, aber ich bin dir nichts schuldig. Ich habe dir nie etwas versprochen. Und ich denke nicht, dass du im Nachhinein noch schmutzige Wäsche waschen solltest. Das würde dir nicht gut bekommen.«

Philipp blickte auf Sylke herab und zog sich seinen Mantel über. »Das ist das Allerletzte. Ich werde mir überlegen, wie ich damit umgehe.« Er wandte sich Lisa zu. »Kommst du? Ich würde den Abend gern woanders verbringen.« Ohne sich noch einmal umzudrehen, stapfte er aus dem Lokal.

Lisa beugte sich vor und tippte auf Sylkes Arm. Sorge war ihr ins Gesicht geschrieben. »Weißt du zufällig, wer von uns beiden gehen soll?«

Sylke sah sie an. »Das ist noch nicht entschieden, soweit ich weiß.«

»Und die Sache mit Viktor?«

In gespielter Ahnungslosigkeit hob Sylke ihre Schultern. »Viktor? Wer war das doch gleich?«

Tom sah, wie sich in Lisas blassem Gesicht ein Kampf abspielte. Sie fragte sich, was sie tun solle – bleiben oder gehen? Wo gehörte sie hin? »Ja, vielleicht ist es besser, wenn ich auch … also, ich meine …« Sie sprach den Satz nicht zu Ende. Aber anders als Philipp nickte sie Sylke dankbar und entschuldigend zu. Dann eilte auch sie, ihre Jacke über den Arm gelegt, aus der Kneipe.

Sylke blickte ihr mit hochgezogenen Augenbrauen nach. »Tja«, sagte sie. »Das war so eine Art Charaktertest. Jetzt kennst du meine Kollegen. Nicht mal ihr Bier haben sie ausgetrunken.« Sie setzte ihre Flasche an den Mund, als müsse sie die Versäumnisse der beiden Abtrünnigen ausgleichen. Dann wandte sie sich Tom zu. »Was hältst du von den beiden?«

Tom starrte auf den Tisch mit den halbvollen Flaschen. »Ich verstehe jetzt zumindest im Ansatz, dass es nicht einfach für dich war in den letzten Wochen.«

Ein Bier später fragte er Sylke, ob sie tatsächlich vorhabe, sich auf die Leitungsstelle in Greifswald zu bewerben. Sie sah ihn aus den Augenwinkeln an und schüttelte den Kopf. Eine weitere Flasche später kam sie noch einmal auf das Thema zurück und meinte: »Wer weiß – am Ende mache ich es doch.« Wiederum etwas später fiel Tom ein, dass Sylke angekündigt hatte, nach der vierten Flasche sentimental zu werden. Er stand unvermittelt auf und zog seine Jacke an. »Ich muss jetzt gehen. Sonst bekomme ich morgen früh meinen Zug nicht.« Es war ungewohnt, sich nach Fahrplänen zu richten und nicht nach Brückenöffnungszeiten. Sylkes Blick war schwer zu deuten. Ihre Gesten erinnerten Tom an die Bewegungen einer Kapitänin, die bei schwerem Seegang spätnachts auf der Brücke ausharrte. Ihre Stimme klang schwer und dunkel. »Wenn du meinst, dann muss es wohl so sein. Ich bleibe noch etwas, der Typ an der Bar gefällt mir.«

Epilog

An einem Spätnachmittag im Dezember fegte ein eisiger Wind über die Uckermark. Er trieb Schneeflocken vor sich her, die beinahe waagerecht über Wiesen, Äcker und Feldwege jagten. Sie sammelten sich am Fuß von Bäumen und an den grasbewachsenen Seiten von Entwässerungsgräben. Unter den überhängenden Ästen einer Kiefer stand ein Mann, etwa fünfzig Jahre alt, untersetzt und mit dem Gesichtsausdruck eines beleidigten Kindes. Er hatte seinen abgetragenen Parka bis zum Kinn geschlossen und beobachtete eine schmale Landstraße, die in einiger Entfernung an seinem Standort vorbeiführte. Das Schneegestöber war stark genug, um die Sicht zu beeinträchtigen, dennoch konnte der Mann das Auto, das sich mit einem surrenden Geräusch näherte, gut erkennen. Es war ein blauer Porsche, der unbeirrt von den widrigen Wetterverhältnissen zügig über den Asphalt rollte. Er zog einen Schneeschleier hinter sich her, den ein fantasievoller Beobachter mit der Schleppe eines Hochzeitskleides verglichen haben könnte.

Als der Porsche eine enge Kurve erreichte, musste der Fahrer stark abbremsen. In dem Augenblick, in dem der Sportwagen am langsamsten war, passierte er zwei Bäume, die links und rechts von der Straße standen, genau gegenüber. Im Sommer bildeten die belaubten Baumkronen eine Art Tor, das jedes Fahrzeug durchqueren musste, als würde es in eine andere Welt hinüberwechseln. Jetzt, im Winter glichen die kahlen Äste eher einem Gewirr von Antennen oder Fühlern, die von irgendwoher geheime Signale und Botschaften erhielten.

Als der Porsche die beiden Bäume passierte, fuhr ein Blitz zwischen den Stämmen hindurch. Man hätte nicht sagen können, ob er von links oder von rechts kam, sicher war nur, dass sich im gleichen Moment eine schwarze Rauchwolke bildete, aus der das Auto als unförmiger Blechklumpen hervorkam.

An der Stelle, an der der Mann mit dem olivgrünen Parka stand, konnte man zwei Sekunden später einen kräftigen, aber trockenen Knall vernehmen. Einige Krähen flogen auf und stoben nervös durcheinander, als Kontrapunkt zum wilden Tanz der Schneeflocken. Der Porsche bewegte sich nach der Explosion noch weiter, aber er rollte nicht mehr, sondern rutschte nur noch mit einem hässlichen Geräusch über den Asphalt, dreht sich um die eigene Achse und blieb schließlich vor einem dritten Baum stehen. Sofort züngelten Flammen auf. Sie kamen aus dem hinteren Radkasten und breiteten sich schnell über das gesamte Heck aus. Als sie den Fahrzeugakku erfassten, bekam der Brand eine bemerkenswerte Dynamik. Die Flammen zischten, mehrere kleine Explosionen erschütterten das Wrack, in dem kein Lebenszeichen erkennbar war.

Der Mann unter der Kiefer hatte das alles durch ein Fernglas beobachtet. Jetzt setzte er es ab. In seinem Gesicht regte sich kaum etwas, aber der beleidigte Ausdruck hatte sich abgemildert, etwas wie Schmerz oder Wehmut war hinzugekommen. Sein Fernglas war neu, das Gehäuse fast ohne Gebrauchsspuren. An einer Stelle waren die eingeritzten Buchstaben D und P gut erkennbar. Der Mann steckte das Fernglas in die Seitentasche einer alten Simson, die am Stamm der Kiefer lehnte. Er warf den Motor an, dann knatterte er über einen schmalen Fahrweg davon.

DER AUTOR

© Werner Musterer

Burkhard Wetekam wurde 1968 am Rande des Ruhrgebiets geboren. Bereits als Jugendlicher hat er angefangen, Geschichten zu schreiben und journalistische Beiträge zu veröffentlichen. Nach dem Studium der Germanistik, Philosophie und Musik arbeitete er unter anderem für den Deutschlandfunk, die Wochenzeitung DIE ZEIT und die Hannoversche Allgemeine Zeitung.

Ein besonderer Reiz liegt für Wetekam darin, Geschichten zu erzählen, in denen Story und Schauplätze eng verwoben sind. Auch die Ostseekrimis nutzen die Landschaften nicht nur als Kulisse, sie greifen die Themen der Region auf und stellen gesellschaftliche Konflikte in den Mittelpunkt einer spannungsvollen Handlung.

Wetekam arbeitet auch als Hörspiel- und Theaterautor, 2019 wurde das Schauspiel EINE ART BRUDER uraufgeführt. Er erhielt mehrere Stipendien, etwa vom Literarischen Colloquium Berlin und dem Land Niedersachsen, sowie Auszeichnungen, unter anderem den Förderpreis beim Literaturpreis Ruhrgebiet sowie zuletzt den KURT 2021.

Der Autor lebt mit seiner Familie in Hannover und bewegt sich, so oft das möglich ist, an und auf der Ostsee. GREIFSWALDER GESPENSTER ist der vierte Krimi mit dem Ermittler Tom Brauer, der Polizistin Sylke Bartel sowie Toms Freundin Clara Lehnhoff. Alle Krimis sind im Hinstorff Verlag erschienen.

Bei HINSTORFF bereits erschienen

ISBN 978-3-356-02178-3
EPUB 978-3-356-02200-1
12,99 €

Burkhard Wetekam

Schwarzes
GOLD
am Bodden

OSTSEEKRIMI

ISBN 978-3-356-01883-7
EPUB 978-3-356-02050-2
12,99 €

Bei HINSTORFF bereits erschienen

ISBN 978-3-356-02257-5
EPUB 978-3-356-02280-3
12,99 €

PRESSESTIMMEN

Burkhard Wetekam gelingt abermals eine packende Geschichte, deren Wendungen so wenig vorauszusehen sind wie in den Vorgänger-Krimis „… und am Dornbusch fällt ein Schuss" (2018) und „Schwarzes Gold am Bodden" (2016).

Kai Agthe, Mitteldeutsche Zeitung

Die interessanten, lebendigen Figuren sind es, wegen derer man das Buch ungern aus der Hand legt. (…) Mit seiner gesellschaftskritischen Dimension, den umweltpolitisch bedenkenswerten Thesen Flosbachs und einem Ermittler mit Schwächen kann sich … UND AM DORNBUSCH FÄLLT EIN SCHUSS mit skandinavischen Krimis messen.

Sabine Genz / Robin Wood Magazin
über den auf Hiddensee spielenden Krimi
„… und am Dornbusch fällt ein Schuss" (2018)

Liebe Leserin, lieber Leser, wir freuen uns über Ihre Bewertung im Internet!

Die Deutsche Nationalbibliothek verzeichnet diese Publikation in der Deutschen
Nationalbibliografie; detaillierte bibliografische Daten sind im Internet über
http://dnb.de abrufbar.

1. Auflage 2022
Herstellung: Hinstorff Verlag GmbH
Lektorat: Andrea Struck
Titelbild: © Thomas Grundner
Druck: GGP Media GmbH, Pößneck
Printed in Germany
ISBN 978-3-356-02398-5